縛って愛してお嬢様！
山口 陽
illustration© YUKIRIN
えすかれ
美少女文庫
FRANCE SHOIN
JN264028

胎教しなさい！
ご主人様

今夜は
海老反りに
挑戦よ！
illustration©YUKIRIN

プロローグ
お嬢様はオナニー狂い!?

カーテンの隙間から射しこむ月明かりとモニターから発せられる光が、暗闇で蠢《うごめ》く天王院碧月《てんのういんみづき》を映しだしていた。

「んっ、はぁ……あぅんっ」

艶かしい吐息が室内に響く。

入浴をすませて間もないというのに、小刻みに震える身体から汗が噴きだしていた。

着衣は無造作に脱ぎ捨てられ、身体を覆っているのは股間の薄布だけ。

細身の身体には不釣り合いなほどたわわな乳房が惜しげもなく晒され、頂にそびえ立つ桜色の突起のしこりが、彼女の興奮の度合いを示していた。

月光に照らされる白い素肌に、珠の汗が滴る。

はしたないと思いつつも、手の動きはとまらない。

周囲では、真面目で模範的な優等生だと思われている。

現在碧月は天ヶ崎学園《あまがさきがくえん》の生徒会長を務め、教員だけでなく生徒からの人望も厚い。

そして父親は、医療機器の国内最大メーカーである天王院グループのトップ。

碧月はいわゆるご令嬢なのだ。

天王院の名を貶《おとし》めないよう、お淑やかなお嬢様として振る舞ってきた。

しかし、それは本当の自分なのだろうかと、最近になって考えるようになった。

幼い頃から、次代の天王院を支えていくのは自分だと教えられた。

そのための教育や立ち居振る舞いも、物心つく前から数えきれないほど繰りかえし言い聞かせられてきた。

これまで、そんな自分に疑問を持ったことはなかった。

それが当たり前だと思っていた。

だが、そこには碧月の意思がないことに気づいてしまった。

しばらく前に、偶然見つけたインターネットサイトがきっかけだった。

「んくっ……はぁ、ぅうんっ」

碧月の目の前に映しだされているパソコンのモニターには、女性たちのあられもない姿の写真がいくつも映しだされていた。

情報社会の弊害として、年齢を問わず閲覧できてしまうアダルトサイトの存在は、知識としては知っていたが、実際に目の当たりにしたのはその時が初めてだった。

碧月と同世代の十代後半から、母親と同じような年代の女性たちの痴態が、惜しげもなく晒されていた。

うっかりサイトを開いてしまったことに驚き、あわててインターネットエクスプローラーを消そうとしたが、意に反して手が動いてくれなかった。

彼女たちは、淫らな格好や痛々しい格好を写真に収められているというのに、その表情は決して苦悶に満ちたものではなく、喜悦に彩られていた。

それは、碧月からしてみれば信じられない光景だった。

自分の痴態を惜しげもなく記録しているだけでなく、不特定多数の人間が閲覧できるように公表しているのだ。

理解などできるはずがなかった。

目の前の映像は、これまで碧月が教えられてきた女性像とはあきらかにかけ離れたものだったのだから。しかしそれと同時に、そんなに気持ちいいものなのだろうかという好奇心に駆られていた。

気がつけば、碧月はマウスを操作してさまざまな写真を閲覧しつづけた。

そして辿り着いた一つのアダルトサイト。

そこの女性たちは、痛々しいほどに荒縄によって縛りつけられていたり、吊るしあげられていたりと、いわゆる緊縛プレイ専門のサイトだった。

手首を後ろ手にされていたり、M字開脚で固定されていたり、亀の甲羅のような網目状に全身を縛りあげられたりと、さまざまな緊縛写真がアップロードされていた。

なかには淫裂にバイブレーターを押しこまれているものまであった。

それでも、彼女たちの表情は恍惚《こうこつ》としたものだった。

碧月の理解の範疇《はんちゅう》など易々と突破していたが、逆に最も興味をそそられた。

じっと、視線が画面に釘付けになってしまう。

彼女たちがおかしいのだと、否定してしまうことは簡単だ。

しかし、もしかすると気持ちいいのかもしれないという考えが頭をよぎる。

天王院の人間として、あるまじき行為なのかもしれないが、背徳と邪心めいた欲望が碧月のなかで燻《くすぶ》りはじめていた。

肌に跡が残りそうなほどに痛々しい姿だが、頭がおかしくなってしまいそうなほど狂おしく魅力的な姿に見えた。

今にして思えば、これまで天王院のご令嬢という肩書きばかりを気にしていた反動なのだろう。一度決壊した防波堤は、そう易々と修復できるものではない。

この日から、碧月はアダルトサイトを閲覧し、その写真を真似ながら自らを慰めるようになった。そして今、碧月は艶かしい吐息を零しながらモニターに映る画像に羨望の眼差しを向けていた。

きつく縛られた縄によって脚をM字に開脚させられ、太い縄が股間に食いこんでいる。それでもやはり、そこに映っている女性は苦悶の表情など見せることなく、快楽に喘いでいた。

碧月もそれに倣って腰まわりに紐を結び、前面から淫裂の割れ目に沿って縄を後ろにまわし、尻肉の谷間に食いこませて腰にまわした縄に結びつける。緩まないよう淫裂に深く食いこませると、ゴワゴワとした粗い縄の感触が媚肉を刺激して、思わず腰を震わせてしまう。

写真の彼女はこれに加えて左右の手首をそれぞれ足首に結ばれ、強引に開脚させられた挙句に、男性によって大きなバイブを淫裂に押しこめられていた。

しかし、碧月には縛ってくれるような相手はいない。もしもそこまで縛りあげることができたとしても、それでは身動き一つ取れなくなってしまう。

第一、碧月はこれまで異性と付き合った経験はない。よって、当然セックスなど経験したこともない。

いくらこの緊縛プレイに興味をそそられているからといって、バイブレーターで処女を散らすつもりは毛頭なかった。すでに来《きた》るべき日に備えて極太バイブを購入済みだが、それを使うのはまだ先の話。

現状、碧月はアダルトサイトを参考に自縛しながら、バイブと一緒に購入したローターか、手淫でのオナニーが主体だった。それ故に多少の物足りなさは否めないが、だからといって、無機物で貫通式を終えるつもりはないのだ。

碧月は座ってベッドに凭《もた》れかかりながら自身の左手首と足首をきつく縛りつけ、空いている右手でローターを持って下腹部へと伸ばす。食いこませた縄を横にずらして膣口にローターを押しこみ、零れ落ちないように再び縄で淫裂を塞ぐ。

ゴクリと喉を鳴らし、これから訪れる快感にさらに呼吸を乱しながら、スイッチをONにする。

「ひぁああああああっ!!」

瞬間的にそれが強く振動し、膣内を刺激する。

ビクンッと、大きく跳ねあがる碧月の身体。

「んくうぅ……っ、だ、だめぇ……刺激が、強すぎっ……んぅっ!」

駄目と言いつつも、その手はローターを膣口から取りだすどころか、食いこんだ縄ごとグニグニと押しこむように動かして、刺激を求めつづける。

急な刺激に身体が強張っていただけで、碧月はすっかりローターの虜だった。

徐々に表情も緩みはじめ、甘い声をあげはじめる。

強烈な振動に痺れを感じ、咄嗟に身がすくむ。そして、膣口から縄を湿らせながらねっとりとした淫液が溢れだしてきた。

うっすらと恥毛が茂り、縄が食いこんだ肉丘は瞬く間に滲みでた体液によって潤っていく。振動がジンジンと、子宮にまで響いてくるような感覚に、碧月は甘い淫声をあげながら身悶える。

「ひゃうぅ……き、気持ちいいぃっ！」

ローター任せにすることなく、自らも股間を弄りながら声をもらす。

たった一人の空間では、わざわざ口に出す必要はない。それでも、今感じている素直な快感を口に出していたほうが、いっそう快感が増すような気がした。

「あんぅ、んふぁ……今日は、もうお風呂入ったのに……私《わたくし》、またお漏らししたみたいに濡らして……いくら気持ちいいからって、こんなの……ダメですのにぃ」

困惑した声をあげながらも、濡れた淫裂を弄る手は休めない。

これまで、幾度となく繰りかえしてきた自問。

はしたなく自慰行為に耽るばかりでなく、自縛することにひどく興奮する浅ましい自分に対する戸惑い。しかし、この淫らでどうしようもないほどの身体の疼きは、日増しに強くなっていく。それを鎮められるのなら、碧月はどんな事だってできるような気がしてしまう。

媚肉は溢れる愛液でぬめり、いやらしく肉の艶をのぞかせてくる。

戸惑いこそ拭えないものの、情欲で感化された身体は抑えが利かない。

求めるままに、ローターと指を欲していく。

「私、こんなにいやらしい娘でしたの……？」

無意識のうちに声がもれでる。

『そうだ、碧月。お前はいやらしい娘だ』

頭のなかに、声が響いてきた気がした。

自縛プレイを知ってから、日に日に増していく性への好奇心。どんどん膨らんでいく性的欲求はエスカレートするばかりで、自慰行為も現在では毎朝晩行うことが日課となっていた。しかも、一度や二度の絶頂では治まりがつかず、四、五回は当たり前。これくらいしなければ、落ち着くことさえできなくなってしまった。

自身の変化に驚きはするものの、嫌悪感はない。これが、碧月の本当の姿なのだ。

潤いを増す秘所をうっとりと見つめながら、碧月は手にしたリモコンを動かしてローターの振動をさらに強くする。

モーター音が大きくなると同時に、激しくなる快感。

碧月は身体を弓なりに反らせた。

「ひぎぃいいっ!!　す、すごくいやらしい音、してっ……んぁあああっ！」

溢れでる淫液にまみれながら振動するローターは、絶え間なく淫猥な音を奏でる。

唇を大きく開き、その端からだらしなく涎を滴らせながら喜悦に悶える。

充分な身動きは取れないものの、クネクネと堪らず腰を振ると、その動きに合わせて豊満な乳肉が揺れる。

とんでもなくふしだらなことをしているという自覚はある。

それでも、もはや押し寄せてくる性への欲望を抑えることはできなかった。

淫裂の入り口で、激しく振動するローターに熱い視線を送りながら、こんな玩具でこれほどの快感が得られるのなら、本物の男根が挿入されたときはどれほどの快楽に苛まれることになるのか、ますます期待感が高まる。

モニターには画像の他に、彼女たちがその行為の際に口にした台詞《せりふ》も載っていた。

自然と目線がそれを追い、唇が動く。

「わ、私のオマ×コに……ご、ご主人様の……逞しい、ち、オチ×ポを……んくっ、あぁ……その硬くて太いオチ×ポ、私のいやしいオマ×コに入れてくださいっ！」

驚くほど卑猥な単語が、自分の口から飛びだした。そして自分が快楽の虜になってしまっていることを痛烈に実感した。

天王院の令嬢として、あってはならないことだと思う。

それでも、後悔の念は湧いてこない。

この浅ましく淫靡な姿こそが、本当の天王院碧月であると理解できたからだ。

理性が悦楽に支配されると、あとは火照った身体を頂に導くのみ。

モニターに映っている女性のように、なにも考えずにただ快楽の虜《とりこ》になりたかった。

「あぁぁ、お、オマ×コ……私は、自分でオマ×コにローターを入れるような変態なんですぅ！　もっと、ひゃんっ……もっと私の変態オマ×コ、見てくださいっ!!　ダラダラといやらしい汁をいっぱい噴いてるオマ×コぉ!!」

悦楽が最高潮に近づいてきた碧月は、小刻みに身体を震わせはじめた。

ベッドに凭れかかっている身体が、どんどんずりさがっていく。

あたかも目の前にご主人様と呼ぶ男性がいるかのように、自ら割れ目を見せつけるように腰を浮かして身悶える。

『イクんだな？　いやらしいマ×コにローターを入れてイクんだな、碧月』

再び、頭のなかで架空のご主人様の声が反響する。

「は、はいっ……！　もう、堪えられませんっ……んぐぁ、あああっ！　くるっ、きちゃうっ……オマ×コの奥から、きちゃう！　ふぁあっ、腰が震えて、とまらないっ……あっ、ああっ、はぁんっ……オマ×コ、オマ×コ、オマ×コ壊れちゃうぅぅ!!」

ローターの振動に身を任せ、碧月はビクビクッと身体を痙攣させる。

快感に身体が波打っても、縄のせいで自由には動けない。

特に左手足は必死にもがいても縄ははずれない。

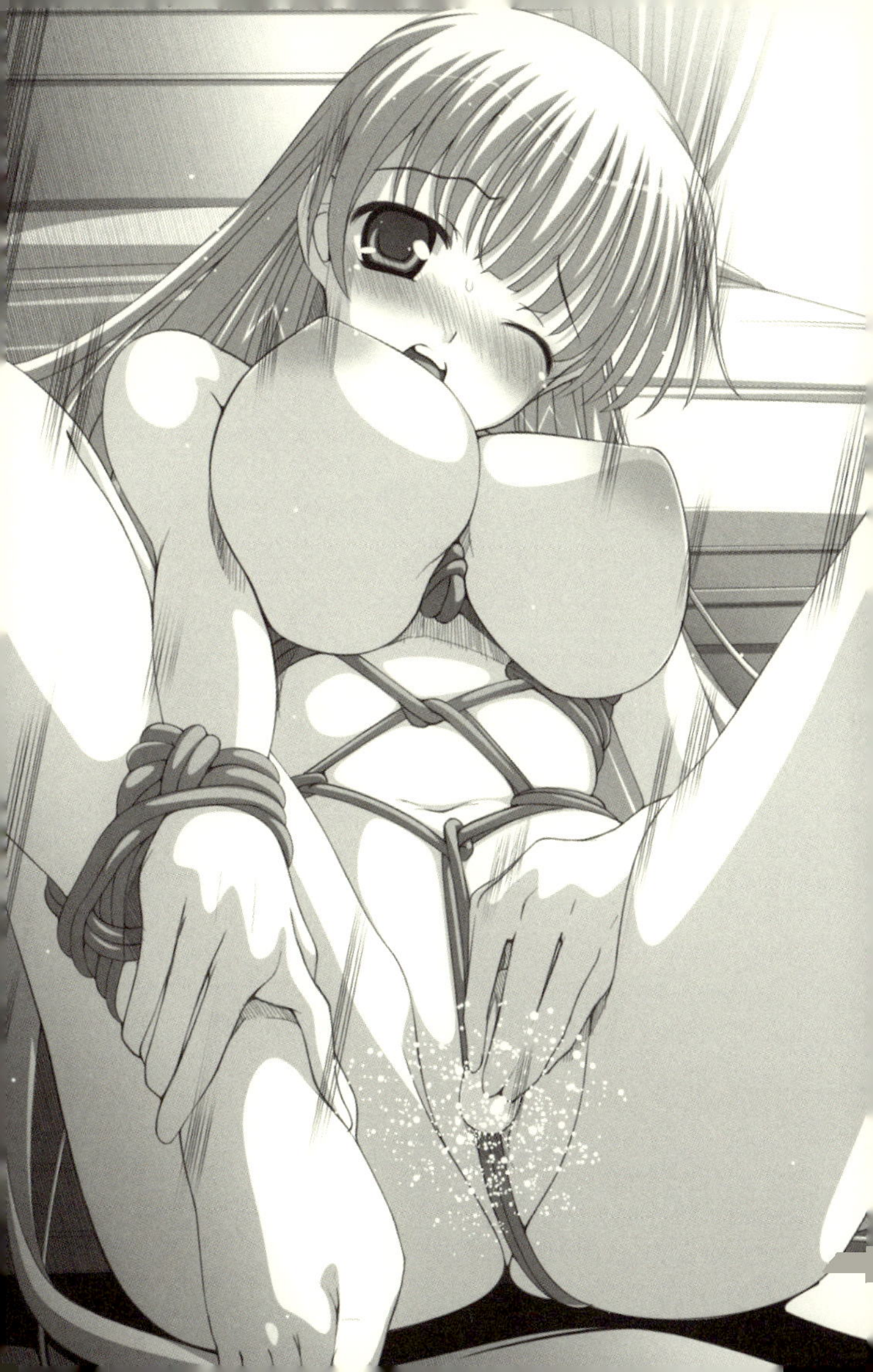

それが相手に支配されて弄《もてあそ》ばれているようでもあり、異様に身体が熱くなる。

身体が小刻みに痙攣《けいれん》してとまらなかった。

激しい振動を受けて、碧月の身体が跳ねまわる。

「ご、ご主人様ぁ！　わ、私っ、私ぃ……い、イキますっ！　ひあっ、あぁああっ!!」

身体を大きくのけ反らし、床に沈んでいく。

忙しなく腰をくねらせつづけ、縄が少し割れ目からズレた拍子に、押さえこまれていた淫液まみれのローターが、コトッと床に転がる。

碧月の割れ目から流れ落ちていく淫らな体液が内腿を伝って床にひろがっていく。

「はぁ、はぁ、はぁ……ご主人様ぁ……」

ぐったりと全身を弛緩させながら、虚ろな瞳で中空を見つめる。

だらしなく床に転がり、淫液に濡れながら未だ見ぬご主人様に想いを馳せる。

天王院碧月としてではなく、一匹の牝として弄ばれてみたい。

燻りだした欲望は、とどまるところを知らなかった。

Ⅰ 初体験は脅迫で制服の下は縄化粧！

特に変わり映えのない毎日。

学園と自宅を往復する日々。

夕日が差しているグラウンドに目を向ければ、運動部員たちが惜しみなく青春の汗を流している。

彼らのように、なにか全身全霊をこめて打ちこめるものでもあれば、こんな惰性でつづけているような生活にも彩りを添えることができただろう。

だが、生憎と深山尚吾《みやましょうご》はどこの部活動にも所属していない。

いわゆる帰宅部である。

彼女でもいれば、明るい学園生活を送れるかもしれないが、現状ではそれも難しい。

付き合ってくれるような異性どころか、尚吾には女友達と呼べる相手すらいない。

男友達に誰か紹介してくれるよう頼みたいところなのだが、類は友を呼ぶとはよく言ったもので、尚吾のまわりには見事に女っ気がない。これでは学園生活に彩りを添えるなど、夢のまた夢である。

「退屈だよなぁ。学校ってこんなつまんないところだったか？」

「なにを今更……それが学校というところじゃないか」

尚吾は隣で歩いているクラスメイトの柏原友則《かしわばらとものり》の言葉に、ため息混じりに答えた。

下校時間などとっくに過ぎているのだが、もうしばらくすると学期末試験が待っている。特に予定もなかった二人は、先ほどまで図書室にこもって試験勉強をしていた。

別段楽しいことでもないが、一応学生の本分は勉学にある。

今現在は特に目標もない尚吾だが、今後もそうとは限らない。

少なくとも、ある程度の成績を維持していれば、進路の幅はひろがる。

すでにこの天ヶ崎学園に入学して二年目。

去年一年は、これといったイベントもなく淡々と過ぎ去ってしまった。

それが今年になって急に劇的な変化など起ころうはずはない。

「感受性豊かなこの多感なお年頃が、こんな退屈な時間を過ごさなきゃならないなんて、まるで拷問だぜ」

「そういう忍耐力を養うのも、社会に出ていくためには必要なことだよ。そんなに言うなら、友則君はどうして僕と一緒に図書室で勉強してたの？」

「お前、わかってて聞いてるだろ……」

彼の言う通り、尚吾はその理由を知っている。

友則は、この退屈な学園生活を払拭するためには、彼女を作ればいいという結論にいたり、とにかく目についた可愛い女子に片っ端から声をかけていた。

しかし、彼の反応を見る限り成果はなし。

最近では学園内だけでなく、放課後は繁華街に赴いてナンパに勤《いそ》しんでいるらしい。週末は朝からだというから、その根性は大したものだ。そこに結果が伴わないところが悲しい現実なのだが、問題はそこだけではなかった。

毎日のように街中を徘徊しつづけ、それだけに心血を注ぎこんだ結果、友則の成績は下降していく一方で、先の定期試験では見るも無残な結果だった。

このままでは、間違いなく夏休みがすべて補習で埋まってしまう。

友則としては、どうしても避けたい事態だったのだ。

それでしばらくの間、放課後は尚吾と一緒に試験勉強をすることになったのである。

「こうなる前に、もう少し対策を立てられたと思うんだけどね」

「仕方ないだろ。予定じゃ、今頃にはもう彼女ができてて、薔薇《ばら》色のスクールライフをエンジョイしてるところだったんだから」

「それは予定じゃなくて妄想だよ。だいたい、友則君の場合はもし彼女ができたとしても、そのことばかり考えて勉強が手につかないよ、きっと」

「それならそれでもいいさ。彼女がいたならな。はぁ～……どうして俺は報われないんだろうな、こんなにガールハントに必死になってるのに」

「古いよ。そんな単語使ってる時点で絶望的だよ」

　友則ほどがっついてはいないものの、尚吾も彼の気持ちはわかる。彼女がいれば、生活が劇的に変化することはないにしても、毎日に潤いが生まれるのは確かだ。

　尚吾にだって、片思いしている相手くらいいる。

ただし、それはあまりにも分が悪い賭けであり、半端ではない競争率を誇っていた。

「でもやっぱり、理想の彼女は天王院先輩だよなぁ」

　何気ない友則の一言に、尚吾の心臓が大きく跳ねあがった。

　天王院碧月――天ヶ崎学園の現生徒会長。国内トップクラスの医療機器メーカーの社長令嬢で、豪邸に住む正真正銘のお嬢様。

　切れ長の瞳に整った鼻立ち。小ぶりな顔は、まるで物語に登場するお姫様のような美貌を持っている。見慣れたはずの純白の半袖ブラウスにベージュのベスト、ブラウンのプリーツスカートという学園指定の制服も、彼女が纏っていると神々《こうごう》しく見えてくるほどだった。

腰まで伸びたロングストレートヘアは、漆のような上品な艶を放ち、そよ風に靡《なび》けば星がちりばめられたかのように煌めきを放つ。

ベストの胸もとに刺繍されている校章を大きく押しあげている豊かな胸もとは、多感なお年頃である男子にとってはまさに凶器といわんばかりの存在感を誇っていた。

スカートの裾から伸びる脚にはいっさい余分な肉など見受けられず、透き通るような白い肌がひときわ脚線美を際立たせている。彼女のしなやかな脚を目の当たりにして、美脚フェチに目覚めた男子生徒も少なくないらしい。

健全な男であれば、誰もが振りかえらずにはいられない気品と、悩殺ボディ。

学園中の男子が、彼女に憧れているといっても過言ではなかった。

「理想は……ね」

尚吾も、生徒会長に憧れている一人なのだ。

しかし自分とはあまりにもかけ離れた存在であり、遠くから眺めたことはあっても、会話などしたことはない。挨拶さえしたことがないのだ。

国内有数の資産家のご令嬢という肩書きをいっさいひけらかそうとはせず、物事に真摯に取り組むその姿勢から教員だけでなく生徒からの人望も非常に厚い。学生の本分である学業も全国模試では常にトップ、特定の部活には所属していないものの、運動神経も抜群で、去年まで各運動部から勧誘の嵐だったらしい。それに加えてお淑やかで、同世代と比べて群を抜いて発育のいいプロポーション。

まさに理想の女性像だといえる。

だが、彼女に想いを伝える男子はほとんどいなかった。

内心憧れてはいるものの、どうしても自分では釣り合わないと尻ごみしてしまうのだ。それは尚吾も同様で、まるで非の打ち所のないお嬢様とでは住む世界が違いすぎる。所詮は高嶺《たかね》の花でしかないのだ。

「おっ、噂をすればなんとやら……」

「ん？」

友則が指差す先には、生徒会室で書類整理をしている生徒会長の姿があった。

図書室と生徒会室はそれぞれ別々の校舎に設置されていて、二人が歩いている廊下の窓から、たった今噂していたお嬢様、天王院碧月が生徒会の書類を処理している後ろ姿が見えた。

「こんな時間まで大変だよなぁ。生徒会の仕事だけでも結構あるみたいなのに、それでも全国模試一位なんて、いったいいつ勉強してるんだか」

「本当だよね。それに、先生からの頼まれ事も結構多いらしいよ」

「ふ～ん……なんでもできるってのも考えものかもな。俺だったら絶対に途中で投げだしてるって」

「そこが、僕たちみたいな凡人とは違うところじゃないかな」

「そうかもなぁ。特に今は生徒会も大変だろうし」

「なんで？」

「あれ、お前知らないの？　副会長以下の生徒会役員、全員揃って新型インフルエンザだとかで休んでるんだよ。だから今、天王院先輩が生徒会の仕事全部一人でこなしてるって話だぜ」

「そ、そうなんだ……大変だろうね」

ここで、仕事に追われている生徒会長を尚吾が手伝いに行けば、多少はお近づきになれるかもしれないという邪な感情が、一瞬頭をよぎる。

しかし、それはあまりに不自然だし、なにより尚吾は生徒会の仕事をなに一つ知らない。手伝うどころか、逆に足を引っ張る可能性は大いにある。

手伝い一つ、ろくにできない自分の不甲斐なさに内心落ちこみながら、友則と二人で帰路についた。


「あ……っ」

正門を出てしばらく歩き、駅のホームに辿り着いたところで、尚吾は鞄の中身が足りないことに気がついた。

「どうした?」

「英語の教科書を机のなかに忘れてきちゃった」

「そういえば、教室寄ってから帰るつもりだったんだよな……俺たち」

友則も、思いだしたようにポンと手を叩く。

明日の授業で、順番どおりにいけば尚吾が当てられる。

よって、予習は必須だった。

図書室で試験勉強をしている最中に、教科書が鞄に入っていないことに気づいていたが、帰りに教室に寄ればいいと、後回しにしていたのだ。それにもかかわらず、見事にその事を忘れて駅のホームまでやって来てしまったのである。

「しょうがないから、取りに行ってくるよ」

「バイトの時間は大丈夫か?」

「問題ないよ。言わなかったっけ? 僕のバイト先が潰れちゃったこと」

「あぁ〜……そういえばそうだったな」

友則は実家暮らしだが、尚吾の実家は他県にあるため、一人暮らしをしてしている。

毎月仕送りをもらっているが、あまり親に負担はかけたくないという考えから、ライフラインがとまらない最低限の援助だけしてもらい、残りの生活費はアルバイトをしてまかなっていた。

ところが、先日そのバイト先が不況の煽りを受けて閉店。

現在、求人情報誌と睨めっこする日々がつづいていた。

多少なら貯えがある。しかし、それもそう長続きはしないため、早めに次のバイト先を見つけなければならなかった。

「それじゃあ、また明日学校でね」

「おう、それじゃあな」

友則と別れ、つい先ほど歩いてきた道を引きかえす。

あたりは日が沈みかけているせいで随分と暗くなりはじめていた。


「お、終わらないですわ……」

未だ未処理で山積みになっている書類の山を見て、天ヶ崎学園生徒会長・天王院碧月は大きなため息を吐いていた。

ただでさえ、来期の部活動の予算やら学校行事の書類など、処理しなければならない書類が多々あるというのに、まるで見計らったかのように役員たちが揃って新型インフルエンザにかかってしまった。

おかげで他の仕事まで全部碧月が処理しなければならなくなり、てんてこ舞いだった。

だからといって、ここで嘆いていたところで仕事がはかどるわけではない。

生徒会顧問の教員も『天王院さんならできる』などと無責任な発言をして、一度として手伝ってくれない。とにかく、一日も早く役員たちが復帰してくれることを心から願っていた。

「まったく、皆さん私のことを買いかぶり過ぎてますわ」

自分が周囲から完璧なお嬢様だと思われていることくらい知っているが、それはあくまで幼い頃から天王院の名に恥じない行いをするようにと、厳しく躾《しつ》けられてきたからである。

みっともない姿を晒さないよう、表向きに繕っているだけなのだ。

やらなければならないからやっているだけであって、少なくとも碧月自身は、決して自分ができた人間だとは考えていない。

そして碧月が未だに残って作業している原因は、生徒会役員が欠席しているという理由だけではなかった。

各科目の教員たちが、今度の授業で使うからと言って資料をまとめた書類をチェックするよう頼んでくるのである。

それは生徒が行う仕事ではないはずなのだが、的確に要点だけをまとめてくれる碧月の資料はとても参考になると、今では教員たちの資料整理までこなさなければならない事態に発展していた。

「教師として、情けないとは思わないのかしら……」

そんな殊勝なことを考えていないから、碧月に頼みに来るのだろう。

ただでさえ忙しいというのに、教員から余計な仕事を増やされるのは、煩わしいことこのうえない。碧月は、再度深々とため息を吐いた。

ただ一言、断ればいいだけなのだが、そうすることでできないと思われるのは妙に悔しい。天王院の人間として、決してそんなふうに思われてはならないのだ。

そう自分に言い聞かせながらも、いい顔をしておとなしく引き受けてしまう自分が恨めしく感じられる。

窓を見れば、外はすっかり薄暗くなっていた。

気がつけばグラウンドで汗を流しているはずの運動部員の声もほとんど聞こえなくなっていた。彼らが懸命に汗を流して青春を謳歌している間、碧月は生徒会室に一人閉じこもって黙々と書類整理。

時折、充実した日々を送っている彼らに比べて、自分はひどく損をしているような気がしてならなかった。

生徒会長として教員から頼りにされていても、やっていることは単なる雑用だ。いくら感謝されたところで、別段嬉しいわけでもない。

むしろ彼らは、碧月ならできて当然だと思っている節がある。

それが本当に煩《わずら》わしかった。

碧月もお年頃である。

放課後には友人たちと寄り道したりして遊びたい。もちろん、彼氏だって欲しいのだ。

「……今日は、このくらいにしておきますわ」

すでに今日中に処理しなければならない書類にはすべて目を通した。残りは明日以降でも構わないのだが、役員がしばらく欠席を余儀なくされている現状では、少しでも早く処理しておきたかったのだ。

しかし、鬱々とした気分は一向に晴れない。だが、その原因ははっきりしていた。

日課である早朝の自慰行為が、この忙しさのせいで行っている時間がなかったのだ。

普段なら、必ず発散されるはずの性欲が蓄積されて、身体の内側で荒れ狂っていた。

人目があれば、ある程度は理性で抑えこめるものの、ここにいるのは碧月一人。

静かなこの空間では、下腹部の熱い疼きが鮮明に感じられて、とても書類に集中できない。許されるのであれば、すぐにでもこの場でオナニーをしてしまいたい。

「もう少し、緩めておくべきでしたわね……」

また、よく耳を澄ましてみれば、碧月が身体を動かす際にかすかな軋みの音が聞こえる。その理由は、彼女の制服の下にあった。

ただの自慰行為ではなく、自縛オナニーに目覚めた碧月は、屋敷内だけでは飽き足らず、学園内でも自縛したまま生活を送っているのである。

麻縄を股間に食いこませながら、乳房を締めあげながら、授業を受けたり人前に立っていると、ひどく興奮を覚えてしまう。最初こそ興味本位だったのだが、誰かに見つかってしまうかもしれないというスリルに、身体がゾクゾクする。

今では、体育の授業がない日は必ず自縛した状態で登校していた。

しかし、今日のように早朝オナニーを行えなかった場合、縄の感触にかなり敏感になってしまう。反射的に身体を小刻みに震わせてしまうと、その振動でさらに快感が募り、余計に感じてしまう。こんなことになるのなら、自縛していた時間を少しでも自慰行為にまわすべきだったと、本気で後悔していた。

とてもではないが、残りの書類を片付けていられるような心境にはなれない。

碧月は本日何度目かの熱のこもったため息を吐きながら立ちあがると、処理した書類を手に職員室に向かった。


「——失礼致しますわ」

生徒会顧問に書類を渡し、ようやく本日の作業が完了した。

もっとも、これから屋敷に戻ったとしても、特にやりたいことがあるわけでもない。食事をして入浴してしばらくした後、ベッドに入って眠る。そして目が覚めれば登校して授業後に生徒会室で雑務に就かなければならない。

変わり映えのしない毎日。

自分をあてにして仕事を丸投げする教員、完璧なお嬢様だともてはやす生徒たち。

碧月のフラストレーションは、蓄積されていく一方だった。

「はぁ……んっ、今日は特に気分が悪いですわ。屋敷に戻って思いきり弄らなければ、やってられませんわ」

身体が疼き、自然と早足になる。

一秒でも早く、屋敷に帰りたい。

ようやく雑務から解放されたことで、ますます動悸が激しくなる。

まだ学園のなかだというのに、すでに興奮を抑えるのが難しくなってきた。

自らを慰め、はしたなく喘ぐ自分の痴態を想像しただけで、身体を火照らせている。

普段人前では天王院のお嬢様という仮面を無理にでも装着している分、それが剝がれ落ちたときの反動は半端なものではない。すでに滲む淫液が縄を浸透して下着を濡らし、その許容量を超えて滴りそうになっていた。

「んっ、はぁ……ど、どうしましょう。とても屋敷まで保ちそうには——」

不意に、目の前の教室の扉が目にとまる。

不用心なことに、その扉はわずかばかり開いていた。恐らく鍵を閉め忘れたのだろう。

もう校舎に残っている生徒は、自分くらいだろう。

教員たちはまだ職員室にいるが、ここからは随分と離れている。

ゴクリと、碧月の喉が大きく鳴った。

こんな興奮した状態で、屋敷まで帰る自信はない。

下手に我慢する必要はないのではないだろうかと、情欲が囁きかけてくる。

人気《ひとけ》のない教室。

誰かがやって来るようなことは、まずありえない。

息を荒げながら、気づいた時には扉に手をかけていた。

教室に入ってみるが、やはり誰もいなかった。もう一度、ゴクリと喉が鳴る。

いつもお嬢様然としている学園内で、碧月自らその仮面を捨てる。そんな想像をしただけで、背徳感に身体がゾクゾクと震える。

しかもここは碧月のクラスではなく、下級生の教室。そんな場所で——と考えると、もう歯止めは利かなかった。

元はといえば、異常なほど忙しい生徒会の仕事に追われていたのが原因なのだ。

多少羽目をはずしてもいいのではないか。

情欲に支配された思考は、まともな判断を下せなくなっていた。

わずかばかり残っている理性が、せめて屋敷に戻るまではと制動をかけるが、火照る身体は我慢しようとすればするほど熱く疼く。

股間が潤い、触れてもいないのにショーツが濡れているのがわかる。

このままでは溢れだした淫液が滴り落ちてしまうかもしれない。

しかし下手をすれば、誰かに見つかってしまう。

(でもやっぱり、私もう我慢できませんわ……っ)

欲望が完全に理性を上回った。もう歯止めは利かなかった。

一度はずれた歯車は、連鎖的に自制心を瓦解させていく。

扉を閉めると、碧月は躊躇《ためら》いもなく自らの衣服に手をかけた。

ベストを脱ぎ捨て、ブラウスのボタンをはずすと露わになったブラジャーを捲りあげ、豊かな乳肉を惜しげもなく外気に晒す。太い麻縄が上体の柔肌に深く食いこんでいる。締めつけられて、ひり出されている柔肉がひどく卑猥に映る。

スカートのホックもはずし、ショーツごと一緒に足もとまで引き下ろす。前面から後方へまわされた縄が、花弁を押し退けてめりこんでいる。

誰が使っているのかも知らない机に乗り、左手でたわわな乳房を揉んで、右手は縄をずらして陰唇に伸ばす。すでに乳首は痛いほどに勃起していた。

教室内で裸身を晒しているという現実に、激しく興奮を覚える。

柔肉を弄る手に、思わず力が入る。

「んはぁああっ……わ、私……教室で、オナニーなんてぇ……はくぅぅんっ！」

股間に伸びた指先が淫裂を撫でると、反射的に艶っぽい喘ぎがあふれだす。

声に混じって、水音が聞こえる。

指の動きに合わせて、ネットリとした粘着音が響く。

愛液が滲み、濡れた陰唇は艶を増す。

（あぁ、私……とんでもないことをしているのに、とても感じてますわ……っ）

熱い吐息のこもった喘ぎ声が、教室内の空気を濃密な淫臭で侵食していく。

広い教室の中央に置かれた机の上で、白い肌が艶かしく悶える。

剝き出しの乳房を乱暴に揉みしだき、硬くなった乳首を指の腹で摘みながら喘ぐ。

ここは学園で、しかも碧月はこの学園の生徒会長。他の生徒たちの模範となるべき生徒であるはずなのに、下級生の教室で全裸になって自慰行為に耽っている。

禁断の行為に、頭ではいけないことだとわかっているのに、湧きあがってくる衝動に抗えない。むしろその背徳感が堪らない。

指先は膣口を擦りあげ、膣口に滲みでてきた淫液を掻きだしながら、真っ赤に充血した陰唇を大きく開いていた。

卑猥な粘膜を撫で擦るたびに、熱い吐息がもれでる。

「ひんぅうっ……はぁ、はぁ、ぁああっ……！」

大胆に開かれた太腿はしっとりと汗にまみれ、情欲の昂りを表すように、時折ビクンッ、ビクンッと身体が跳ねる。

下校時刻などとっくに過ぎているとはいえ、校舎にまったく人がいなくなったわけではない。いつ誰かに見つかってもおかしくない。

(恥ずかしいのに……でも、どうしてもとまりませんわ。こうでもしていないと、私……おかしくなってしまう。……き、気持ちいい……オマ×コ、オマ×コ触るの、すごく気持ちいいっ！)

膣口にわずかばかり指先を押しこみながら掻きまわす。

たったそれだけで、痺れるような快感が全身へとひろがっていく。そして、自身を慰めているのは右手だけじゃない。左手も絶え間なく乳房を揉みこんでいた。

碧月の細い指先が、白く滑らかな肌を撫でまわしては、力をこめて握り締める。まるで搗《つ》きたての餅をつかんでいるかのように指が沈みこみ、大きな乳肉がその姿を歪《いびつ》に変えている。

「はぁ、ぁああんっ……おっぱいも、ジンジンしてっ……あうぅ、んっ、ち、乳首も

「……こんなに硬く、んっ、ちゅっ、ちゅぱっ……んふぅぅ」

　シコってツンと突き立った乳首に熱い視線を送ると、乳房を掬いあげて吐息でかすかに湿った紅い唇で、その桜色の突起に口づけする。

　最初こそ、恋人に優しくキスをするように唇を重ねていたものの、熱く火照って発情しきった碧月の身体は、その程度の刺激では満足できなかった。

「ちゅるるっ……んっ、んふっ、ちゅぱっ……んじゅるるっ、んはぁあ……っ！」

　乳首を咥えたまま思いきり吸いあげ、引っ張る。

　引っ張っては唇を離す。それを繰りかえすたびに、反動で乳頭がプルンと揺れる。

　そのなんとも卑猥な光景に、碧月の興奮はヒートアップする一方だった。

　赤ん坊のように必死になって乳首を吸い、乳房を揉みながらも、淫裂を弄る指は動きをとめるどころか、次第に激しさを増していく。

（こんな時間まで仕事をさせられて……皆さんがインフルエンザで休みだからって、その分の仕事を私にまわさなくたっていいはずですのにっ……だいたい、どうして生徒の私が教師の資料整理まで……っ）

　日頃の鬱憤《うっぷん》を晴らすように、勢いに任せて身体を弄っていく。

　天王院の令嬢として、常に周囲の視線を気にする毎日。

　皆が知っているのは、まわりの期待に応えようと他者を欺《あざむ》くための仮面でしかない。

なにもかもをかなぐり捨て、今ここで下級生の机の上で痴態を晒している姿こそが、碧月の本当の姿なのだと。

これまで何人にも晒したことのない素顔。それを初めて学園内で脱ぎ捨てたことで、碧月の情欲の昂りは半端なものではなかった。

屋敷ではローターなどの大人の玩具を使うが、さすがにこの場には持ち合わせていない。しかし、学園内で自慰行為に浸っているという背徳感が、それらに劣らないほどの羞恥と興奮を煽ってくれていた。

「あんっ……すごく、濡れてる……わ、私は悪くありませんわ……皆さんが、私に過度の期待などしているから……あぁんっ、んぅ……いつも自分を偽ってばかりで……一人になるとオナニーばかりっ、私、オナニーをとめられなくなってて っ」

自身のオナニー癖については、自覚している。しかし、今回のように屋敷に戻るまで我慢できなくなってしまったのは初めてだった。

玩具こそ使えないが、常に取り繕っていた学園で全裸オナニーの緊張感と背徳感は相当のものだ。一度味わってしまうと、癖になってしまいそうだ。

碧月自身、もはや病気だと思えた。

精神的なものである。

学園の代表である生徒会長という身であり、そのうえ国内有数の資産家である天王院の令嬢という仮面をかぶりつづけることが苦痛になっているのだ。

そのストレスを拭いたくて、碧月は背徳的な自慰行為に逃げているのだろう。

しかし、いくら自己分析したところで、他に解決策は思い浮かばない。

一度知ってしまった快楽を覆い尽くすほどの衝撃など、そうそう見つかるはずはない。セックスをすれば、オナニーばかりにのめりこむことはなくなるかもしれないが、生憎と碧月には異性との交流はない。

邪な念も含めて男子からの視線は日々感じている。しかし、碧月に話しかけてくるような人物は女友達ばかり。

恐らく、天王院という肩書きに自分が釣り合わないとでも考えているのかもしれない。おかげでセックスどころか、父親以外の異性と手を繋いだこともない。

これではオナニー中毒を改善するなど、夢のまた夢である。

変態だという自覚はあるが、この衝動に抗うだけの自制心は持ち合わせていない。

それでも、自慰行為に浸っていると、そんなことはどうでもよく思えてくる。

「きひぃいいっ……あぁ、し、痺れちゃうぅ！」

硬い乳首を軽く甘噛みするたび、電流のような快感が身体中を駆け巡る。

力強く握り締め、指が乳肉にめりこむ痛みもはっきりと快感に変換されていた。

乳頭を吸って、乳房を揉みしだいている間も、淫裂を弄る指の動きはとまらない。

陰唇を掻き分けて、指先が膣口を擦りあげる感覚がたまらない。

それでも、未だ男性経験のない碧月は勢いに任せて指を奥まで押しこんでしまわないかという不安がつきまとう。

快感に喘ぎつつも下手に指を抽送しないように、第一関節のあたりまで押しこんだ状態で円を描くように動かしながら、膣口の粘膜を擦りつづける。

多少もどかしく感じはするものの、指をまわすスピードを速めていくと、強くなった刺激に合わせて、あっという間に淫裂が濡れそぼっていく。

こみあげてくる快感も大きくなって、堪らず腰が震えだす。

「わ、私っ……こんな、こんなにいやらしくっ……あぁ、うくぅっ……んあぁぁっ、感じるっ、か、身体が……熱いっ、あぁあああっ！」

ビクビクと腰が震え、喉の奥から声がこみあげてくる。

自分でも驚くほど、いやらしい声。

下級生の教室でそんな喘ぎ声をあげているという事実が、さらに身体を熱くさせる。

刺激に堪えかねて、のけ反った拍子に唇が乳房から離れる。すると潤った唇と乳首との間に、煌く細い糸が引かれた。

「んはぁあっ、ダメ、ですのにぃ……はぁ、んくぅ……き、聞こえちゃうっ……私が感じている声が、聞かれて……んふぅうっ」

こんないやらしい声を聞かれたら――

浅ましく快楽を貪る姿を見られたら――

もしもという恐怖と羞恥が、際限なく碧月の身体を昂らせる。

この痴情の滾《たぎ》りは、碧月の満たされない気持ちの裏返しだろう。

いけないことをしているとわかっている。

わかってはいるが、指はまるで別の生き物のように乳房を嬲《なぶ》り、膣肉を掻きまわす。

怖いと感じる反面、この痴態を誰かに見られたいと思っている自分がいる。

もしこんな姿を誰かに見られてしまえば、間違いなく犯されてしまうだろう。

思わず身震いしてしまう一方で、軽蔑の眼差しを向けながらも碧月の痴態に興奮し、力ずくで組み敷かれて滅茶苦茶にされてみたいとも考えてしまう。

「はぁ、あぁんっ……お、オマ×コ……こんなに濡れて、私のいやらしいオマ×コが……オチ×ポを欲しがって口を開いてますわ……」

自然と、淫らな言葉が口からもれる。

品のいい唇から発せられる卑猥な言葉で、自身の劣情をいっそう煽る。

滴る淫水は机の上にひろがり、一見すると失禁してしまったように一面をベタベタに濡らしていた。

あまりの快感に瞳が揺れて視点が定まらない。

淫液がとめどなく溢れて、花弁を濡らしながら滴る。

机にひろがった蜜も許容量を超えて床まで流れ落ちていく。

絶え間なくもれでる喘ぎ声に、開いた口が塞がらない。

まるでなにかに取り憑かれたかのように、指を動かしつづけてしまう。

「ひゃうっ……！　い、いぃっ……あぁっ、ダメぇ……もう、声を抑えられっ、ひくぅううんっ!!　こ、声が、とめられませんわっ！　で、でも、それでもいいっ……もっと、もっとオマ×コ掻き混ぜていたいのぉ!!」

なけなしの理性で抑えていた唇が完全に緩んだ。

仮に今、この教室の前を誰かが通れば、確実に碧月の喘ぎ声を聞かれてしまう。

それでも淫猥な喘ぎ声が、躊躇なくあふれだしてしまう。

痴態を目撃されて、異性に荒々しく嬲《なぶ》られる様を想像しながら、乳房を揉みしだいて敏感な乳首を転がす。

愉悦を与えてくれるその部分を中心に、碧月は激しく指を使う。

膣口をこねる指の動きに合わせて、溢れでた淫蜜がクチュクチュと淫猥な音をたてる。指での自慰行為は、屋敷では物足りない行為だったかもしれないが、優等生を演じているこの学園内でのオナニーという特殊な状況が、碧月の狂ったような情欲をさらに高みへと押しあげていく。

危険だと理解していても、背徳的な快感をどうしてもとめられない。

「ああぁっ、ダメなのにっ……こんな、もしも、誰かに聞かれていたらっ……んはぁあっ、あぁ……こ、こんなに腫れて……やぁ、クリトリス、こんなに大きく、なってますわぁ……はっ、んひっ、ひぎ、きひぃいいんっ!!」

思わず指先でクリトリスを弾くと、瞬間的に痺れるような強烈な快感が碧月の全身を襲った。それでも構わず、その存在感を主張する充血して大きく勃起した肉芽を指の腹でこねくりまわす。押し寄せてくる快感に、反射的に指の力を緩めはしたものの、断続的に全身が跳ねあがるような刺激が走る。全身を電流が貫いたような強い刺激に、膣口からは勢いよく淫液が噴出して机に撒き散らされる。

甘い嬌声をあげながら、碧月は両足をガクガクと震わせながら行為に没頭する。

「あ、あぁ……っ！　チ×ポっ……オチ×ポぉ……っ！」

これ以上の快感を得ることができるであろう男根が膣内に挿入される快感を想像するだけで心が躍り、膣奥から身体中へと激しいうねりとなって悦びが伝播していく。

恥ずかしげもなくもれだす卑猥な単語が、碧月の理性を溶かしていく。

性に対する本能と好奇心が、頭のなかを支配する。

全身を突き抜けていく快感に、碧月は幾度も戦慄き、身悶える。

ビクッ、ビクッと、か細く繰りかえされる痙攣。

シンと静寂に包まれた教室に、響いているのは碧月の荒い吐息だけ。

痛いほどに膨れあがったクリトリスに、指先に絡めた淫液をたっぷりと塗りつける。

頭の芯まで痺れるような官能に、全身が小刻みに震えてとまらない。

「あうっ、くっ、うぅ……っ！　わ、私、生徒会長、ですのにっ……あぁぁ、皆さんの模範にならないと、いけないというのにぃ……っうんん、ダメぇ、すごく気持ちいいのっ！　と、とまらないっ、はしたない事して、気持ちいいぃぃ!!」

指の動きが、さらに激しく熱のこもったものになっていく。

気がつけば、理性など完全に欲望に呑みこまれていた。

ただ背徳感と快感だけが、身体中を痺れさせていく。

(私が望んでいるわけではないというのに……私が天王院の生まれだからというだけで、周囲が勝手に期待して……私にとって、天王院の姓は枷《かせ》でしか……)

他者は、碧月のことを天王院のご令嬢としか見ていない。才色兼備は当たり前、なにかと完璧だともてはやし、それを期待する。そして碧月はそれを演じつづけてきた。

「でもっ……あんんっ！　こ、これが私っ……本当の、私の姿なのですわっ！」

両足をひろげて股間を晒し、下級生の教室で浅ましく快楽を貪る。

グチュグチュと、嬌声にも劣らないほど淫猥な水音を響かせながら、思いの丈と共に濁流のような快感が駆けあがってくる。

なにもかも忘れて、快楽に身を委ねる。肌に食いこむ縄の感触さえ心地いい。痛みにも似た疼きが子宮を苛む。碧月の女としての本能が、男を求めていた。

しかし、それは叶わない。碧月は疼きを誤魔化すように、指先でクリトリスを強く摘みあげる。その瞬間、子宮を苛んでいた快感が弾けた。

「くっ、ひっ……ひぁああああああっ!!」

脳天から爪先まで、全身が硬直する。

唇を噛みしめて、瞬間的に襲いくる官能に打ち震える。名も知らない下級生の机の上で、全身をビクビクと痙攣させながら、碧月は絶頂に達した。

溢れる淫液は濃密になり、粘り気を増して糸を引きながら滴り落ちていく。

小刻みに身体を震わせながら、全身を呑みこんだ快楽に打ち震える。

「ぁ……はぁ、はぁ、あぁ……イッて、しまいましたわ……私、学校で……んっ、ふあぁ、はふぅんっ……で、でも、気持ち、いぃ……」

喘ぐように呼吸を繰りかえしながら、淫裂を弄っていた指を見つめる。

大量の淫蜜でドロドロにふやけた指先。

淫蕩に潤んだ瞳で見つめながら、緩やかながらも何度も押し寄せてくる悦楽の波にたゆたいながら、碧月はしばらくの間机の上で悶えつづけていた。

（ど、どうなってるんだろう……⁉）

あまりの驚きと衝撃に、尚吾は動くことができなくなってしまった。

帰宅途中で忘れ物に気づき、友則と別れて引きかえしてきた尚吾。

自分の机から教科書を持って帰るだけ――ただそれだけの単純な作業のはずだった。

ところが、尚吾は今身をちぢこませて教卓の下に身を潜めていた。

原因は、自分でもよくわからない。

すでに暗くなりかけて人気のほとんどなくなった校舎。なにも知らない第三者ならば、そんな場所にいる尚吾のことを怪訝に思うかもしれない。しかし、尚吾はここの学生であり、忘れた教科書を取りに来ただけ。

仮に誰かに見つかってなにか言われたとしても、事情を説明すれば誰もが納得するほどまっとうなものだ。

隠れる必要などまるでない――はずだったのだが、不意に聞こえてきた足音に驚いて、咄嗟に教卓の下に身を隠してしまったのである。

一度隠れてしまうと、やましい事があるからではないかと疑われてしまうことは必至。見つかれば下手に話を拗らせてしまう可能性が高い。そう考えた尚吾は息を潜めてじっと廊下を歩いている人物が通り過ぎるのを待った。

しかし、その考えが甘かった。

なにを思ったのか、突然教室の扉を開けて入ってきたのだ。

尚吾はこっそりとその人物の顔を覗き見て仰天した。

やって来たのは、尚吾の憧れの人物。この天ヶ崎学園の生徒会長にして天王院家のご令嬢だったのである。

とにかく不可解だった。なぜ彼女がこの教室にやって来たのだろうか。

碧月は尚吾の一学年先輩である。誰もいない下級生の教室に用があるはずがない。

尚吾は自分の迂闊《うかつ》な行動を呪った。

もしも隠れたりしなければ、挨拶程度は言葉を交わすことができたかもしれない。

わざわざ教室に入ってきたくらいなのだから、可能性はある。

だが、今更遅い。

突然教卓の下から現れる下級生など、怪しむ以外の選択肢はない。

ある意味では、強烈なインパクトを与えることができるかもしれないが、間違いなくマイナス方面でしか作用しないだろう。

尚吾はため息を吐くと、おとなしく碧月が教室を出ていくのを待つことにした。

ところが、ここから尚吾も想像だにしていなかった事態へと、状況は一変した。

静まりかえった教室は、音の伝達を遮る雑音などいっさいない。

離れている碧月の呼吸さえ聞こえてくるほどだ。

するとと尚吾は気がついた。彼女の呼吸が妙に荒いことを。

図書室から帰る際、生徒会室で業務に追われている碧月の姿を目撃していたが、基本はデスクワーク。呼吸が乱れるような事は考えにくい。

首を傾げる尚吾は、次の瞬間に信じられないものを目撃してしまった。

碧月はあろうことか、突然制服に手をかけて脱ぎはじめたのである。

ベストを脱ぎ捨ててブラウスのボタンを素早くはずしていく。

薄い布地の下から、仄かに朱に染まった艶やかな肌が露出した。

暗がりとはいえ、彼女の姿ははっきりと目にすることができる。

尚吾は、思わず叫びだしそうになる衝動を必死に呑みこみながら、目を丸くしてそのなめらかな柔肌を凝視してしまった。

たわわな果実を窮屈そうに押しこんでいる布地を強引に捲りあげると、たっぷりと豊かな乳房がプルンと零れでた。

偶然とはいえ、初めて目の当たりにする碧月の柔肌。しかも、暗がりで見づらいが、彼女の身体が縄によって締めつけられていた。

目の錯覚かと思った。まさか、誰もが認める模範生である碧月が、制服の下に縄化粧をしているなどと、いったい誰が想像できようか。

尚吾は目を離すことができなくなった。

どうして彼女がこんな場所で自慰行為に及んでしまったのか、疑問は尽きないが、いきなり目の前ではじまった碧月の痴態に、瞬く間に血流が下半身に押し寄せていく。

想像以上の巨乳に、尚吾はこれでもかというほどに目を見開いた。

左手でその大きな乳肉を揉みしだきながら、右手は乱暴に淫裂を弄んでいた。

尚吾の心臓は、かつてないほど大きく跳ねあがり、高速で脈動をつづけていた。

どうしてこの教室にやって来たのかは不明だが、自らを慰めている碧月の姿は堪らなく色っぽく、どうしようもないほどにいやらしかった。

普段の碧月が、誰もが認める品行方正なお嬢様というせいもあって、教室で痴態を晒しているこの状況を、尚吾はにわかに信じることができなかった。

しかし、驚愕こそしているものの、あられもない碧月の姿に尚吾の肉棒はかつてないほどに張りつめていた。自分で意図して招いた事態ではないとはいえ、覗いてしまっていることに対する罪悪感は確かに感じていたが、それはほんの一瞬のこと。憧れの女性の縄化粧に、尚吾の興奮は半端なものではなかった。

ズボンのなかで、痛いほどに勃起しているペニスを取りだして、今すぐしごきたい衝動に駆られるが、まだ働いている自制心のおかげで思いとどまる。

もしも気づかれたときのことを考えると、どうしても勇気が出ないのだ。

それでも尚吾は瞬きもせず、その一瞬一瞬を脳裏に焼きつけようと目を血走らせた。

次第に碧月の身体の震えが大きくなり、ついにはひときわ大きな嬌声を迸らせて全身を硬直させた。それがなにを意味しているのか、尚吾は瞬時に理解した。

大きく上下する肩。

激しく揺れる乳房。

碧月の呼吸は荒々しく、なかなか治まらない。

今後の人生すべてを棒に振ってでも、飛びつきたくなるほど淫らな光景が目の前でひろがっている。それでも思いとどまることができた自分の理性に、尚吾は自ら惜しみない賞賛を送りたくなったが、ここで問題が発生した。

肩で息をして、悦楽の余韻に浸っている碧月はまだしばらくこの場を動きそうにない。それが尚吾にとっては非常にマズイ展開だった。

人間の体というものは、長時間同じポーズではいられない。ある程度時間が経過すると、筋肉が固まってしまい、場合によってはひどい痛みを生じさせる。

同世代と比べると、どちらかといえば小柄になる尚吾の体軀だが、ずっと教卓の下で隠れているというのは無理がある。しかも下手に動いて音をたてようものなら、間違いなく見つかってしまう。それを恐れて、とにかく動かないようにジッと縮こまった姿勢のまま、どうにか碧月の痴態を覗きつづけていた。

そして碧月の痴態に興奮し過ぎた結果、自分の体の違和感に気づくのが遅れてしまったのだ。筋肉が固まって、節々に痛みが走る。

体勢を維持していなければ見つかってしまうかもしれないというのに、痛みが邪魔をして体を支えるのも限界だった。

「うわぁっ!!」

体がふらついて、その拍子に頭を思いきり教卓にぶつけてしまった。

ガンッと鈍い音が響き、碧月が驚いて振りかえる。

「だ、誰っ!?」

「あのっ、僕忘れ物を取りに来て……そ、それでっ……!」

あわてて取り繕い、この場から逃げだそうとするが、未だ筋肉が固まった状態では上手く動けなかった。

勢いよく立ちあがって駆けだしたつもりだったのだが、ただでさえ体が上手く動かないうえに動揺していたことも手伝って足が縺《もつ》れ、尚吾は床めがけて思いきりダイブしてしまった。

鈍い音とともに碧月の驚いた声が聞こえたような気がしたが、盛大に頭をぶつけた衝撃で、尚吾の意識ははるか闇の彼方へと飛び立っていった。

「——もう、大丈夫ですの?」

「は、はい……」

あれから尚吾が意識を取り戻すまで、それほど時間はかからなかった。

目を醒ましてみると床に寝かされており、そんな尚吾の顔を碧月が覗きこんでいた。

ものの見事に転んだ尚吾を介抱してくれていたらしい。

さすがに裸ではなく、脱ぎ捨てていた制服を身に着けていた。

いくら衝撃の現場を目撃してしまったとはいえ、憧れの女性の目の前で転んだだけでなく、気を失ってしまったことが、とにかく恥ずかしかった。

もしも穴があれば、喜んで跳びこんでいたことだろう。

「それにしても、私としたことが迂闊でしたわ……」

尚吾が体を起こすと、碧月は大きくため息を吐いてひとりごちる。

「え？」

「私が教室でオナニーをしていて、驚いたでしょう？」

（それはもう驚きましたよ、自分でもビックリするぐらい……）

先ほどの碧月の痴態を思いだして、瞬間的に顔が真っ赤になる。

彼女の顔を見ているだけで、その淫らな姿が鮮明に脳裏にフラッシュバックする。

とてもではないが、まともに顔が見れない。

本人が口にしているとはいえ、今でも夢ではないかと現実逃避したくなる。

品行方正で、非の打ち所がない絵に描いたようなお嬢様。とてもではないが人気のない教室でオナニーをするような露出趣味があったなどと、誰が想像できようか。

彼女を知る者ならば、全員が同じようなことを思うだろう。

「私、オナニーが大好きですの。でも、最近生徒会の仕事が忙しくて、今朝は時間がありませんでしたから、つい我慢しきれなくて……」

いまさら取り繕われても困るが、開き直られるのはなおさら困る。

「ま、まあ……忙しくて時間が取れないことも——って、今朝は？」

「ええ、誰だって朝晩と二回ずつくらいはするでしょう？」

「……え？」

尚吾は耳を疑った。確かに、お年頃であれば自慰など当たり前の行為とも言えるが、碧月が言うほど頻繁には行わないだろう。

すると、今度は碧月が尚吾の反応に驚いていた。

「あら？　少なかったかしら？」

「多いですって!?」

「そ、そうですの？…………少なめに言ってみたつもりでしたのに……」

「え？」

碧月がなにか呟いたような気がしたが、よく聞き取れなかった。

それでも、とにかく彼女は相当性欲が強いようだ。自分の自慰行為を口にしながらも、その瞳は爛々と輝いていた。

「はぁ……明日から皆さんにどんな目で見られることになるのかしら」

「え、どういうことです？」

「これからは、オナニー狂いの変態生徒会長として噂されることになりますもの」

「なっ……!? ぼ、僕は誰にも言いませんよ！」

確かに衝撃的な光景ではあったが、それを第三者に公言するつもりはない。そんな真似をしたところで、尚吾にとって利点などありはしないのだから。

第一、仮に尚吾がそんなことを触れまわったとしても、これまで碧月が築きあげてきたイメージが、それを阻むだろう。むしろ、彼女を貶めるような噂を広めようとした張本人として、逆に尚吾が目の敵にされかねない。

単なる童貞の卑猥な妄想だと、一蹴されるのがオチだろう。

「本当かしら？」

しかし、当の本人である碧月は半信半疑だ。

教室での自慰行為を目撃した初対面の男子生徒に対して、全面的に信用するなど無理な話だ。彼女の反応は当然だろう。

「ぼ、僕は人の秘密を言いふらして喜ぶような人間じゃありませんから」

　これといって証明する手立てもないが、尚吾としては信じてもらうより他ない。

「信じていいのかしら？　いきなり呼びだされて、指定された場所には卑下た笑みを浮かべた男子たちが大勢待っていて『今日からお前は俺たちの精液便所だ』なんて言って、私のことを弄ぶつもりじゃない？」

「そんなこと、しませんよっ！」

「じゃあ、肉奴隷として――」

「同じじゃないですか！」

　これまで尚吾が抱いていたイメージが、音をたてて崩れ落ちていく。しかも、彼女はとんでもないことを口にしながらも、いやがっているようには見えなかった。

　どちらかといえば、内心それを望んでいるようにも感じられた。

　お淑やかで慎ましいお嬢様だと思っていたのだが、性欲には非常に正直らしい。

　そうでなければ、教室でオナニーなどするはずはないのだ。

「う～ん、いまいち信用できませんわねぇ……」

「そう言われても……って、か、会長？　なんか顔が近いですよ!?　な、なにをっ!?」

　なにか考えながら、碧月はズイッと顔を寄せてきた。

　彼女の美貌が急接近したせいで気づかなかったが、いつの間にか彼女の手が尚吾の両肩に伸びていた。

まだ絶頂の余韻が完全に消えていないのか、わずかばかり潤んだ瞳を色っぽく細めながら、尚吾の顔を見つめてくる。しかし、それはまるで獲物を狙う捕食者のような瞳で、綻んだ口もとが妖しい笑みを浮かべていた。

「信用できないのなら、共犯にしてしまえばいいのですわ……んっ！」

一瞬、なにが起きたのかわからなかった。

碧月はいきなり尚吾に抱きつくと、キスをしてきたのである。

「んむぅうっ!?」

頭のなかが真っ白になった。目の前に迫った碧月の整った目鼻立ちも、鼻腔を擽《くすぐ》る彼女の芳香も気にする余裕さえない。

熱い吐息で仄かに潤った唇の柔らかい感触だけが、尚吾の思考を支配する。

（き、キス……してるっ!?　ぼ、僕と天王院会長が……っ!!）

「んふぅ、んんっ……んっ、ちゅっ、はぁぁ」

碧月は切なそうな吐息をもらしながら、積極的に唇を押しつけてくる。

意識が飛んでしまいそうなほどの衝撃的なファーストキスだった。

唐突な出来事に反応できずにいると、碧月は微笑みながらゆっくりと唇を解放する。

「な、なんで……？」

憧れていた碧月とのキス。平時であれば歓喜に打ち震えていただろうが、現状では彼女の行動の意図がまるで見えない。

「言ったでしょう？　貴方にも共犯になってもらうって」

「そんなっ……僕は本当に言いふらしたりは——んんぅ!?」

再び唇を重ねられる。

ズキュウゥンという効果音さえ聞こえてきそうなほどの、強引なキス。

尚吾の抗議の言葉は、あっさりと塞がれてしまった。

しかも今度は押しつけられた唇の奥から、モゾモゾとなにかが迫ってくる。

（し、舌っ!?　口のなかに、舌が入ってきて、動いてる……っ!?）

うっとりとした瞳で見つめながら、碧月の舌が積極的に尚吾の唇を割り開く。

目を剥いて驚く尚吾に構わず、碧月のぬめる舌が挿しこまれる。

ヌルヌルとして、熱い碧月の舌。

口のなかが蕩けてしまいそうな甘美感に、抵抗する気など霧散してしまう。

女性と手を繋いだことすらなかった尚吾が、いくつかの階段を一気に跳び越えて、いきなり熱烈な口付けを交わしてしまった。

しかし尚吾も男。驚きこそすれ、憧れの女性に対してただされるがままではいられない。手順など知らないが、とにかくあふれでる欲望のままに侵入してきた舌に自分の舌を絡みつけてみた。

「ちゅるっ、んじゅるる……んっ、くふぅうっ……ようやく、貴方も、その気になってくれましたのね……ぺちゅっ、んちゅっ……」

碧月は動きだした尚吾の舌をとらえ、艶かしく絡ませてくる。

忙しない舌の揺らめきが、尚吾の神経をビクビクと刺激する。

表面を幾度となく滑る碧月の舌。

興奮に荒くなった息が、お互いの口内を行き来する。

尚吾も夢中になって舌を動かす。

それぞれが独立した生き物のように、淫靡に絡み合う。

彼女の髪から漂う香りに酔いしれながら、その滑らかな舌と唇の交わりに陶然とする。尚吾も碧月の背中に腕をまわし、この夢のような心地いい感触を堪能する。

興奮して敏感になっているのか、舌を絡めていると碧月の身体が断続的に震える。

「んちゅぅうっ……うはぁ、んっ、こ、これが、キス……んちゅっ、ちゅる……こんなに興奮するものだったなんて……っ！」

そのうえ、蠱惑《こわく》的な艶を帯びた碧月の表情に、尚吾の脳髄は沸騰してしまいそうなほど熱くなり、下半身がかつてないほどに硬直する。

尚吾はとにかく勢い任せに舌を動かしつづけた。

「あむぅっ……んっ、じゅるるっ、んぐっ……じゅぷっ、んちゅるるるっ……はぁ、あんっ、んふうぅ……す、すごいぃ……」

碧月はそんな尚吾以上に興奮した様子で舌を蠢かせ、啜りあげてくる。

滲む唾液が唇の端から溢れ、教室内に卑猥な水音が響き渡る。

滴る涎が顎を伝い、首筋まで滴っていく。

「んちゅっ……あぁ、もったいない……ん、ちゅっ、れろん……れろっ、ちゅるっ」

極力唾液を溢れさせないように、碧月は口内に溢れた唾液を掬って口に運ぶが、まるで追いつかない。尚吾も彼女に負けじと、彼女の舌ごと唾液を吸いこむ。

それでも吸いきれない唾液がポタポタと滴り、彼女の制服に染みを作る。

お互いの混ざり合った唾液を行き来させながら、碧月はますます鼻息を荒くする。

「ちゅぐっ、んぐぐ……んじゅっ、じゅるるるっ……んむぅ、んふぅぅ……あむっ、お、おいしぃ……貴方の涎ぇ……あむんっ、んぅぅ、おいしいぃ……」

碧月の表情がだらしなく蕩け、唇の端から泡立った唾液が垂れ落ちる。

全男子憧れの生徒会長が、尚吾の唾液を嬉しそうに嚥下している。

このうえない興奮だった。

これ以上つづけてしまえば、キスだけでは収まらないかもしれない。

さすがにこれ以上はと思った矢先、執拗に舌を絡ませつづけていた碧月が唇を離した。

「あっ……」

昂った興奮が、のっぴきならない状態であることは自覚しているものの、離れていく柔らかな唇に未練を感じずにはいられなかった。

「これで、貴方も教室でふしだらな行為に及んだということで、私と共犯ですわね。んふふっ……こんな私を軽蔑する？」

「そ、そんなことは……っ！」

思いきり首を左右に振る尚吾。確かに突然のキスには驚いたが、それで彼女に失望したりはしない。いくら周囲から完璧だと思われていたとしても、秘密の一つくらい人間ならば誰もが持っていることだ。

たとえそれが教室でオナニーをしてしまうような趣味だとしても、尚吾と碧月の二人だけの秘密というのは悪くない。むしろ興奮すら覚える。

「それなら続き、しますわよ」

依然として鼻息の荒い碧月は舌なめずりを繰りかえす。

そして熱っぽい視線で見つめながら、碧月はしなやかな指を尚吾の体に這わせはじめる。細い指が、徐々に下へ下へと滑り降りていく。

「あうぅっ!?　そ、そこは……っ!?」

思わず声を荒げてしまうが、すでに遅かった。

「うふっ、思った通りですわ。こんなに硬くして……」

ズボンのなかで硬く膨らんでいる肉棒を摩《さす》りながら、碧月はニッコリと微笑んだ。


碧月は、内心自分の行動に驚いていた。

誰もいないと思いこんでいた教室には、一人の男子生徒が隠れていた。

あられもない姿の一部始終を覗かれていたことには驚いたが、自分以上にあわてふためく彼の姿を目の当たりにしたことで、ある程度は冷静さを取り戻すことができた。

しかし、碧月がここでオナニーしていたことを知られてしまった事実は、今更覆しようがない。彼がおとなしく黙っていてくれる保証もないのだ。

もしも彼が誰かに話してしまったらと考えると、想像するだけで恐ろしい。

これまで碧月が築きあげてきた天王院の令嬢としての礎《いしずえ》が、すべて崩壊してしまう。

その結果、自分だけが白い目で見られることになるのは、自業自得だと思えば納得できる。しかし、両親や周囲の人々にまで迷惑をかけるわけにはいかない。

必死になって考えた末に出た結論は、彼も第三者に公言できないよう、この場で碧月と共犯になってもらうというものだった。

碧月自身、自分が周囲の男性からどのような目で見られているのか、ある程度は理解している。混乱しているとはいえ、積極的に責めれば彼の自制心は早々に働かなくなるだろう。もちろん碧月には男性経験はない。

どうすればいいかなど、聞き齧《かじ》った程度の知識しかない。それでも目の前の彼だって、あわてふためく反応を見る限り、異性とは縁がないのだろう。

初めて同士、多少稚拙な責めになろうとも、経験がなければ比較のしようはない。決して、分の悪い賭けではない。

今回の件を黙っていてもらうという名目ではあるが、碧月としても異性に対して興味津々なのだ。少々頼りなさげな少年だが、線が細く可愛らしい。

初対面だから内面まではわからないが、ルックスは合格点に達している。ある意味では、覗いてくれていたのが彼でよかったかもしれない。

――そしてまだ混乱気味の彼に抱きつき、キスを迫った。

最初こそ、戦々恐々としていたが、唇を重ねていくにつれてたちまち身体は火照り、欲望の赴くままに彼の唇と舌を貪った。

少し前から、性に対して異常なほど興味を持っていた自覚はある。しかし、初対面の後輩の男の子に対してここまで大胆になれるとは思ってもいなかった。

単に碧月がいやらしいだけなのか、それとも彼が自分を惹きつけるなにかを持ち合わせているのか、それは定かではないが、これからさらなる行為に及ぼうとしていた。

ここまでしなくても、彼なら他言しないだろうと半ば確信しているが、このズボンのなかには、碧月が今一番関心を寄せている男性器が、ガチガチに勃起した状態になっているのだ。

彼のズボンを下ろしてしまったら、もう後戻りはできなくなるだろう。

それでも、碧月は本物の肉棒を目の当たりにしたかった。

さすがにここまでされるとは予想していなかったのか、彼は驚いて目を剝いていた。

このまま劣情に流されてはいけないと、懸命に理性が抗っているのだろう。

しかし、碧月には彼の心中を気遣っていられるほどの余裕はなかった。

「ちょっ……な、なにをっ!?」

「うふふっ……私だけ裸を見られているなんて、不公平ですわ。貴方のオチ×ポ、見せてくださいな」

「そ、そんなっ!? だ、ダメですって……!」

「先ほどからずっと勃起しているのでしょう? 私が慰めてあげますわ……というか、貴方のいきり立ったオチ×ポ、見せなさい」

「うわぁっ!! か、会長……!?」

彼が反応するよりも早く、碧月はズボンのファスナーを下ろすと、その隙間から手を潜りこませて待望の肉棒を引きずりだす。

最初はじっくりとその感触を楽しむつもりだったのだが、それに触れた途端、一気に身体が熱く疼きはじめた。

火傷《やけど》してしまいそうなほど熱い肉棒の感触。

初対面の後輩のペニスに興奮しているなど、なんて恥知らずな変態なのだろう。

しかしそんな思いなど、碧月には些細なことでしかなかった。

そしてついにその全貌を露わにしたペニスの威容に、思わず息を呑む。

「お、大きい……こんなに太くて硬いなんて……っ、し、写真とは全然違いますわ」

独特の蒸れた臭いが鼻につく。雄々しくそそり立ち、野太い血管を浮きだしているその風貌は、まさに〝凶悪〟という言葉がぴったりだった。

碧月がインターネットで見た写真の男性は、ガッシリと鍛えられた体躯をしていたが、目の前の彼の股間に備わっている肉棒よりも小さかったように思える。

写真の男性が小さいのか、逆に彼の逸物が異常なのか、碧月には判断できない。

そんな容姿をしていながらも、手のなかでピクピクと震える肉棒の感触は決して不快なものではない。むしろ愛しいとさえ思えた。

最初こそ驚いたものの、次第に碧月の瞳が爛々と輝きを取り戻す。

「こ、これ以上は本当に……マズイですって……っ」

そう言いながらも、彼の興奮もどんどん昂っていくのがわかる。

碧月が触れているせいなのか、さらに肉棒が大きく張りつめた。そして匂いも若干きつくなったような気がする。

「オチ×ポの匂いを嗅いでいるだけで、頭が痺れてしまいそう……はぁ、あぁ……こんなに胸がドキドキするのは、初めてですわ……っ」

ゴクリッと、生唾を飲みこむ。これは肉棒から放たれる雄の匂い。雌を惹きつけるためのフェロモンだ。

一度この匂いを肺いっぱいに吸いこんでしまった碧月は、もう戻れなかった。

（オマ×コが、疼いて……こんなの堪えられませんわっ）

恐怖心はあるが、それ以上に身体が熱く疼く。

ただ肉棒に触れているだけでは、満足などできるはずがない。

自身の身体が求めているものは、もはや考えるまでもなかった。

唯一不安に感じることがあるとすれば、自分が処女であるという点のみ。

破瓜《はか》の痛みは相当のものであるという知識こそあるものの、それがどれほどのものか想像がつかない。それでも、碧月が次に取る行動は変わらない。ゆっくりと肉棒から手を放すと、立ちあがって着直した制服を再び脱ぎ捨てる。豊かな双丘も、濡れて肌に張りついた陰毛なども、包み隠すことなくすべてを彼の眼前に晒す。

「あ、あぁ……っ」

事の成り行きについていけず、半ばパニックを起こしているものの、彼の視線は碧月の淫裂をとらえて離さない。彼のほうから襲いかかってこないのが不思議なくらいだ。

「子宮が、こんなに疼くなんて……こんな魅力的なオチ×ポを見せつけられて、私のオマ×コが我慢できるはずありませんもの……っ」

碧月は両手を股間に伸ばし、自ら淫裂を左右に割り開く。

これまで誰の目にも晒したことのないサーモンピンクの媚肉。

普段の碧月であれば、あまりにもはしたない行為に、卒倒していたかもしれない。

それだけ、性欲が理性を瓦解させている証拠である。

「ま、待ってくださいよっ⁉　か、会長……っ！」

「もう、今更とめられませんわ……んっ⁉」

媚肉が、滾る肉棒の先端に触れた。

熱い。そしてとんでもなく硬かった。

敏感な柔肉で触れたせいだろうが、まるで灼熱の鉄のようだ。

逸る気持ちを抑えながら、ゆっくりと腰を下ろしていく。

次第に、内側から圧迫感が感じられるようになる。しかし、そこはまだ入り口にすぎない。真の難関は、この先なのだから。

「貴方が、私の初めての男性になるのよ……」

「は、初めてって——っ!?」

彼の言葉を遮るように、肉棒を膣口に押しこんでいく。

すでに充分すぎるほど潤っていた粘膜が、めいっぱいに押し開かれる。

「ひぐぅうううっ!!」

膣腔が限界を超えてひろがったことで、瞬間的に身体が引き裂かれたような激痛が走った。痛いなどという生易しいものではない。

信じられないほどの衝撃が、下腹部を貫く。

痛みには個人差があるらしいが、世の女性たちは皆この激痛を乗り越えてきたのだと思うと、尊敬したくなる。

今まで理性をも支配していた快楽が吹き飛んでしまうほどのすさまじさ。とてもではないが、自分の身体を支えるどころの話ではない。

「あぐぅ……っ!!」

不意に、自分以外の苦悶の声があがる。

目の前の少年は、歯を食いしばって声をあげないように堪えていた。その表情は快感に呻いているものではなく、間違いなく苦痛による呻きだった。

しかしその答えは、すぐに見つかった。

あまりの痛みにあわてた碧月は、無意識のうちに彼の腕をつかんでいたのである。

しかも激痛を堪えようと、つかんでいた腕に全力で爪をつき立ててしまったのだ。いっさいの加減ができなかったこともあって、肌に爪が食いこんで血を滲ませていた。

「うっ、ひぎっ……ごっ……んぃ、いぃ……っ！」

自分の迂闊さを謝罪しようにも、異物感が生みだす苦痛が言葉を遮ってしまう。

このままではつかむ位置を変えたところで、彼の傷を増やしてしまうだけである。

彼を自分の共犯に仕立てあげようとしているのは碧月だが、苦痛を与えることは本意ではない。だからといって、ここでやめるわけにもいかない。

碧月の選択肢は限られていた。

ゆっくりと立ちあがり、激痛の原因である肉棒を一旦膣口から抜く。

「っ……天王院、会長……？」

碧月の行動の意図が読めず、不思議そうな顔をする。

「も、申し訳ありませんわ。想像以上の痛みでつい……」

「そんな、謝らないでくださいよ。会長は、悪くないですからっ」

彼の気遣いはありがたいが、これ以上同じ体勢でつづけては先ほどの二の舞になる。

碧月は脱ぎ捨てたブラウスを手に取ると、彼に手渡した。

「これで、私の両手を縛りなさい」

「え？」

目を丸くする後輩。碧月の言葉の意味が理解できないといった様子だ。

自分でも、無茶苦茶な要求をしているという自覚はある。

いきなり縛ってほしいなどと言われたら、大抵の人間は戸惑うだろう。

躊躇《ちゅうちょ》せずに実行できるほうが異常だ。

「これ以上貴方を傷つけたくないの。手を縛りさえすれば、もう爪を立てたりできませんわ」

「そ、それはそうかもしれませんけど……そんな無理をしたら、天王院会長がつらくなるだけじゃないですか」

彼は、予想以上に自制心が強いらしい。単純に困惑しているだけなのかもしれないが、碧月がここまでしてもアクションを起こそうとしないのは、少し悔しい。

数瞬悩んだ末、今度は床に放置したベストを手に取った。

「これなら、どうかしら？　男の子は、こういうのが好きなのでしょう？」

「……うっ⁉」

彼の目が、大きく見開かれた。

碧月はベストを拾うと、そのまま素肌の上に身に着けて見せた。

ネットで男性は裸エプロンや裸Yシャツなど、普通ではありえない格好にフェティシズムを感じるという記事を読んだことがあった。この場合、ベストなら適度に肌も露出するうえに、どう間違っても素肌の上に直接着るものではない。

下着もなにも身に着けていないおかげで、大きく盛りあがった胸もとの頂はうっすらと浮きあがり、軽く身じろぎするだけで柔らかそうに揺れ動く。そしてなにも纏っていない下半身は淫裂を惜しげもなく晒している。ある意味、裸よりも恥ずかしかった。

それでも、さすがに効果はあったらしく、彼は驚きながらも食い入るように見つめていた。そしてブラウスを彼に押しつけて背を向けると、腕を後ろにまわして縛るように催促する。

「わかり、ました……」

碧月が本気だということを理解したらしく、言われた通りにブラウスを巻いて後ろ手に固定する。軽く腕を動かそうとしてみるが、ビクともしない。

縛ることを躊躇していたわりに、相当きつく縛りあげられていた。

緊張して無意識にしてしまったのか、故意によるものなのかは定かではないが、とりあえずは碧月の望む通りになった。

やはり自縛と他者に縛られるのとでは興奮の度合いがまるで違う。

おのずと加減してしまう自縛とは違い、彼は加減などわからない。なにをされるかわからないこの状況は、碧月の被虐心を大いに刺激していた。

再び激痛に苛まれることに不安は感じても、決していやだとは思わない。

周囲から完璧だと羨望の眼差しを一身に受けてきた碧月が、初対面の後輩に身動きが取れないように拘束され、そのまま処女を散らされる。そう考えるだけで、ひどく興奮を覚えてしまう。自ら膝をつき、四つん這いになってヒップを彼に向けた。

「さあ、これで遠慮はいりませんわ……貴方の好きなようになさい」

「ほ、本当に……いいんですね？」

「ええ、構いませんわ。貴方の逞しいオチ×ポ、欲しいですわ」

息を呑み、最後の確認とばかりに呟くと、手を伸ばしてきた。

破瓜の痛みを不安に感じながらも、それを覆い尽くすだけの興奮が燻っていた。

これまで障害と呼べるものもなく、優等生を演じつづけてきた碧月が身動きも取れずに弄ばれる。そう考えただけで、碧月の淫裂からは淫液が溢れ、生々しくサーモンピンクの花弁が光沢を発していた。

彼も興奮した面持ちで滑らかな尻肉へ手を伸ばしてわしづかみにする。むっちりと弾む柔肉に指先を食いこませるように、丹念にこねまわす。そしてその視線は、はっきりと淫裂に釘付けになっており、剝き出しの肉棒はピクピクと脈打っていた。

内心、相当興奮しているのがわかる。もう我慢の限界なのだろう。

その証拠に、今度は先ほどとは比べ物にならないほどの衝撃が碧月の身体を貫いた。

「んぎぃっ、ぁあああああっ⁉」

追突の圧力に悲鳴をあげた処女膜がひろがりきり、突き破られた衝撃が襲ってきた。

碧月を気遣う素振りもなく、一息で肉棒を突き入れたのである。

彼に選択肢はなかったとはいえ、いきなりこんな行動に出るとは思わなかった。

処女膜が裂け、ズキズキと鋭い痛みが膣内に響き渡る。

「ぼ、僕が……会長の処女を……ゆ、夢みたいだっ」

ハァハァと興奮に呼吸を乱しながら、すぐさま腰を動かしはじめる。

本当に限界まで我慢していたに違いない。その反動が、まるで人が変わったように肉棒を突き立ててくる。欲望が解放されたことで、彼の獣性が剝き出しになったのだ。

「あがっ……うぁ、ぁああっ、んぐぅ……！」

激しい痛みが身体を苛むが、後ろ手に縛られた腕はまるで動かない。歯を食いしばって堪えるが、無意識に腰を大きく揺さぶり立ててしまう。それがまたさらなる痛みを生み、そして挿入された肉棒を刺激する結果になった。

「うぅ……っ、会長の膣内……すごく気持ちいい、ですっ」

喜びに打ち震えながら、グジュグジュと鮮血に濡れた穴を、無慈悲に貫いてくる。

初めて肉棒を受け入れた淫裂が、ミシミシと軋んで巨大な異物に蹂躙される。

彼は容赦なく腰を押しこんで結合を深めてくる。

「んぐぅぅ……あ、ぅ、はっ……はげしっ、激し、すぎぃ……んんぅぅぅ……っ！」

未だ狭い膣内を肉棒で掻きまわされ、何度も頭を振る。

みっちりと膣腔につまった媚肉を掻き分けながら、太くエラの張った雁首が摩擦しながら、根元まで埋めこまれる。

（あぁぁ、私……犯されてる！　身動き取れない状態にされて、後輩の男の子に組み敷かれてますわっ！）

この際、自らを拘束するよう彼に強要したことは忘れておく。

とにかく碧月は、劣情に支配された下級生に弄ばれているのだ。

破瓜の痛みのせいで、とても快感と呼べる悦情はこみあげてこない。しかし、自分の身体を思うがままに弄ばれているという現実にひどく興奮していた。

「はぁ、はぁ……か、会長っ……天王院、会長っ！」

幾度となく碧月のことを呼びながら、腰を振りつづける。

硬い肉棒は、初めて触れ合う粘膜に歓喜し、無遠慮に擦ってくる。

脈打つペニスが膣奥に突き刺さり、強烈に擦れる肉茎の感触に粘膜が引き攣りながら震えだし、強張った媚肉が急激に収縮する。

「ひぁああっ!?」

亀頭の先端が最奥を抉り、反射的に碧月は弓なりに身を反らせた。

（――な、なんですのっ!?）

子宮口のあたりを責められた途端、身体中に微弱な電流が流れたような感覚があった。それは決して不快なものでもなければ、苦痛を伴うものでもなかった。むしろそれは、気持ちいいとさえ思えてしまうほどに。本能からか、膣肉がペニスを食い締める。

搾るような刺激に、彼の息遣いはさらに荒くなり、ささくれ立つ肉棒をさらに強烈に擦りつけていく。

「うくぅぅ……し、締めすぎですよっ……そ、そんなにされたらっ！」

呻きながらも、腰の動きは衰えない。

「ひうぅうんっ、あぁ……！　やぁ、膣内、擦れてぇ……あぁぁ、今まで、あれほど痛かった、はずですのにぃ!?　な、なぜ……わ、私はぁ……あはぁんっ！」

口からもれでる言葉に、あきらかに艶が滲みはじめた。

つい今し方まで、耐え難いほどの激痛だったというのに、その痛みがまるで嘘のように引いていくのがわかる。

まだ疼くような痛みは残るものの、膣内を擦られる感触がまるで違う。

徐々に痛み混じりの摩擦感が、新たな痺れを生みはじめた。

肉棒に絡みつく膣襞を捲りあげて穴をひろげていく苛烈な抽送に、今度は碧月が困惑する。破瓜の痛みが治まってきたのは喜ばしいことだが、まさか気持ちいいとまで思えるようになるとは予想もしていなかった。

伝聞だけの知識ではあるが、ロストバージンで絶頂を迎えることは難しいと記憶していた。碧月の被虐心が強引な突きこみで刺激され、興奮と愉悦を誘発したのではないかと予測してみるものの、仮に理由を突きとめたところで意味はない。

結局は、碧月が気持ちよくなれるのかなれないのか、待望の肉棒の感触を堪能できるのかどうかが一番重要なのだ。そういう意味では、痛みが鈍くなってくれたことを素直に喜べばいいのだ。

「んぁあっ……！　な、膣内っ、すごく擦れてっ……あひぃんっ、やぁあああっ!!」

男子にしてみれば小柄で童顔な彼だが、その腰使いは正しく雄そのもの。

可愛い顔とは裏腹に、血管が浮きでる凶悪な肉棒で強張る膣壁を容赦なく摩擦し、次第に熱い潤いに満ちてきた胎内を乱暴に抉る。

肉棒を往復させては掻きむしり、淫液を含んで蕩けてきた膣肉。ペニスの突きこみが増すたびに、口から弾ける喘ぎも大きくなり、体温も確実に上昇していく。

ぬめる膣肉が穿たれる肉棒に馴染みだし、奥へ誘うように蠢くようになる。

胎内で燻る痺れは膨張しつづけ、粘膜を肉棒で摩擦されると、はっきりとした快感が返ってくる。また、単に彼が好きだろうという予想だけで身に着けたベストの生地が、抽送の反動で大きく揺れる乳首を擦って、さらなる甘美感を与えてくれていた。

「か、会長の声……すごくいやらしい……っ」

彼も碧月の変化に気づき、わしづかみにしていた尻肉に、さらに指を食いこませる。

腰の動きも勢いを増し、彼の興奮の昂りを如実に表していた。

「あひぃいいいっ……!? あんっ、あ、あっ……また激しくっ……そ、そんなっ……!」

すっかり我を忘れて腰を振り乱しているものだと思いこんでいたが、先ほどまでは多少なりとも加減してくれていたらしい。

粘膜の襞を掻き乱され、どうしようもないほどの快感のうねりが迫ってくる。

想像はしていたが、やはり膣内を肉棒で摩擦される快感は、指で自らを慰めていた時のものとは次元が違う。特に碧月の場合は、処女膜を傷つけることを恐れて膣口付近しか弄ったことがなかったのだから、それは雲泥の差だ。

これまで屋敷で没頭していたオナニーが、彼の責めの前では児戯にも等しいものだったと思い知らされた。

ジュブジュブと卑猥な水音をたてて淫液が溢れていく。

破瓜の鮮血など、いつの間にかすっかり洗い流されてしまっていた。

「感じて、くれてるんですね……んくっ、うぅ……こんなに、ドロドロになって……」

彼は快感に呻きながらも、あからさまな膣腔の反応に感極まったように呟いた。

振りかえれば、彼の下腹部は碧月の淫蜜でビショビショに濡れていた。

まるで失禁してしまったのではないかと思えるほど、大量の蜜が溢れかえって、床にも水溜まりを作りあげていた。

(す、すごすぎますわぁ……っ！　まさかこんなに気持ちいいなんて……縛られて組み伏せられて、乱暴にされているというのに……私の身体が、悦んでますわ！)

このとき碧月は予感した。

彼なら、自分の欲望をすべて曝けだしてもいい相手なのだと。

「はぁあんっ……んっ、ああっ！　あぁあああんっ!!」

「うくぅっ……はぁ、ぅ……まさか、皆が憧れてるあの天王院会長がっ、こんなにいやらしい人だったなんてっ」

碧月の嬌声が一オクターブ高くなったことで、彼は瞳をギラつかせながら締まる膣肉を割り開き、亀頭を膣腔の奥へ奥へと埋めこんでいく。

荒々しく抽送を繰りだし、悩ましく震える柔肉をいっそう熱くさせる。

碧月は身体の内側を卑猥に変形させる肉棒に陶酔してしまう。

「ひぁああっ、ぁんっ……！　げ、幻滅したかしら？　わ、私は皆さんが思っているような女じゃ……ありませんわっ……んくっ、あうぅぅ……こんな事をされてよがるような、浅ましい変態なんですからっ！」

言ってしまった。

自分が縛られて悦ぶようなスケベな女であると認めてしまった。

まだ彼が、普段とはかけ離れた痴態を晒している碧月を受け入れてくれるか判断できていなかったというのに、悦楽に緩んだ口を抑えることができなかった。

彼とは体の相性がよいのだろう。初体験でこれほどまでよがり狂わされるのだから、碧月には予感めいたものを感じていた。しかし、それと持ち合わせている性癖が合うかと問われれば、別物である。

拘束されて弄ばれることに悦びを覚えるのは、決して健全とは言い難い。思わず口にした言葉に一抹の不安を覚えた碧月だったが、それは杞憂でしかなかった。

彼の口が開かれるより先に、強烈な打ちこみが膣内を襲ってきた。

ヒップをしっかりと押さえつけられているため、上半身だけが快感にのたうつ。

両腕を拘束されていることで、さらに身動きがままならないが、そのもどかしさもまた堪らない。紅潮した肌に、幾筋もの汗が流れ落ちる。

「感じてる会長、すごく綺麗です……。幻滅なんて、するはずないじゃないですかっ……！　ずっと手の届かない人だと思ってました！　もっと……もっといっぱい乱れて下さい！　僕、会長のいやらしい姿、もっと見たいですっ!!」

さらなる痴態が見たいと宣言されてしまった。

尻肉をつかんでいた手を腰に移動させ、猛然とピストンを開始する。

「きゃうぅんっ!!　んあっ、あくぅうんっ！　お、オチ×ポ、オチ×ポがビクビクッて……あぁ、オマ×コのなかでっ、また大きくなりましたわぁ……っ！」

欲望が流れこんだ肉棒は、ひときわ硬く大きく膨れあがり、快楽の極みを目指してどんどん昂っていく。濡れそぼった襞を削ぎ、膣奥を押し潰さんばかりの突きこみに、碧月はいっそう淫らな喘ぎをこぼす。

膣襞すべてで滾る肉棒の感触を味わうように、蜜壺を抉りぬく怒張に絡みつく。

「うあぁっ……！　会長の膣内、搾り取られそうで……っ！」

快感に呻きながら、力をこめて腰を打ちつける。碧月はうっとりと目を細め、唇から蕩けた淫声を溢れさせて嬉しそうによがり、喘いだ。

「あぁあっ！　オチ×ポ、オチ×ポぉ……！　あぁんっ、これ、これぇっ……いいっ、いいですわぁ！　はぁ、あんっ、オチ×ポがこんなに素敵なものだったなんてぇ……さ、最高ですっ、やぁあぁんっ、ふぁ……お、奥まで届いてぇ、あぁあんっ!!　ゆ、指なんて、全然比べ物にならないぃ!!」

焼けるように熱い肉棒が奥まで進み、子宮口を亀頭で突きあげては収縮する柔肉を引っ掻いて膣腔まで引き戻す。そしてねっとりと愛液に富んだ膣襞を雁首でグチャグチャに掻き混ぜながら膣腔を割り開き、再度亀頭を送りこむ。同じように繰りかえされる動作だが、毎回それらが鮮烈な快感となって全身を駆け巡る。碧月は腰の動きに合わせて忙しなく尻肉を弾ませながら、唇を大きく開いて歓喜の艶声をあげつづける。

「や、やっぱり普段は、指でしてたんですか……?」

「そう、ですわぁ。あんっ、毎晩、部屋で……こうやってオチ×ポを突き入れられるところを想像しながら、いやらしく悶えてますのぉ！」

すっかり夢見気分で乱れる碧月。今ならどんな卑猥な言葉も、淀みなく口にすることができる。彼にしてもらえるのなら、なんにでも応えてしまうだろう。それだけ彼の肉棒から送りこまれる官能は甘美で、陶酔させられるものだった。

「これからは、そんなことをしなくてもっ……くぅ、僕がいくらでも気持ちよくしてあげますからねっ！」

「ほ、本当ですの!?　貴方、これからも私を可愛がって下さいますのっ!?」

「もちろん、ですよ……っ！　こんな会長のいやらしい姿、見せつけられたら……ううっ、もう……自分で慰めるくらいじゃ満足できませんからっ！」

「はうぅんっ！　嬉しいっ、嬉しいですわぁ！　あぁあっ……これから毎日、このオチ×ポに可愛がってもらえますのねぇ……ひゃうっ、んんうぅぅ……素敵ぃ！　い、一日にっ……五回でもっ、六回でも……っ、たくさんイカせてくださいぃいっ!!」

熱い嬌声を弾けさせて激しく喘ぎ声を迸らせながら、うねる結合部の隙間から白濁した淫液の飛沫を撒き散らし、これでもかというほど肉棒を食い締める。

彼も負けじと腰を引き離し、力をこめて突き入れる。

蕩けた膣腔を隅々まで亀頭で掻きまわされ、膣奥を執拗に責め立てられる。

めくるめく快感に、徐々に碧月の限界が近づいてきた。

「毎日、五回も六回もって……どれだけいやらしいんですかっ、会長は……っ！」

加速する肉棒の抽送にあられもなく嬌声を迸らせる碧月を責め立てながら、彼のペニスも肥大する官能の刺激に膨張していく。

それがなにを意味しているのか、経験のない碧月でも本能的に悟ることができた。

「あんんっ、オチ×ポ……ビクビクしてっ、出そうなのね!?　オチ×ポから精液……ザーメン吐きだしますのねぇ！　はぁんっ、いい、いいですわぁ……私も、もうダメですのっ……オマ×コ、オマ×コがオチ×ポでイカされてしまうぅ!!」

膣腔から強制的に擦りこまれてくる快楽のうねり。

碧月は迫りあがってくる絶頂感に声を荒げて悶絶することしかできなかった。

全身が強張り、わずかに動かすことが可能な指先で虚空をつかむ。

教室内に、淫らな嬌声と腰を打ちつけ合う卑猥な音が響く。

碧月は肉棒を咥えこんでいる膣口を絶え間なく収縮させ、ひたすら吸いあげては締めつける。そんな射精をうながす締めつけに呻きながら、彼も頂点を目指してスパートをかけてきた。

「もう、限界ですっ！　ぼ、僕っ……出ちゃいますよっ!?」

彼はありったけの力を結集させ、猛烈な勢いで腰を打ちつける。

「はぁあああんっ、出して、くださいっ……！　せ、精液ぃ……貴方のザーメン、オマ×コにっ……私のオマ×コに出してくださいぃ!!」

自分の言葉がなにを意味しているのか、もちろん自覚していた。

妊娠の危険を伴う膣内射精。それでも、悦楽に喘ぐ碧月の身体は射精による迸りを求めていた。わざわざ口に出さなかったとしても、膣口が強く収縮し、引き抜くことは許さないとばかりに動いてしまう。

「ああっ、会長……会長ぉっ!!」

残った力を使って、ひたすら碧月の膣内へと腰を送りこんで快楽を貪る。理性などとうに瓦解し、官能に支配された思考は射精することしか考えていないようだ。

「やあぁっ、だ、だめっ、らめぇ……！　わ、私っ、もうっ、もう……あぁんっ、イッてしまいますわぁ!!」

一突きごとに、確実に絶頂へと登りつめていく。

快楽の叫びをあげつづけ、火照った身体を狂ったように弾ませる。

視界が明滅し、待ち望んでいた絶頂への扉が開いた。

「会長ぉ……っ、ぁあああああっ!!」

渾身の力で激しくうねる膣肉を押し開き、蠕動《ぜんどう》する膣奥を突きあげられた。

「きゃひぃいいいいいっ!!　き、きましたわぁ！　あぁぁ、ザーメンがぁ、オマ×コのなかに吐きだされてっ、ふぁああんっ!!」

子宮口に押しつけられた亀頭の先端から、灼熱の精液が怒濤《どとう》の勢いで噴出し、碧月の胎内へと流れこんできた。

膣奥で肉棒が弾け、視界が真っ白に染まる。

（わ、私イッてるっ、イッてますわぁ!!　な、膣内に精液出されながらぁ!!）

夢にまで見た白濁液を子宮で受けとめて、碧月も悦楽の頂点に達し、全身を激しくのたうちながら蕩けた嬌声を張りあげた。

高温の雄汁を受けとめて、碧月は全身をガクガクと痙攣させる。

「あ、あぁぁ……すごいぃ、精液、ドクドクって……子宮にあたってますぅ……お、オチ×ポが、ビクビクしてっ……す、すごすぎてっ、なにも考えられませんわぁん!!」

はじける衝動のままに喘ぎ、溢れる白濁液で胎内を蹂躙される愉悦に身悶える。

精液を膣奥に撒き散らされ、初めて味わう強烈な絶頂。

煮えたぎった汁が胎内を満たしていく感覚に酔いしれる。

「はぁ、はぁ、はぁ……イッてる会長も……すごく、綺麗です……」

「お腹、いっぱいですわぁ……貴方の熱い精液、とても素敵でしたわ……はぁんっ」

碧月はうっとりと蕩けた笑みを浮かべると、快楽の余韻に浸りながら呟く。

これから、彼と一緒に官能的な日々が待っているのだと想像するだけで、新たな疼きが膣奥から生じてくるのを感じていた。


「調子に乗ってすいませんでした!!」

月明かりに照らされる教室で、尚吾は額を床に擦りつけて土下座をしていた。

つい先ほどまでは全校生徒憧れの生徒会長様に童貞を捧げ、幸せの絶頂だった。

ところが欲望の滾りを思う存分吐きだし、次第に平静を取り戻していくと、自分が仕出かした事の重大さにパニックを引き起こしていた。

いくら彼女から誘ってきたとはいえ、拘束した状態で男性経験のない女性へ劣情の限りをぶちまけたのである。

(最低だ……僕って)

興奮が治まると、状況が状況なだけにお互いにどう声をかければいいのかわからず、無言のまま身なりを整えた。そして、無言の空間に堪えられなくなった尚吾は、開口一番に謝罪の言葉を発していた。

「そういえば、まだ貴方の名前をうかがっていませんでしたわね」

「え？　……えっと、深山尚吾……です」

「深山君、ね。うふふっ、見つかったのが貴方でよかったですわ」

戦々恐々としていた尚吾に対して、碧月は先ほどまでの淫らな表情とは一転して柔和な微笑を浮かべていた。

混乱している尚吾には、彼女の言葉の意味が理解できない。

「あ、えっ……よ、よかったって……どうして……？」

碧月は大がつくほどの資産家のご令嬢である。その彼女に対して不埒な行いをした尚吾の存在など、容易に対処することができるだろう。

俗なイメージであることは理解しているが、一介の庶民である尚吾にとって資産家というものは、その財力にものをいわせて強権を発動し、自身の障害となる存在を排除しているのだと。

「深山君がなにを謝罪しているのか、私にはわかりませんわ。そんなことよりも、これからは貴方が私を存分に可愛がってくれるのでしょう？」

「うえっ!?」

満面の笑みを浮かべる碧月の言葉に、先ほど尚吾自身が発した台詞が脳裏に蘇る。

確かに『いくらでもしてあげます』と口にはしたが、まさか本気にしているとは思わなかった。『一日五回、六回』というのも、てっきりその場の勢いで口にした言葉だと思っていたのだが、笑みを浮かべる彼女の表情は冗談で言っているようには見えない。

「なにを驚いていますの？」

「い、いえ……その……」

冗談だと思っていました――とは言いづらい雰囲気だった。

尚吾は口籠もることしかできなかった。

「あっ、そうですわ。深山君はアルバイトに興味はあるかしら？」

「え？　まぁ……ちょうど勤務先が潰れてしまったので、探してるんですけど……」

突然の話題の転換に戸惑いながらも、生活に直結しているためか、反射的に口を開いていた。しかし、彼女の意図がまったくわからない。

今後も今日のようにエッチしてほしいと言った矢先、話題はなぜかアルバイト。まったくもって、関連性が見当たらない。

「なら、うちの屋敷で働きません？」

「へ？」

「そうすれば……学園だけではなく、屋敷でも可愛がってもらえるもの。大丈夫ですわ。他の使用人のように働くのではなくて、あくまで私専属の使用人ということにすれば、深山君は仕事に忙殺されることなく、私を弄ることができますわ」

「そ、そんな無茶な……」

非常に魅力的な提案だが、さすがにそれで給料を頂くのは気が引ける。要は最低限の身のまわりのお世話以外は、基本的にエッチをしてほしいということである。

あまりにもおいし過ぎる労働条件だ。

「いっそのこと住みこみで働いていただいたほうが……」

「あ、あの……会長?」

困惑する尚吾を無視して、どんどん話を進めていく碧月。

「そうするべきですわ！　住みこみなら、いつでも私のオマ×コの疼きを鎮めることができますものっ！　そうですわねぇ……基本的にセックスは朝と晩。一日で最低五回はザーメンを飲ませてくださいね♪」

「ど、どれだけエッチするつもりなんですかっ⁉　僕、干涸らびちゃいますって」

「さっそくお父様とお母様に、新しい使用人を雇うことになったって連絡しなくては」

「あのっ……ぼ、僕はまだ――」

尚吾そっちのけで、トントン拍子で話が進んでいく。当の本人は完全に置いてけぼり。新しいアルバイト先が見つかるのは喜ばしいことだが、それは尚吾が考えている仕事とはまったく別方向のものだ。

素直に喜んでいいのか、判断に迷う。とりあえず、一つだけわかったことがある。所詮他人が想い描く理想など、あくまで理想でしかないのだと。

誰もが彼女のことを正真正銘のお嬢様だと思いこんでいた。優雅でお淑やか、品行方正でまさに才色兼備という言葉は彼女のためにあるようなものだと。しかし、いざ蓋を開けてみれば放課後の教室で自慰行為。それを目撃した尚吾と、初体験。

ロストバージンだとは思えないほどの淫らな痴態。彼女のいやらしさは筋金入りだ。尚吾が憧れていた天王院碧月生徒会長とは、あまりにもかけ離れた存在だった。

だからといって、彼女に幻滅したわけではない。予想の範疇を簡単に逸脱するレベルではあったものの、むしろ誰も知らない素顔を知ることができたのだと、心が弾む。

「これからよろしくお願いいたしますわ」

笑顔で呟く彼女の瞳の奥に、妖しい情欲の熾りが見えた気がした。

Ⅱ 性欲処理執事？最低ノルマは一日５回！

「んはぁあっ、やぁん……み、深山君っ、すご過ぎますわぁ……！」

室内に、遠慮のない淫らな嬌声が響き渡っていた。

尚吾に抱えあげられながら、あられもない姿で碧月が喘いでいる。

極太の肉棒を膣口にねじこまれて、豊かな乳房を揺さぶりながら身悶える。

漲るペニスを押しこむたびに、ねっとりと熱い淫蜜に蕩けた膣襞が待ち構えていたように絡みつき、めくるめく官能の世界へと誘ってくれる。

普段は見ることのできない碧月の痴態に、尚吾はさらに興奮を覚えていく。

「お、お嬢様……っ、そんなに激しく動かれたら……僕が保ちませんよっ……！」

「ひぅうんっ！　んくぅ、そ、そんなこと、言われてもっ……オチ×ポっ、あはぁ、オチ×ポが、ズンズンって……オマ×コ擦られたらっ……た、堪りませんわぁ!!」

学園での一件以来、碧月の提案で尚吾は天王院の屋敷で働きはじめた。

住みこみだが、専用の個室に朝昼晩と食事付き。

単なるアルバイトの使用人だというのに、破格の待遇である。

そして仕事内容は碧月の言っていた通り、ほとんど彼女につきっきり。

屋敷内の清掃などといった職務はいっさいない。

使用人らしい仕事といえば、お茶や食事を運ぶ程度。

あとは碧月が望むまま、肉欲に溺れていた。

屋敷で働くようになって、今日で三日。彼女と肌を重ねた回数は一度や二度ではない。すでに片手では数えられないほどの回数をこなしていた。労働条件として一日に五回は射精するようにと、とんでもないことを口にするだけある。

放課後は学園から帰ってくれば制服のまま。夕食を終えて一息つけば食後の運動なども冗談めかしたことを呟きながら尚吾を求めてくる。

性欲旺盛な健康優良児には、理想的な職場である。まさに桃源郷だ。

もっとも、存外碧月は敏感らしく、尚吾が五回目の射精を終える頃にはその倍以上、大なり小なりの絶頂を味わい、動けなくなることもしばしば。それでもやはり、驚きなのは碧月の底なしの性欲である。

普段は俗な物事には無縁だとばかりに、絵に描いたようなお嬢様然としているが、それが彼女にとって相当のストレスとなって蓄積されているらしく、その反動が抑えきれないほどの性欲となって現れていた。

その受け皿として選ばれたのが、尚吾である。

もとより尚吾も碧月に憧れていた男子の一人。

想像していた人物像とはまるで違うが、彼女の痴態を目の当たりにして興奮を抑えられるはずもない。雇われているというのは建前で、尚吾もこみあげてくる欲望のままに彼女の肉体を堪能していた。

一応、碧月は雇い主である。学園内ならばともかく、屋敷でも会長と呼ぶわけにはいかない。そして彼女の希望で、お嬢様と呼ぶことになっていた。

〝お嬢様〟などと呼ぶ機会は、一庶民にはまずめぐり合うことはない。

まだ口にするには抵抗を感じてしまうが、お嬢様と使用人の情事というシチュエーションは、なかなかに背徳的だ。

使用人の肉棒でよがり狂うご令嬢の姿に、尚吾の昂りはとどまることを知らない。

「うくぅ……っ、あ、あまり時間がありませんからっ、は、激しくいきますよ……」

熱くぬめる膣内の感触に、情欲が大きくなっていくのを感じながら、強く腰を打ちつける。横目で時計を確認すると、あまり悠長にしているだけの余裕はなかった。

今日は休日でもなければ、学園が終わった放課後でもない。

現在、朝食をすませて間もない時間なのである。

登校前に行う行為ではないが、彼女が求めてくるのならば尚吾に選択権はない。

仮にあったとしても、喜んで飛びついていたことだろう。

とはいえ、身支度などのことも考えると、時間的な余裕は少ない。

尚吾はとにかく勢い任せに腰を振りたてる。

「あはぁああっ！　あぁ、んくぅううっ……あ、あぁっ、オチ×ポ、オチ×ポぉ……また強く、激しくっ、なりましたわぁ!!」

速度をあげて突き入れられる肉棒の衝撃に、全身を大きく揺り動かされながら碧月は恍惚とした表情を浮かべていた。

乳房の踊り乱れる様子も見え、卑猥なお嬢様の痴態に、さらに肉棒が興奮して膨張していく。ジリジリとこみあげてくる射精衝動に腰が震え、そして目の前で震える碧月の呼吸の感覚も、だんだんと切羽つまったものへと変化していく。

お互いに限界が近づきつつあることを理解し、尚吾は大きく息を吸いこむと猛烈な勢いで腰をぶつけていった。

「ふっ、んぅ……っ、お嬢様っ……お嬢様ぁ！」

艶かしく蠢く膣襞を捲りあげるように雁首で引っ掻きながら、尚吾は激しく碧月を責め立てる。歯を食いしばり、抽送の速度を維持しながら、ガンガン亀頭を膣奥へとめりこませる。

「あひぃいいんっ!!　あぁああっ、やぁ、んぅっ……だ、ダメぇ！　そ、それっ……んぁああっ、感じすぎて……オチ×ポすごいっ、オチ×ポ感じすぎてっ……んぃいっ、も、もう私、私ぃ……っ!!」

「はいっ……いっぱい感じて下さいっ！　もっと、乱れて下さいっ！」

あられもない淫声をあげながら身悶える碧月に声をかけて、尚吾はなおも肉棒を奥へと潜りこませて窄まる蜜壺をほじっていく。

亀頭が子宮口を叩くたびに、膣腔の収縮も激しさを増し、搾り取られるような心地よい快感に震えながら、パンパンと結合部がぶつかる音を室内に響かせる。

「あぁ、はひぃいいんっ！　だ、ダメぇ……こ、こんなっ、イッちゃうっ！　私っ、オマ×コっ、オマ×コイクッ！　あぁ、そんなに突いたらっ……んはぁあああっ!!」

「おぉっ……くっ、お、お嬢様っ……ぼ、僕も……！」

貪欲に、快楽の頂へと昇りつめていく碧月の膣壁が強烈に締まり、肉棒を熱烈に締めあげてきた。過激な快感に呻きながら、尚吾も射精衝動が一気に迫りあがり、彼女の膣腔を抉りながら官能に腰を震わせた。

もうこれ以上保ちそうになかった。

悦情に疼き、ふしだらに喘ぐ碧月の声に興奮しつつ、残りわずかな間に最大限の甘美感を得ようと、がむしゃらに腰を振る。

断続的に背筋を震わせ、膣口の締めつけもどんどん強くなる。

尚吾は抗うこともできず、瞬く間に絶頂へと導かれていく。

「はぁああんっ！　オチ×ポ、ビクビクしてますわぁ！　あぁ、精液……ザーメンっ、出してぇ！　オマ×コ、オマ×コいっぱいにっ……熱いザーメン欲しいのぉ!!　わ、私もっ……ひうぅっ、イクッ！　イッちゃうぅ！　オマ×コっ、もうダメぇえっ!!」

射精の前兆を感じ取り、嬉しそうに頬を緩めて激しく求めてくる。最後とばかりに、可能な限り腰の動きを加速させて碧月のなかを貪る。火照った身体を派手に揺らしながら、彼女も全身で尚吾を感じようと、懸命に腰をまわす。

「お、お嬢様ぁあっ!!」

尚吾は乾坤一擲《けんこんいってき》の一突きを碧月の子宮口めがけて打ちつけると、下半身で猛り狂う欲望を爆発させた。

「きゃひぃいいいいいんっ!!」

激しく収縮を繰りかえす膣内に熱い精液を注ぎこまれ、碧月は一段ときつく膣口を締めあげて、顎を反らして悦楽にまみれた嬌声を迸らせた。

精液の感触と絶頂感に、媚肉は根元から吸いあげるようにとことんしごいてくる。

その締まりも手伝って、わずかに残っていた残滓まで搾り取っていく。

「はぁ、はぁ、はぁ……お、お嬢、さま……」

力いっぱい精液を解き放った尚吾は、痺れるような余韻を肉棒に感じつつ、滾っていた欲望を沈静化させていく。

碧月は全身に官能が波紋し、恍惚とした表情を浮かべながら身をよじった。

「はうぅん……んっ、あ、熱いのが、入ってきましたわぁ……はぁ、あぁぁ……お、オマ×コに、熱いザーメンいっぱいっ、溢れて……」

膣内に大量に放出された精液に、うっとりとしながら荒い息を吐いている。

筋肉が弛緩して、だらしなく床に這い蹲《つくば》ってしまう。

そんなはしたない姿を目の当たりにすると同時に、嬉しさもこみあげてくる。

彼女がこんなふうになってしまうのは、尚吾とのセックスに陶酔していたからである。

そう思うと、愛おしさもあふれてくる。

元より彼女に憧れていた尚吾にしてみれば、このうえない至福である。

唯一の誤算としては、想像以上に性欲が強く、昼夜問わず尚吾を求めてくることだ。

男としては嬉しい限りで、股間の逸物も激しく硬化している。

しかし、そこに尚吾の体力が伴わないのである。

正直、あまり運動は得意ではない。性欲は碧月にも負けていないつもりだが、それを実行するための体力が伴わなかった。その問題については、今後対策を考えるとして、目先の問題点はそこではない。

「お、お嬢様、そろそろ支度をしないと、学校に間に合いませんよっ!?」

いつまでも絶頂の余韻に浸っていたいところだが、状況はそれを許してはくれない。

登校前にこんな事をしていれば、時間がなくなって当然である。

「あぅ……んんっ、深山くぅん……すごく、よかったわぁ……」

遅刻を心配する尚吾とは対照的に、碧月は未だ夢見心地だった。

瞳は官能に蕩け、焦点が合っていない。

こちらの言葉など、まるで聞こえていないようだ。

「も、戻ってきてくださいっ、お嬢様！　お嬢様ぁ～!!」

部屋に響く虚しい声。

結局、尚吾の呼びかけも効果はなく、見事に遅刻する羽目になってしまった。

「珍しいじゃないか、お前さんが遅刻してくるなんて」

「まあ、いろいろあってね……」

碧月が回復して身支度を整え、学園に到着したときにはすでに一限の授業が終わりかけていた。尚吾にとっても、そして真面目な優等生である彼女にとっても、これが初めての遅刻となった。

普段の態度が真面目な分、二人とも簡単な口頭注意ですんだのだが、学園内では模範生として通っている碧月にとっては、失態でしかなかった。

教室に向かう際「これからは起床の時間をもっと早めなくてはなりませんわね」と、登校前にセックスすることを自粛することはいっさい考えていなかった。

本当に、人を見かけだけで判断してはいけないのだと、改めて思い知った。

嬉しいことには違いないが、あまり朝早く起きるのは得意ではない。

寝過ごしてしまわないか、それが心配だった。

「それはそうと、お前さん新しいバイト先は見つかったのか？　もしまだなら知り合いの店紹介するぞ？」

「ありがとう。でもごめんね、言い忘れてたんだけど、新しいところ決まったんだ」

「なんだ、そうだったのか。それで、今度はどこで働くんだ？」

「えっ!?」

うっかり新しいアルバイトが決まったと口にしてしまったが、それを素直に告げるわけにはいかない。

碧月との関係は当然秘密だが、天王院家で使用人として働いているなどと知られれば、尚吾は目の前の友則だけでなく、この学園の全男子生徒を敵にまわすことになる。

単なる使用人だと説明したところで、絶対に納得はしてもらえない。

間違っても碧月と関わりあることを口にしてはならない。

尚吾は思考回路をフル稼働させて、適当な言い訳を考える。

「どうしたんだ？　言えない仕事なのか？　例えば、おピンク的なやつとか……」

当たらずといえども遠からず、である。

一応名目上は使用人だが、主な仕事は碧月の性欲処理なのだから。

「ち、違うよ……倉庫整理のバイトなんだ」

「なんだ、別に言いにくいものでもないじゃないか」

「それは……そうなんだけどね」

下手に飲食店などで働いているなどと言ってしまえば、わざわざ来店する可能性は極めて高い。その点、裏方のアルバイトなら彼が興味を持つことはない。

間違って碧月といい事しているなどと口にしようものなら、尚吾は間違いなく嫉妬に狂った男子たちに抹殺されてしまうだろう。

もしも尚吾と碧月の関係がバレてしまったらと思うと、空寒いものを感じずにはいられなかった。

――遅刻などのアクシデントを除けば、学園生活に変化らしい変化は見られない。

授業を受けて、その休憩時間には友人と雑談、放課後になれば帰宅。

部活動を行っている者は別かもしれないが、万年帰宅部である尚吾にとってはこれが毎日のサイクルである。

碧月の使用人となったことで、私生活の面では劇的な変化が訪れたものの、学園内では基本的に彼女とは縁のない一介の男子生徒として通している。

彼女も、あまり騒ぎ立てられるのは好ましくないとして、学園内ではお嬢様と使用人ではなく、生徒会長とその他大勢の男子生徒でしかない。よって、学園では口を利くどころか顔を合わせることさえまずないのだ。

周囲の人間がなにか仕出かさない限り、尚吾はこれまで通り機械的に学園生活を送っていた。

そして本日もこれといって何事もなく経過していくと思われた四限目。

この時間は体育で、女子はグラウンド、男子は体育館でそれぞれ授業が行われていた。そして、友則が横でよからぬ笑みを浮かべていた。

「なにを笑ってるの？」

「だってよぉ、先生がいないなんて絶好のチャンスじゃないか」

「…………？　言ってる意味がわからないんだけど」

授業内容は、いくつかのグループに分かれてのバスケットボール。

終了後に、職員室にいる担当教師に試合結果を報告することになっている。

単に教師が楽をしてサボりたいだけのような指示だが、授業を監督する教師がいないというのは、生徒としては気が楽でいい。

適当に雑談しながら、他のチームの試合を観戦している者も多い。

そんな状況で、友則だけはまったく別のことを考えていたらしい。

「忘れてないか？　この時間帯は三年と合同授業なんだぜ」

「……だから？」

時間割を作成する段階で気づかなかったのか、この時間帯だけ尚吾たちのクラスは上級生と合同で体育の授業が行われているのである。

授業がバッティングしているのは、全学年で尚吾たちのクラスだけである。

完全に学校側のミスなのだが、肝心の担当教員が、内容は大して変わらないことと、まとめて受け持ったほうが楽だという理由から、そのまま授業が行われていた。

「グラウンドには、天王院先輩もいるんだぞ」

「なにを今更……そんなこと、知ってるよ」

合同になっている三年生のクラスとは、尚吾の雇い主でもある碧月のクラスなのだ。

しかし、そんな初めからわかりきっていることを言われても、驚きはしない。

「鈍いヤツだなぁ。教師がいないってことは、抜けだすチャンスじゃないか。そうすれば、グラウンドで汗を流す天王院先輩をつぶさに鑑賞することができるだろう？

惜しむらくは、まだ水泳の授業が行われてないってことだけどな」

「ば、バレたらどうするのさ」

「全力で逃げる」

「そんな無茶な……」

「さあ行くぞ！　なぁに、心配するなよ。俺と一緒なんだ。航空母艦《こうくうぼかん》・信濃《しなの》に乗ったと思って安心しろって」

「それって就役十日で轟沈したじゃないか!?」

友則は尚吾の言葉には耳も貸さず、腕を引っ張って強引に連れだされてしまった。

グラウンドには数十人の女子生徒たちがブルマ姿で汗を流している。

学校指定の運動着に興奮するなど、不逞以外のなにものでもないと思っていても、それを身に着けている相手によっては非常に魅力的だということも理解していた。

すでに何度も碧月の素肌を目の当たりにしているが、それとはまた違った趣がある。

尚吾にも興味がないわけではない。

否、見たいのだ。

それでも、良心がその欲望を懸命に抑えこんでいた。

しかし、友則はそんなつもりは毛頭なく、校舎の隅を上手く移動しながら、格好のポイントへと移動していく。

「よし、ここだ。ここからならよく見えるぞ」

友則にうながされるまま、校舎の隅にある植えこみに身を潜める。

「随分と、手慣れてるよね？」

ここまで、迷うことなくすんなりと移動することができた。

その鮮やかな身の隠し方といい、とても初めてとは思えない。

どう考えても、常習犯の動きだ。

「そんなに褒めるなよ」

「褒めてないって」

「そんなことより、ここからの眺めが最高なんだって」

「完全に犯罪だよ、これ」

グラウンドは開けているため、身を隠しながら覗きをしようとすると、どうしても多少遠目になってしまう。

健康的な脚線美を余すことなく晒しているブルマ姿は非常に魅力的ではあるが、この位置からではせいぜい〝ブルマ姿の女子生徒たちが見える〟程度。

興奮するかと問われれば、正直微妙なところである。

しかし、そこは熟練者の友則。

いったいどこに隠していたのか、ちゃっかり双眼鏡を用意していた。

「うひょぉ！　すげぇな、やっぱりこの眺めは最高だな」

無理矢理連れて来ておいて、友則は尚吾に構わず一人で盛りあがりはじめた。

まだ双眼鏡を覗きはじめたばかりだというのに、すでに鼻の下は伸びっぱなしだ。

こういう姿を目の当たりにすると、本気で彼の友人をやめたくなってくる。

「はぁ～……」

すぐ隣で、呆れたようにわざとらしく大きなため息を吐いてみるものの、やはり反応はない。尚吾の存在など、まるで忘れてしまっているかのようだ。

彼女たちも、まさか覗かれているなどとは想像もしていないだろう。

女子生徒だけだという状況に警戒心は薄く無防備だ。

大きく脚を開いてグラウンドに座っていたり、動いたことで熱くなったのか上着の裾を持って扇ぎはじめたりと、遠目からでも随分と大胆なことをしている女子が何人かうかがえる。

双眼鏡を手にしている友則には、ブルマの食いこみや汗で上着が透けて下着が浮いているところまで見えていることだろう。

卑下た笑みを浮かべながら、夢中になっていた。

「あっ、天王院先輩だ！」

「……っ!?」

「おおぉ……今日の貴女はなぜこんなにも美しいのか。普段の制服姿でも充分魅力的な天王院先輩が……たかがブルマ！　されどブルマ！　人はブルマ一つでここまで魅力が変化するものなのかっ!?　彼女のブルマ姿を見てしまったら、他のブルマなんてとてもとても……所詮はブルマもただの布切れ。天王院先輩という美女に穿かれたことで、ただの布切れは輝かしい宝石へと昇華するのかっ!!」

（だ、駄目だこいつ、早くなんとかしないと……！）

横にいるクラスメイトは、もはやただの変態へと成りさがった。それに、碧月のブルマ姿を友則に視姦されるのは気分のいいものではない。

この場所を知らせるだけなら簡単だが、それでは尚吾まで一緒に覗き魔の烙印を押されてしまう。どうにかして、自分だけはこの場を上手く切り抜ける必要がある。

すると、尚吾のすぐ近くに誰かが落としたであろう手鏡が落ちていた。

（これなら、なんとかなるかも……）

幸い、友則は覗きに夢中で尚吾の行動など、まるで気にしていない。

尚吾は手鏡を拾い、そして大きな音をたてないようにゆっくりと茂みから抜けだす。

急いで校舎のなかに駆けこみ、この茂みの真後ろにある窓ガラスに辿り着くと、手鏡に太陽光を反射させる。

今日の天気が晴天だったことが幸いした。

反射する光こそ大きくないものの、不意に校舎から光が反射されれば、誰かは無意識にこちらを向いてくれるだろう。そうすれば、おのずと双眼鏡を構えている友則の姿も視界に映るはずである。

友人として、彼にこれ以上変態の坂道を突き進んでもらいたくない。

手遅れになる前に、一度は痛い目を見ておけば、考えを改めるかもしれない。

「あ――――っ!!」

すると案の定、手鏡を乱反射させて間もなく、女子生徒の一人がこちらに気づいて大声をあげた。それを聞いて、周囲の生徒たちも一斉に友則のいる茂みに振り向く。

「げぇ!!　み、見つかった――って、あれっ!?」

見つかることはないと、根拠もなく自信で満ちあふれていた表情が、みるみるうちに青ざめていく。横を向けば、隣にいると思いこんでいた尚吾の姿が見えず、さらに混乱に拍車をかけていた。大急ぎで逃げればよかったものを、もたついたせいで女子生徒たちに取り囲まれてしまった。

「いい度胸じゃない、柏原……授業抜けだして覗きだなんて」

クラスメイトの女子も一緒なのだから、逃げようがない。

変態行為を働いた友則に対して、彼女たちはまさに悪鬼羅刹《あっきらせつ》の形相をしていた。

「ご、ごめんな――ぎゃあああああああっ!!」

グラウンド中に、友則の断末魔の悲鳴が木霊した。

（自業自得だよ……これで少しは反省してくれるといいけどね）

尚吾は女子生徒たちに袋叩きにされている友則を一瞥《いちべつ》すると、体育館に戻ろうと踵を返す。

「あら、どこへ行くのかしら？」

「えっ⁉　お、お嬢様……っ⁉」

目の前に、ブルマ姿の碧月が立っていた。

彼女だけは、尚吾の存在にも気づいていたらしい。

「ここは屋敷ではありませんわ。ここでは天王院会長――でしょう？」

「あっ……そ、そうでした」

「お友達、助けなくていいのかしら？」

「少しくらい痛い目を見たほうがいいんですよ。会長のブルマ姿に、ひどく興奮してたし」

「深山君は、私のこの姿には興味ありませんの？」

「そ、そういう意味じゃなくて……っ」

認めたくはないが、友則が興奮するのも理解できてしまう。

　ぱっつんぱっつんに張りつめた体操着は、一種の兵器と呼べるほどの攻撃力を有している。大きくたわわな胸もとに押しあげられた上着は限界まで引き伸ばされて乳房の大きさを如実に表しており、ブルマがわずかばかり食いこんだ下半身は、うっすらとではあるが縦皺が見えた。

　染み一つないなめらかな白い美脚が惜しげもなく晒され、艶かしさをいっそう際立たせている。健全な男であれば、むしゃぶりつきたくなるようなナイスバディから、尚吾は視線を逸らすことができなかった。

「私にいやらしい視線を送るあの人が許せなかったのね？　うふふっ……大丈夫ですわ、私の身体を好きにできるのは、貴方だけなんですから。でも、授業をサボっていたのは事実ですもの、黙っていてほしかったら今日は罰として射精五回追加ですわ」

「えっ⁉」

「授業が終わったら、グラウンドの体育倉庫にいらして」

「あ、あの……っ」

「待ってますわよ」

「ち、ちょっと会長……っ！」

　てっきり覗いていたことを怒られるのかと思いきや、碧月はこれ幸いにと、とんでもない要求を口にしてグラウンドに戻っていってしまった。

そもそも、友則を事前にとめることができなかった尚吾にも問題はあったのだ。

交換条件としてはある意味美味しすぎる提案だ。

（いつか過労で倒れたりして……）

決してありえないことではないと不安を覚えつつ、静かになった友則に哀れみを感じながら、残りの時間は授業に専念することにした。


授業が終わると、皆一様にして更衣室へと急ぐ。

四限目の授業が終われば、昼休みに突入する。

お弁当持参組はともかく、混雑する食堂で昼食を食べるつもりでいる生徒にとっては、とにかく素早く着替えることが最優先事項だ。

しかもお年頃の女子は身だしなみには特に気を使うため、なおさら時間がかかる。

彼女たちが終業と同時に駆けだすのは、当然の反応といえる。

しかし、碧月はその光景を眺めながら、一人だけ反対方向に歩きだす。

目的地はグラウンドの隅にある小さな体育倉庫。

次の時間に体育の授業を行うクラスはない。

よって、現状で最も生徒が寄りつきにくい場所の一つなのだ。

先の覗き騒動の際、ここに来るように尚吾に伝えてある。これからのことを想像しただけで、身体が熱くなってしまう。

先日の一件で尚吾の肉棒の味を知ってしまった碧月の性欲は、爆発的に膨れあがった。以前は、多少身体が疼いても深呼吸などを繰りかえしていれば、なんとか火照りを抑えこむことができていた。

ところが、今ではそんなことをしても一向に治まらなくなってしまった。

反射的に脳裏に逞しい肉棒の感触がフラッシュバックし、胎内が熱く潤いだす。

それだけ、碧月は尚吾に夢中になってしまったということである。

現に先ほども、彼が自分のブルマ姿を覗きに来たと思っただけで、あのズボンのなかでは尚吾の肉棒がいきり立っているのだろうかと考えてしまい、それが頭から離れなくなってしまった。

残りの授業の間はどうにか堪えることができたが、そろそろ限界だった。

今すぐにでも、彼の雄々しい肉棒の快感に溺れてしまいたかった。

しかし、そんな碧月にも不満がないわけではない。

想像していた通り、肉棒からもたらされる愉悦は堪らない。

自分があれほどだらしなく悶え狂うとは、思いもしなかった。だが、碧月はとにかくあの男根で滅茶苦茶にしてもらいたい。

天王院の人間としてではなく、天ヶ崎学園の生徒会長という立場でもない。ただ一人の女として、欲望剝き出しの雄に弄ばれたいのだ。

尚吾との体の相性には文句のつけようがない。しかし、彼には碧月が望むような荒々しさが欠ける。それは彼が優しい性格をしているから仕方のないことなのかもしれないが、その状況に甘んじている碧月ではない。

（私のほうからもっと積極的に求めてみようかしら……）

どうにかして尚吾の良心の箍《たが》をはずすことができないか、思案しているとようやく当の本人がやって来た。

「す、すみません、遅くなりました」

授業が終わって、あわてて走ってきたのだろう。頭から汗が滴り、肩で息をしている。

それだけ、碧月を待たせまいと必死だったという証である。

そういう彼の姿を見ていると、不思議と可愛いと思えてしまう。

「そんなに息を切らして……ふふっ、よっぽど楽しみにしていたのかしら？」

「うぐっ……」

否定すればいいものを、言葉につまって口籠もってしまう。それでは期待していたのがバレバレである。

「まったく、堪え性がありませんのねぇ」

からかうように呟くが、堪え性がないのは碧月も同じである。

尚吾の上着に染みた汗の匂いを嗅いだだけで、さらに身体が熱くなった。

もう少し彼をからかいたいところだが、昼休みの時間は限られている。

余計なところで時間を費やしていては本末転倒だ。

時間を有効に使うため、碧月はさっそく尚吾を体育倉庫のなかに誘う。

乱雑に置かれた用具。いくら人目につかない場所とはいえ、ろくに掃除もされていないのか大量に埃《ほこり》が積もっている。

とても若い男女が逢引するにはムードに欠ける。

もっとも、二人の関係はまだそういった甘いものではない。だが、こういった小汚い場所で本能の赴くままに欲望をぶつけ合うことを、碧月は望んでいた。

「なにを、してるんですか？」

おもむろに、倉庫内を物色しはじめた碧月に、首を傾げる尚吾。それに碧月が答える前に、足もとに転がっている縄跳びに目が留まった。

「とりあえず、使えそうなものはこれくらいですわね」

碧月はそのうちの一つを拾いあげると、そのまま尚吾に手渡す。

「えっと……これをどうしろと？」

「決まっているでしょう？　それで私を縛りあげるの」

「はっ……ええええええっ!?」

目を見開いて、盛大に飛びあがる尚吾。お笑い芸人さながらのリアクションだ。

しかし、碧月は別に彼を驚かせるつもりはない。

本心から、もっと荒々しく扱われたいと思っている。

「なにを驚いていますの？　初めてセックスした際も同じことをしたでしょう？」

あの時は縄跳びではなく碧月のブラウスだったが、展開は似たようなもののはずだ。

尚吾は、自分のことを単にセックスに夢中になっているお嬢様――程度にしか認識していないのかもしれない。

話を聞く限り、彼にはこれまで異性との接点がまるでなかったらしい。それで碧月の内心を察しろというのも無茶なのかもしれない。

まだ数日程度の付き合いだが、彼が相当気を使ってくれているのは感じていた。

それは非常にありがたいことではあるのだが、ことセックスの話となるとそういうわけにもいかない。互いの性癖を理解し合ってこそ、本当の快楽を得ることができるに違いない。

尚吾の前では、下手に躊躇《ちゅうちょ》すればその通りにしか受けとめてくれないだろう。

第一、何度も肌を重ねているのだから、今更遠慮など無用なのだ。

「あら、はしたない格好でよがってしまう私には、興味ありませんの？」

「……ゴクッ」

妖艶な笑みを浮かべてにじり寄る碧月の言葉通りの痴態を想像したのか、尚吾は思わず生唾を飲みこんだ。やはり、別段興味がないというわけではない。扱いがわからない異性に対して、不快な思いはさせまいと自制心を働かせているだけなのだ。

「深山君は、もっと自分に正直になるべきですわ。その優しさは確かに貴方の美徳ですけれど、それも時と場合によりますわ。私から誘っていますのに、なにをそんなに躊躇《ため》う必要がありますの？」

無茶な要求をしているという自覚はある。

意訳すると、つべこべ言わずにさっさと縛って犯せと言っているのである。

尚吾に変化球は通用しない。

とにかく欲望には直球あるのみ。

「ほ、本当に……いいんですか？」

「ええ、構いませんわ。私は、貴方のなかに住む悪魔が見たいの」

「……言っている意味がよくわかりません」

「要するに、深山君のやりたいようにやればいいってことですわ」

渡した縄跳びを拘束具代わりにして、身動きできなくなったところを弄ばれる。

想像しただけで、身体が熱くなってしまう。

「わ、わかりました……頑張ってみます」

ようやく、碧月が本気だということは理解してくれたらしい。

わざわざ事前に申告してから行動に移るあたり、まだ遠慮や戸惑いが払拭できていないようだが、とりあえずは行動を起こすつもりになってくれただけでもよしとする。

縛り方も要求するべきか悩むところだが、ここは一つ尚吾の嗜好に任せてみる。

「うふふっ……期待、してますわよ——んっ」

動きだした尚吾は埃っぽいマットを敷くと、その上に碧月を横たわらせる。

いかがわしい行為をする上で、体育倉庫というのは定番かもしれないが、小汚く饐《す》えたような臭いが漂う空間のほうが、強引にされているという雰囲気があり、いっそう興奮を煽ってくれる。

そして尚吾は碧月の右足首を持ちあげて自分の肩に乗せる。

戸惑っているわりには、いきなり大胆な行動に出はじめた。

片足を抱えたまま両腕を取って、右の太腿を腕で挟みこむようにしてそのまま手首に縄跳びが巻かれていく。緩まないように二重に巻きつけ、硬く結ばれる。

「んぅ……あぁ、縛られて、ますわぁ……」

「痛かったら、言って下さい」

気遣う素振りを見せながらも、巻かれた縄跳びは相当きつく結ばれている。

ちょっとやそっとでは、緩みもしないだろう。言動が一致していなかった。

「な、縄が……食いこんでっ……」

拘束された腕の結び目で右脚を支えているおかげで、負荷のかかる手首に縄が食いこんでくる。痺れるような、鈍い痛みが伝わってくる。強制的に開脚させられ、ろくに身動きも取れない状態でありながら、濃紺の布地に覆われた股間はじんわりと潤いはじめていた。

（やっぱり……私、縛られて感じていますわっ……手首、少し痛いのに……痛いはずなのに……それが気持ちいいなんてぇ……）

ある程度わかっていたこととはいえ、痛みさえ快感に変換される自身の身体に驚きを禁じえない。だが、これで自分は普通のセックスだけでは満足できないのだという証明にもなった。

ゴクリッと喉が鳴る。

ここから先、自分がなにをされるのか、期待せずにはいられなかった。

「じっくりと、このいやらしいブルマ姿を堪能したいところですけど、あまり時間もありませんし、手短にいきますよ」

碧月を拘束したことでなにかスイッチが入ってしまったのか、尚吾は瞳を爛々と輝かせながら、股間からギンギンに天を向いて反りかえった肉棒を取りだした。

何度見ても、その極太の赤黒い肉塊の存在感には驚嘆させられる。ピクピクと脈動し、情欲に飢えているように見える。

尚吾は碧月の身体を引き寄せる。右手の人差し指をブルマと股間の隙間に挿しこむと、そのまま布地を横にずらした。

羞恥心と被虐心に彩られた官能に、身動きの取れない肢体は小刻みに震えて、期待するだけで淫液が滲みだしてきた。

濡れた淫裂が露わになり、充血したクリトリスは真っ赤に膨れ、熱くぬめった花弁は雄を誘うように妖しくヒクついていた。尚吾は、鋼のように屹立した肉棒の先端を、割れ目に密着させた。

「きゃうんっ……!? そ、そんなっ……いきなりだなんて……っ！」

「時間がないんですから、このままいきますよっ」

「んううううっ!? は、入ってきましたわぁ……!!」

尚吾は膣口に肉棒をねじこんできた。

期待感と興奮から、すでに濡れて挿入を心待ちにしていたが、凶悪なほど大きい彼の肉棒をまだすんなりと受け入れられるほどの準備は整っていなかった。

「はぁっ……くっ、会長……」

まったく抵抗できない碧月を弄るように、ゆっくりと腰を押しだしてくる。

大きく張ったエラが、ズンズンと膣穴に侵入していく。

膣粘膜を蹂躙しながら突き刺さってくる肉棒。まだ充分にほぐれていない膣肉に、思わず眉間に皺を寄せてしまうが、精神的にはむしろ甘美な刺激にすら感じられた。

尚吾は躊躇なく、肉棒を最深部まで挿入した。

「あぁああぁあっ……お、奥までぇ……あっ、あひぃいっ」

一旦侵入を許してしまえば、碧月の身体は容易に尚吾を受け入れられるようになった。

淫蜜の分泌が加速し、瞬く間に潤いを増していく。

内側から圧迫される快感に、碧月の身体は悦びに打ち震えた。

尚吾も興奮が抑えられないのか、単に時間がないことを焦っているのか、まもなく碧月の身体を乱暴に揺さぶりながら、カクカクと激しく腰を振りだした。

「な、膣内が……もうトロトロになってますよ……絡みついてっ、すごいですよっ」

腰を揺さぶりながら、羞恥を煽るように耳もとで囁く尚吾。

「くふっ……んぁ、い、言わないでぇ……あぁぁ、オマ×コがジンジンしてっ、はぁ、はあんっ、こ、腰が……腰が勝手に動いてっ……くひぃいいいっ！」

喘ぐ碧月に対して、尚吾は腰をまわして蜜壺を掻き乱し、突きあげて責め弄る。

膣内の敏感な箇所を、勢いよく刺激されつづける。

どうしようもなく子宮が震え、身体が熱く疼く。依然として手首に鈍い痛みは響くものの、唇からもれでる喘ぎ声は甘く、悦びに満ちていた。

膣肉は悦んで尚吾の肉棒に絡みついていく。

一突きごとに淫猥な汁がブシュッと溢れだして、早くもマットに染みを作りだす。なにも事情を知らず、遠目から見れば尚吾が碧月に乱暴しているようにしか見えないかもしれないが、その実、美貌は官能に蕩けている。間近でこの表情を見れば、碧月が感じて乱れているのは明らかだった。

尚吾はとにかく思うがままに腰をグラインドさせて淫蜜の滴る膣内を肉棒で攪拌《かくはん》し、グチュグチュと下品な水音を響かせる。

そしてその動きは、肉棒から尚吾へと過激な刺激をもたらすことにもなっていた。

「はぁ、ああっ、あぁぁ……か、会長っ、会長ぉ……あああっ！」

荒い息とともに、か細い声で呻く。

凶悪といえるほどの肉棒の持ち主とはいえ、尚吾が童貞を卒業したのはほんの三日前のこと。まだ快感への耐性は低く、懸命に責めようとしてはいるものの、こみあげてくる快感に抗うのに必死らしい。

これではどちらが責めているのか、傍から見たらわかり難いことこの上ない。

「あはぁんっ！　いぃ、いいですわぁ……あぁぁ、オチ×ポ気持ちいぃ！　もっと、もっと激しく感じさせてぇ!!」

「うくっ、で、でも……これ以上激しくしたら、僕っ……」

「構いませんっ、構いませんわぁ！　出して、深山君の精液ぃ……いっぱい、たくさん私の子宮に、ドバドバ射精してほしいのぉ！　はうんっ、んくぅ……好きな時に、射精していいですからぁ、もっとオチ×ポ突き入れてぇ!!」

より膣肉を抉られるように腰をずらして、悦楽が迸る蜜壺を痙攣させては、その甘美感に目もとを蕩けさせていく。

膣襞を亀頭で擦られるたびに、強烈な刺激を受けて反射的に膣口が狭まり、肉棒を締めつける。尚吾の下で、碧月は浅ましく乱れ狂う。

「会長……っ」

尚吾としても意地があるのだろう。女性にここまで言わせて引くわけにはいかず、言われるがままにいっそう速く腰を前後させていく。

「ひぁあああっ！　すごいぃ……あぁっ、あんっ、あひぃいいんっ!!」

顔を顰めて、懸命にこみあげてくる射精感を抑えこむ尚吾。

まだ碧月が望んでいる域にまでは達していないものの、必死になって責める彼の動きにまた別の熱いなにかを感じつつ、今はこの愉悦に没頭する。

尚吾はとにかく、がむしゃらに腰を動かす。

膣肉を乱雑に掻きまわして、子宮口を抉りつけてくる。そして勢いよく引き戻して襞を捲りあげ、再び滾る肉棒を突き入れて亀頭をぶつけてくる。

熱く疼く媚肉を幾度となく擦られ、こねられ、掻き乱される。

めまぐるしいほどの官能が、膣奥から全身へと伝播し、脳髄を痺れさせる。

「あひぃっ、ああっ、熱いぃっ……くふぅんっ、膣内が、オチ×ポで突きあげられるたびにぃ……はぁ、あんっ、悦んでっ……ますわぁ！　ひぎぃぃっ……オチ×ポ、オチ×ポぉ、ビクビクしてっ……また、大きくなってぇ……!!」

息がつまりそうになるほど、膣奥が圧迫される。

次第に大きく震えだす肉棒。それがなにを意味しているのか、考えるまでもない。

射精が迫っていることがわかっても、碧月の腰はこれまで以上にいやらしく揺れ動き、ピクピクと震える肉棒を搾り取るように締まっていく。

「す、すいませんっ……一回、出しますよっ！」

尚吾は昂るままに腰の動きを加速させ、快楽によがる碧月の蜜壺を抉り、膣襞を蹂躙していく。容赦なく膣内を掻き混ぜられ、卑猥な水音が倉庫内に反響する。

「あひっ、んぁああっ……せ、精液っ、精液ぃ！　オマ×コのなかに、熱い精液っ、あぁん……だ、出してぇ、いっぱい……私のオマ×コにぃ!!」

膣内射精の甘美感を想像し、碧月の息遣いはどんどん艶かしいものになっていく。身体だけでなく、頭のなかまで愉悦と恍惚に満たされる。

喘ぎつづける碧月の膣肉をかきまわし、擦れ合うたびにどんどん熱くなっていく肉棒の感触を堪能していると、ひときわ大きく震えだした。

「ふくっ……もう、これ以上はぁ……っ！」

どろどろの膣腔に向かって強烈に腰が打ちつけられると、一拍置いて膣奥で肉棒が盛大に跳ねあがった。それと同時に、灼熱の塊が悦楽の波とともに解き放たれた。

「きゃふぅううっ⁉　あ、熱いぃっ、あぁん……熱いザーメンがぁ、私のオマ×コのなかに出されてぇ……はぁああっ、堪りませんわぁ！」

煮えたぎったような精の迸りを胎内で受けとめ、碧月は肉棒が跳ねるたびに歓喜する媚肉を収縮させ、全身を小刻みに震わせる。

「はぁ、はぁ……あぁ、す、すみません……僕だけ勝手に……」

射精の余韻に体を震わせながら、自分勝手に達してしまった不甲斐なさに頭をさげる。しかし、快楽に夢中になっている体は正直なもので、謝罪の言葉を口にし、射精衝動に腰を震わせながらも、尚吾は腰を前後させて粘つく白濁液を膣肉へと塗りこんでいく。

「ふあぁぁ……精液ぃ、いっぱい出しましたのねぇ……オマ×コに入りきらなくて、溢れてきてますわ……」

「でも、まだ頑張れますからっ！」

「え——んぁあああっ!!」

射精したことで、これ以上は難しいかもしれないと内心考えそうになった矢先、膣内に挿入された肉棒は、萎えるどころか硬さを維持したまま、再び尚吾は腰を動かしはじめた。

完全に虚を突かれる形となってしまった碧月は、堪らず大声をあげてしまった。吐きだした精液を潤滑油代わりにするかのように、硬く屹立したままの肉棒で碧月の膣内を搔きまわしていく。

(そ、そんな……たった今射精したばかりですのにっ!?)

驚きつつも、まだ絶頂を極めていなかった肉体は歓喜していた。

気がつけば、尚吾の腰の動きに合わせて緊縛された不自由な下半身を自らくねらせていた。膣内を奥まで突きこまれるたびに、甘い悦楽の喘ぎが喉奥からもれでる。

「はっ、はっ……んくっ、やっぱり、ここも弄ったほうがいいですよね……?」

そう言う尚吾の視線の先には、抽送の衝撃でいやらしく揺れ動くたわわな双丘。しっとりと汗に濡れ、うっすらとブラジャーが透けていた。

ただでさえ発育のいい碧月には、多少大きめのサイズであろうと、胸もとだけは大きく盛りあがって生地がパツンパツンに張りつめていた。

尚吾に触ってほしいといわんばかりに、布地越しに乳首が浮きあがっている。

ゴクリッと、尚吾が大きく喉を鳴らすと同時に、振り乱されていた腰の動きが途端に緩やかになった。

「……み、深山君?」

尚吾はおもむろに体操着の裾をつかむと、一気に捲りあげた。

ブラジャーに押さえこまれた双乳が露わになると、間髪入れずにカップをずりさげて硬く膨らんだ乳頭が外気に晒され、捲られた反動で柔肉がプルンと揺れた。

白い柔肌をギラついた瞳で凝視しながら、尚吾は傍に落ちていた縄跳びをもう一つ手に取った。

「し、縛られるのが、好き……なんですよね? だったら——」

丁寧な口調ながらも、その瞳はすっかり欲望に支配されていた。

碧月の返事を待つことなく、尚吾は手にした縄跳びをたわわな乳房に巻きつけてきた。左右の乳肉の根元に8の字になるように巻きつけると、力をこめて縄跳びを引っ張って締めあげる。

「あううぅっ!? うひぃっ、やぁ……お、おっぱい、おっぱいがぁ……」

縄が食いこみ、その鈍い痛みに苦悶する。

おとなしい尚吾が、まさか自ら碧月の要求以上の行動にでるとは思いもよらなかった。

「すごく、エッチです……」

鼻息を荒くしながら、乳房を締めつける縄を右手で持ち、空いた左手をプックリと膨らんだ乳首に添える。そしていきなり、勢いよくデコピンの要領で弾かれた。

「ひぎぃっ!?」

敏感な乳首を乱暴に扱われているというのに、痛みを感じるのではなく、ジンジンと甘い痺れとなって伝わってきた。

堪らず肩を震わせ、キュッと眉を寄せる碧月。その反応に気をよくした尚吾は、つづけて二度三度と、硬くシコった乳首を弾く。

てっきり、おとなしいばかりだと思っていた尚吾の、サディスティックな一面を垣間見た瞬間だった。

(やっぱり、深山君なら……私——っ！)

目まぐるしい快楽の渦に、思考が中断させられる。

すっかり乳首に意識が集中していたところで、緩慢になっていた抽送が途端に激しさを増したのである。縄でくびり出された乳肉を無造作にわしづかみにしながら、肉棒で膣内を責め立てられる。

淫猥な刺激が乳首から乳房全体に拡散し、身体ごと揺さぶられる抽送を受け、パンパンと小気味いい軽快な音を鳴らして腰がぶつかり合う。

「もっと、もっと会長のいやらしい姿っ……見せてくださいっ！」

お碗型の美巨乳が前後に弾み、根元に縄が食いこむ。それでも全身を駆け巡るのは痛みではなく、そこから生まれる愉悦に膣腔は強烈に収縮して肉棒を締めつける。

マゾヒスティックな官能が、身体中を駆け巡る。

「あぁああっ！　おっぱいっ、んあっ……締めつけ、られてますのにぃ……！　こ、こんなに気持ちいいなんてぇ……いいっ、いいぃ！　ひぃんっ、オマ×コも、オマ×コもオチ×ポで擦られてっ、きゃひぃいいんっ!!」

望んでいたこととはいえ、苦痛が堪らない快感となっていくことに驚きは隠せない。それでも、自ら痛みを貪るように身体を動かし、淫らに腰をくねらせる。

肉棒が膣奥まで突きこまれ、勢いよく引き抜かれるとともに、雁首が愛液と一緒にこびりついた精液をも掻きだしていく。

ビクンッと背中が反射的にのけ反り、手首と乳房に絡まった縄がさらにきつく肌に食いこむ。自分の意思では思うように動くこともままならず、尚吾の欲望に翻弄されているという現実が、碧月の被虐心を堪らなく刺激していた。

無意識のうちに媚肉が蠕動し、押しこまれる肉棒をひときわ強く締めつける。

「縛られても快感に悶えてる会長、すごく綺麗ですっ……んっ、ずっと見ていたいくらいですよ……っ」

尚吾は乳房から手を離すと、腰の抽送に集中する。

どんどん加速していく腰使い。倉庫内に時計はないが、あまり時間をかけすぎると昼休みが終わってしまう。

まだしばらくこの状況を楽しみたいというのがお互いの本心なのだが、学園内では優等生で通している以上、次の授業に遅れるわけにはいかない。特に今日は登校前のセックスを張りきりすぎて、遅刻してしまったのだからなおさらだった。

少々名残《なごり》惜しいものを感じながらも、碧月は悦楽の極みへと意識を集中させていく。

「ああっ、いいっ……こんなの、んはぁっ！　私、んくぅ……私ぃ、夢中になってて……あぁぁっ、こんな、もう我慢でき——ひぐぅうんっ！」

拘束されながらも身をくねらせて恥悦に悶える碧月。

尚吾は、悩ましく蠕動する膣粘膜を剛直で擦り立てていく。

大きく身体を揺さぶられ、絞られた乳房が汗の雫を撒き散らしながらブルンブルンと振りまわされる。紅潮した肌に、乱れた髪も張りついていた。

切羽つまった喘ぎをこぼし、口もとから涎が滴る。

いっぱいに押しひろげられた蜜壺を蹂躙され、強烈な快感に意識が朦朧とする。

下腹部が、ビクビクと小刻みに痙攣しはじめる。

「うくぅ……ぼ、僕っ、また出そうですっ！」

いよいよ切迫してくると、尚吾も二度目の射精感に震えていた。

「ふぁあああっ、お、オマ×コっ……オマ×コ熱くてぇ、はぅんっ……もう、オチ×ポのことしか考えられませんわぁっ！　ひゃうっ、んはぁああああっ!!」

何度も背中が反りかえり、高速で収縮を繰りかえす。

尚吾はさらに乳房を締めあげながら、抽送を加速させて狭まる媚肉をひろげながら、子宮口まで肉棒をねじこんでくる。

「はぁ、はっ、くうぅ……っ」

尚吾の限界はもう間近だった。

最後とばかりに猛烈に腰を振り、亀頭で幾度も子宮を突きあげる。そのたびに、碧月は声をつまらせて喘ぎ、狂ったように身悶えた。

「ひゃううぅっ……あはぁああっ！　あ、熱いザーメンっ、私のオマ×コにまた出してぇ……！　いひぃいっ、ダメぇ……イク、イクっ……イカされてっ、ああああっ!!」

昂るままに媚肉を掻き分け、渾身の力をこめて腰を打ちつけ、亀頭の先端を子宮に押しつけると、溜まりに溜まった欲望の塊を迸らせた。

「あぐぅう……！」

尚吾の呻き声が引き金となって、碧月の官能も一気に弾けた。

「んぁあああっ！　い、いくぅぅううっ!!」

尚吾が達すると同時に、碧月も果てた。

子宮に焼けるような精液を叩きつけられ、碧月はひときわ大きく腰を跳ねあげ、髪と乳房を激しく振り乱しながら、喉奥から嬌声を迸らせた。

肉棒を咥えこんだまま、全身をのけ反らせて痙攣する碧月。

全身が断続的に震え、ますます縄が肌に食いこむ。

絶頂の膣内に、どろどろの精液を容赦なく流しこまれ、碧月はだらしなく口を大きく開いて涎を零しながら、悦楽に陶酔する。

「はぁ、はぁ、あぁぁ……か、会長……」

尚吾が、荒い息を吐きながら、繰りかえし腰をひくつかせる。疲労しつつも満足気な表情を浮かべながら、精液を一滴残らず子宮に注ぎこんでくる。

「はうぅんっ……す、すごいですわぁ……んあっ、また奥に注がれて……オマ×コ、ザーメンでいっぱいになって……あはぁぁ……」

胎内で熱い飛沫を堪能し、碧月はうっとりと空虚を見つめる。

大量の射精を終え、一段落すると尚吾がゆっくりと体を離す。

肉棒を膣口から引き抜くと、子宮に入りきらなかった白濁液が、逆流してドロリと

溢れだした。

（素敵ですわ……やっぱり深山君なら、私の理想のご主人様に――）

「今日もお勤めご苦労様っと……」

ホームルームも終わり、堅苦しい授業から解放されたクラスメイトたちが騒立つ。

これから部活動で汗を流す者もいれば、特に予定もなく家でゴロゴロするだけの者もいるが、放課後は学生にとって何物にも束縛されない貴重な時間である。

尚吾の前の席にいる友則も、手早く帰り支度をすませていたが、その表情は暗い。

体育の授業を抜けだして、女子のクラスを覗いていたことが教員たちの耳にも入り、晴れて指導室送りとなってしまったのである。

尚吾の名前も出したらしいが、現行犯でつかまったのは友則一人だけ。確固たる証拠もなく、女子生徒たちも彼が苦し紛れに尚吾を巻きこもうとしていると判断し、追及されることもなかった。

「裏切り者め」

ボソッと恨みがましく呟く友則。

彼女たちの怒りに触れ、制裁を受けた彼の顔はパンパンに腫れあがっていた。

「そんなこと言われてもねぇ……」

結局は、友則の自業自得である。

同情の余地はない。

「くそぉ……お前は孔明《こうめい》じゃない。恩を仇《あだ》で返す呂布《りょふ》の如き男！　この周瑜《しゅうゆ》を裏切るとは……っ！」

「誰が周瑜なのさ……。友則君は知略に長《た》けていそうにないから、張飛《ちょうひ》ってところじゃないかな？　まあ、別に武に秀でてるわけでもないけど」

「お前、時々何気にヒドイよな」

「そう？」

「はあぁ〜……俺に彼女がいれば、あんな不毛なことしなかったんだけどなぁ」

後悔先に立たず。彼にはこの言葉の意味をじっくりと辞書で引いてもらいたいところである。

そもそも、そういうことを言い訳にして、欲望任せに行動を起こしているから、余計に女性が近寄りがたくなっていることに、彼はまったく気づいていない。それを説明したところで、納得してくれるとは思えないし、尚吾としてもそんなことに時間を割いている余裕はなかった。

「まあ、僕からは頑張って——としか言いようがないよ。それに、そろそろ行かないといけないし……」

「新しいバイトか？　最近やけに張りきってるよな、そんなに楽しいのか？」

「それなりに、ね……。それじゃあ、僕行くから」

「はいはい、わかりましたよ。せいぜい稼いでこいよ」

つまらなそうに手を振る友則に、尚吾は笑顔で返すと、足早に教室を出ていった。

行き先はもちろん碧月の所だが、向かっているのは彼女のクラスとはまったくの反対方向。普段なら真っ先に屋敷に向かって碧月を出迎えるのだが、今日は違った。

体育倉庫での行為を終え、別れる際に彼女から放課後は屋上に来るようにとお達しがあったのである。彼女がなにを考えているのかわからないが、またなにかを企てていることだけは間違いない。

その程度なら、まだ付き合いの短い尚吾にも容易に想像することができた。

(でもまさか、憧れの天王院会長があんなにエッチに積極的だったなんて……)

驚きはしたものの、イメージと違ったからといって幻滅したりはしない。むしろその相手が尚吾なんかでいいのかと、こちらが聞きたいくらいなのだから。

碧月に気に入られ、天王院家で住みこみで働くようになったとはいえ、職務の内容は彼女のお茶汲みと荷物持ち、それ以外はセックスばかりしていた。

とても仕事と呼ぶには疑問視せざるをえない。

しかも、先の体育倉庫では自ら拘束してほしいとまで口にしていた。

彼女の性癖は、少々特殊な部類に位置しているらしい。

尚吾としても、国内有数のトップ企業のご令嬢を思うままに弄っているという状況に、これまで意識したことのなかった支配欲が燻りだしていた。それが学園中の男子が憧れ、高嶺の花だと思っていた碧月と肉体関係を持つに至ったことの優越感なのか、単なる独占欲なのかは定かではないが、尚吾自身これまで意識したことのない感覚が芽生えはじめているのは確かだった。

自然と歩みが速くなる。

前例がある以上、屋上への呼び出しもセックスが目的である可能性は極めて高い。がっついているようでみっともないのではないかと思いながらも、廊下を歩いているだけで全力疾走したかのようにバクバクと激しい鼓動が聞こえてくる。

気付いたときには、半ば駆けだしていた。

使用人の身としては、主人を待たせるわけにはいかないという義務感を優先させなければならないのだろうが、今の尚吾を突き動かしているのは動物的な本能ともいうべき性欲だった。

少しでも早く、彼女の柔肌に触れたい一心で、屋上へと駆けこんだ。

「お、お嬢様……っ！」

勢い余って、思いきり屋上の扉を開け放ってしまった。

派手な音が鳴り、すでに到着していた碧月が驚いて振りかえった。

「きゃっ……！　み、深山君……？　どうしましたの、そんなにあわてて……」

「す、すみません……お待たせしてしまって」

「なにもそんなに急がなくても……ホームルームが多少長引くことだってありますもの、遅くなってしまっても気にしませんわ。……それから、放課後になったとはいっても、学園内では〝会長〟でしょう？」

「あっ……そうでした。つい……」

友則がアルバイトのことを口にしたこともあって、意識がそちらに向いてしまっていたらしい。もし、今の会話を誰かに聞かれでもしたら、男子生徒たちによる魔女裁判が開催されることになるだろう。

空寒いものを感じて、多少思考が冷静さを取り戻してくれた。

「落ち着いたかしら？」

「はい……もう大丈夫です。ところで、どうしてこんな場所に呼びだしたんですか？」

途端に頬を紅潮させ、とろんと淫蕩に耽った表情で、艶のある唇を開いた。

「うふふっ……実は深山君に、私のご主人様になってもらいたいの」

一瞬、碧月がなにを言っているのかわからなかった。

冗談の一言で片付けてしまおうにも、その瞳は潤んで妖艶な色を醸しだしていながら、まっすぐに尚吾の目を見つめていた。

とてもからかっているようには見受けられない。

本気で言っているのか、すでに興奮して息も荒い。

「え……いや、そのぉ……な、なんで……？」

非常に魅力的な申し出ではあるが、それをそのまま鵜呑みにしてしまうほど盛っているつもりはない。せめて、碧月の意図が知りたかった。

「私、ずっと疑問でしたの。幼い頃から天王院の人間に相応しい振る舞いをするように教育され、まわりの方々は『さすがは天王院のお嬢様』だとか『天王院のご令嬢なのだから……』と、私のことを天王院という色眼鏡を通してしか見ていません。そこに私という個人は含まれていませんわ……。ですから、そんな私の〝天王院らしさ〟を滅茶苦茶にしてくれる相手を探していましたの」

「……それが、僕だと？」

「ええ。深山君のオチ×ポでオマ×コを貫かれた瞬間、貴方なら私が探し求めていたご主人様になってくれるって、確信したんですわ！」

随分と話が飛躍しているような気もするが、要するに尚吾たちがこれまで抱いていた碧月に対するイメージは、彼女にとっては重荷でしかなかったということである。

それを粉微塵に破壊してくれる相手、自分の本性を曝けだしても受け入れてくれる相手をずっと待っていたのだ。

そして、尚吾ならばと告白してくれたのである。

（僕が会長の……ご主人様……）

これでようやく、碧月が妙に拘束されることに拘っていた理由も合点がいく。

「私は、ここに誓いますわ。私、深山君の——ご主人様の奴隷になります！　身も心も捧げて、なんでも言うことをきくオチ×ポ奴隷になりますから、気が狂うほど犯してくださいっ！」

色欲の渦中に呑みこまれた碧月は、懇願するように叫びながら、火照った身体を押しつけてきた。品位の欠片もなく、浅ましくすがりついてくる姿に、尚吾はひどく興奮を覚えていた。

「本当に、僕なんかでいいんですね？」

「ご主人様がいいっ！　ご主人様じゃないとダメですわっ!!」

尚吾の呼び方が、苗字から〝ご主人様〟へと、完全に切り替わっていた。

もはや抗うことなどできなかった。

気づいた時には、尚吾の腕は碧月の腰にまわっていた。

彼女はマゾヒストだ。

苦痛にも悦びを感じて、隷属を望んでいる。

辱められて、心身ともに屈服させられることで至極の快楽を得る。

拝跪する相手を求めていたが、自身の基本能力と周囲の環境がそれを阻んでいた。

碧月は、尚吾ならすべてを捧げられると確信したのである。

「手加減、できなくなりますよ？」

これまで、加減などしたことはない。

その都度必死になって彼女を絶頂へと導いていた。

あくまでも、これは単なる最終確認である。

「構いませんわっ。ご主人様の好きなように、私を弄んでくださぃ……っ！」

興奮しているのは尚吾も同じ。まわした腕に自然と力がこもる。

ふと、視線が足もとに転がっている碧月の鞄に向く。すると、かすかに麻縄がはみ出しているのが見えた。

「…………」

学園に麻縄などを持ってきている時点で、彼女は尚吾に縛られる気でいたのだ。

狙ってやったのか、はたまた偶然なのかは定かではないが、碧月の希望は考えるまでもない。見つけてしまった以上、見て見ぬ振りをするわけにはいかなかった。

「あっ……」

体を離し、黙って鞄から縄を取りだすと、驚いたように声をあげる碧月。しかし、その瞳は期待に満ちあふれていた。

（縛ってほしいってことだよね……やっぱり）

ご主人様に昇格したといっても、お嬢様と使用人という立場は変わらない。

彼女が望んでくれるのであれば、尚吾はそれに応えるだけである。

とはいえ、尚吾には緊縛の知識などありはしない。せいぜい雑誌などで目にしたことがあるくらいだ。

とりあえずは、思いつくままに縛りあげていく。

碧月の首に縄をかけ、適当に結び目を作って豊満な胸の谷間に挟ませるように下ろし、縄を割れ目に沿わせて背中へまわす。その縄尻を首にかけた縄に通して再度下へ引っ張ると、縄が股間に食いこんで碧月が艶のある声をあげた。そして背面でもう一つ結び目を作り、そこから縄を左右から前面へと持っていき、それぞれを最初に作った結び目の間に通して折りかえして引っ張る。それを胸もとの上部と下部、腰のあたりで繰りかえすと、結び目がひろげられて身体の中央に菱形ができあがった。

あえて制服を着たまま縛りあげたことで、ただでさえ豊かな乳房がさらにくびり出され、ボタンを弾き飛ばしてしまうのではないかと思うほどパンパンに張りつめさせていた。

見慣れている制服姿でも、緊縛されることによってひときわ扇情的に見える。

ゴクリッと、縛った本人である尚吾も思わず生唾を飲みこんでしまうほどだが、きつく締めつけられているのは胴体部分のみ。両手足が自由になっているのでは、恐らく彼女は満足してくれないだろう。

そうなることを予測していたように、鞄のなかにはもう一つ麻縄が入っていた。

ご主人様と呼ばれてはいるものの、結局は碧月の望むままに動かされているような気がしないでもないが、彼女が悦んでくれるのであれば、大した問題ではない。

だが、ここは一応学園の屋上。放課後になったとはいえ、部活動に勤しむ学生はまだ大勢いる。尚吾は極力人目につかなくするため、グラウンドと反対方向のフェンスまで移動する。こちら側には教員や来客用の広い駐車場などがあり、生徒たちがやって来ることはまずない。教師たちも、部活動の顧問以外は基本的に職員室で雑務に追われているだろう。

碧月にフェンスに手をつかせ、もう一つの縄で両手首を金網に縛りつける。尚吾に向かって丸いヒップを突きだしたポーズで固定され、小さく呻きながら身をよじる。

「はあぁ……す、すごいですわぁ……縄が、身体に食いこんでっ……や、やっぱり、自分で縛るのとは、全然違います……っ」

身をくねらせると、縄は軋む音をたてながら碧月の肌に食いこんでいた。

「じ、自分でも縛ってたんですか……？　今更ですけど、相当エッチなんですねぇ」

すでに碧月は自分の世界へトリップしているらしく、とろんと蕩けるような甘い表情を浮かべながら、その視線は宙空を見つめていた。そして、クネクネと左右に揺れるお尻の、艶かしい動きが余計に尚吾の欲望の炎に油を注ぐ。

スカートを捲れば、まだろくに触れてもいないというのに溢れかえる淫液がぐしょぐしょにショーツを濡らしていた。そこから、女性特有の甘いフェロモンが立ち昇り、尚吾の男としての本能を刺激しつづける。

「はぁ、はぁ……ご、ご主人様ぁ……」

しっとりと湿った碧月の唇は妖しい色香を放つ。

本日何度目かの生唾を飲みこむと、尚吾はさっそく猛り狂った肉棒を取りだし、蜜の滴る碧月の片足を持ちあげる。そして卑猥な蜜の源泉を覆っている縄とショーツをずらして、亀頭を当てがう。

「あっ、あああああっ!! そ、そんなっ、一気にぃ……硬いのが入って……あ、熱くてっ……はくぅううんっ!!」

熱く滾った肉棒を突き立てられた碧月は、口を大きく開けて挿入の快感に叫んだ。

すでに興奮しきっていた彼女には、前戯など必要ない。それほどまで濡れそぼり、蕩けている膣口に、尚吾は肉棒を一息で押しこんだ。

この瞬間を待ち侘びていたかのように膣内が震え、肉棒を包みこんでいく。

碧月は艶かしい嬌声をあげて、突きだした腰を快感に震わせる。

「どんどん、いきますよっ」

尚吾は碧月の腰をつかむと、歓喜して蠢いている膣襞に荒々しく剛直をつきたてて、無遠慮な抽送を開始した。

「んぁああっ……！　あうっ、んくぅ……か、硬いオチ×ポっ、オチ×ポがぁ……あぁっ、オマ×コを、抉ってっ……んぐぅぅっ、んはぁぁっ！　す、すごいぃ、オチ×ポっ、深いところまで届いてっ……あうっ、奥が、痺れてぇ……あああぁっ、気持ちいいっ、気持ちいいですわぁ!!」

深くまでねじこまれた肉棒で膣口を搔きまわされるたびに、鼻にかかった甘い声をもらす。胎内を擦られる快感に一気に昂り、滴る淫液の量もあきらかに増して卑猥な水溜まりを屋上に作りあげていく。

背後から激しい突きこみによって、碧月の身体はどんどん押されて、たわわな乳房がグニュリとフェンスに押しつけられ、歪に形を歪ませる。

「くっ、膣内はドロドロで、襞がねっとりと絡みついてきますよっ！」

尚吾もきつく締まる膣肉の刺激に呻きながら、さらに碧月の膣奥に肉棒を鋭く突き立てる。絶え間なく淫裂に与えられる悦楽に呑みこまれ、碧月はどんどん激しく乱れていく。ここが屋上だということも忘れているかのように、淫靡に、そして躊躇なく喘ぎ悶える。

「はひぃいいんっ！　オチ×ポ、ズンズンきてますぅ……はぁん、いいですわぁ！　いいっ、いいぃ、オチ×ポっ、気持ちいいぃいいっ!!　んはぁああっ、オチ×ポ、奥まできてますっ、子宮に当たってますぅ……すごく、オマ×コ熱くてっ、あぁんっ、すごいですご主人様ぁ!!」

　尚吾も負けじとピストンを繰りかえし、子宮を突きあげると同時に碧月の豊乳をフェンスに押しつけていく。

（こ、今回は一段とすごいな……）

　これまで以上に激しく乱れる碧月に、責めているはずの尚吾のほうが押され気味になっていた。蕩けきった声でご主人様と呼ぶ彼女だが、うっかりしているとこちらが搾り取られかねない。

　尚吾はさらに勢いを増した乱暴なストロークで膣腔を穿つ。

「ひゃうぅ……か、金網で、おっぱいがっ……おっぱいがひしゃげてっ、ふぁああっ……もっと、もっと気持ちよくっ、なっちゃいますわぁ！」

　そう言いながらも、碧月は自分でフェンスに胸を擦りつけて乳首を刺激していた。

　自らも快楽を貪ろうとする碧月の痴態に興奮しながら、乳房をフェンスに押しつけるように、派手に身体を揺らしていく。

金網が乳首を擦るたびに、碧月は快感に震えながら艶かしい嬌声を発する。

「ほらっ、胸が擦れて気持ちいいんでしょう？　ほらっ、ほらっ……！」

手首を縛りつけられている分、大きな動きこそできないものの、身体を小刻みに震わせながら執拗に乳首を刺激する。

「あひぃいっ⁉　おっぱい、ジンジンしてっ……やぁ、ダメですわぁっ……あああっ、どんどんおっぱい、熱くなってぇ……こ、こんなっ、ああっ、が、我慢できなっ……あああぁあああっ!!」

抽送による喘ぎに加えて、切羽つまった嬌声を迸らせたかと思うと、途端にひときわ甲高い叫び声を迸らせた。そして次の瞬間、ガクッと碧月の身体から力が抜けた。

「も、もしかして……」

「ぁあっ……はぁ、んんっ……お、おっぱいで、おっぱいでイッてしまいましたわぁ」

うっとりと呟きながら、碧月は絶頂の余韻に浸りながら深く息を吐く。

これまでであれば、ここで動きをとめて様子を見守っていたところだが、二人きりのとき、尚吾は彼女のご主人様である。

激しく責められることを求められているのだから、遠慮などする必要はないのだ。

「ほら、休んじゃダメですよ。ご主人様が満足するまで休む暇なんてありませんよ」

乳房から生まれた鋭い快楽に陶酔し、夢見心地だった碧月には尚吾の言葉は届いても、まだそれを理解するだけの判断能力が戻っていなかった。

しかし、今日の尚吾はそんなことはお構いなしに、たったいま戦慄いて達したばかりの碧月の膣腔に向けて、強烈な律動を再開させた。

「あはぁあああんっ⁉　ぁあっ、ダメっ……ダメぇ！　い、今イッたばかりでっ……はぁあっ……そ、そんな激しくされたらっ……お、おかしくなってっ、なにも考えられなくなってしまいますわぁ‼」

勢いをつけて挿入された極太の肉棒は、膣襞を一気に掻き分けて、子宮口めがけて一直線に突き刺さってきた。

（こんなっ……まだグラウンドで練習している人たちがたくさんいるのにぃ……ああ、見られてしまうかもしれませんのにっ、気づかれてしまうかもしれませんのに……屋上で拘束されて、オマ×コにオチ×ポ入れられていやらしい声を出して悦んでいるところを……自分からお尻を振って気持ちよくなってるところなんてぇ……もしも誰かに見つかったりしたらっ……私、私ぃ！）

自分の痴態を見られるかもしれないという激しい羞恥に襲われながらも、そんな胸中とは裏腹に、身体は激しく悶えて強烈な官能に貫かれる。

見られてしまうかもしれないという恐怖心すら、そのまま興奮に変換されていた。

尚吾はそんなことを気にするような素振りも見せず、膣肉を抉り取るかのように根元まで深く肉棒を突き入れてくる。

乱暴な抽送を受けて、碧月は卑猥に盛りあがった乳房を激しく揺らしながら、繋がれているフェンスをガシガシと揺らす。そのうえ、自ら腰を振っては故意に身体に縄を食いこませ、痛みさえ心地よいと感じていた。

「縄が、ギシギシいってますよ？　男根を突き入れられながら締めつける縄の感触はどうですか？」

言葉遣いこそ丁寧だが、その動きにはまるで容赦がない。碧月がご主人様になってほしいと告げたことで、彼のなかでもなにかしらの変化が訪れたらしい。

「はっ、はいぃっ……！　な、縄、いいっ、気持ちいいですわぁ……強く締めつけられて、痛いはずですのにっ、とても気持ちいぃぃ!!　んぁっ、あぁんっ……オチ×ポが、オマ×コを吐くたびに、縄が擦れてぇ……ひううぅ！」

碧月は、とにかく激しく乱れた。

これまで散々蕩けさせられてきたが、ようやく求めていた責めをしてもらえた。

これでおかしくならないわけがなかった。

あまりの喜悦に恍惚となって、口をだらしなく開いて涎を滴らせながら全身を震わせる。縄の繊維の凹凸が碧月の柔肌をチリチリと刺すように摩擦し、軋みながらさらに食いこんでくる。

「ふぅ、ふぅ……ギシギシって縄が軋むたびに、膣内もきつく窄まってきますね」

胎内から生じる快感に突き動かされ、泡立って白濁した大量の淫液。それを撒き散らすように、肉棒を腰ごとぶつけてくる尚吾。

彼の激しいピストンに身を任せながら、襲いかかってくる悦楽の奔流に心も任せる。

「ひぎぃいいっ!? 縄っ、食いこんで……あうっ、くぅうんっ……い、痛いはずですのにぃ……で、でもぉ、ビリビリしてぇ……あひぃっ！ こ、これっ、とっても素敵ですわぁ!! んひっ、あぁ、オチ×ポもっ、縄もっ、すごくいいのぉ！ み、みんなに見られちゃうかもしれませんのにっ、興奮、してますわっ……オマ×コがっ、オマ×コが疼いて……もっと、もっとオチ×ポしてくださいぃ!!」

屋上には、理性の欠片もない雄と雌の嬌声だけが響き渡る。

縄を軋ませ、フェンスを揺らしながら、碧月は快楽に溺れて息をつまらせていく。

高まる淫声に合わせて、悶える膣肉のなかを往復している硬い肉棒が徐々にその速度を増していく。碧月が昂っていくにつれて、尚吾にも限界が近づきつつあった。

「はぅっ……すごい締めつけですっ！ ぼ、僕……そろそろイキそうです！」

「オチ×ポ、オチ×ポぉ……あぁっ、イッてっ、イッてぇ！ 熱くてドロドロした臭いザーメンいっぱい欲しいぃ……またイッちゃうっ、イッちゃいますぅ……っ！ で、ですからっ、ザーメンで、熱いザーメンでオマ×コっ、イカせてくださいぃ!!」

徐々に切羽つまった声を張りあげる碧月に対して、尚吾は拘束する縄を引っ張りあげて、全身をきつく締めつけてくる。

まったく身動きが取れず、唯一拘束されていない脚は押し寄せてくる快楽の前に震える身体を支えるだけで精いっぱい。そんな碧月を、尚吾はまるで物を扱うかのように手荒く貪り尽くしていく。

(ああああっ、私……乱暴にされてますわっ! とてもひどいことされてますのにっ、すごく気持ちいいっ!!)

完全に理性の箍がはずれ、膣内を縦横無尽に掻き乱す肉棒を追い求める。お互いに本能の赴くままに快楽を貪り合い、さらに強い刺激を求めて肌を打ち合わせる。

悦楽によがる窄まりを痛いくらいに肉棒で過擦され、思考さえ侵食していく。

「し、締めすぎですよっ……そんなにするから、もう出ちゃいそうですっ!」

淫蜜にまみれた膣内を掻きまわしながら、血流を滾らせた肉棒からの射精を告げる。宣言をすると同時に、尚吾は腰の動きを限界まで加速させ、膣壁に亀頭を擦りつけてラストスパートをかける。

「んぁあっ、オマ×コもイッちゃうっ! 出して! 私のオマ×コに精液いっぱい出してぇ! 私のオマ×コぉ、ご主人様のザーメンで……いっぱいにしてぇえっ!!」

昂る尚吾の動きに合わせて、お尻をくねらせる。

まるで子供が駄々をこねるように、膣内射精をねだる。

喘ぎ、身悶えながら懇願する碧月に、尚吾はひたすら腰を加速させて応えてくれた。

「で、出るっ……うぁあっ！」

尚吾の全身が強張った瞬間、猛る肉棒を子宮口に叩きつけ、熱い本能を解放する。

「ひゃはぁあああああっ!!　んぃぃ……ぃ、イクッ、イクぅううっ!!　オマ×コっ、ご主人様のオチ×ポっ、中出しザーメンでぇ……あぁあっ!!」

昂りきった性感に、ビュクビュクッと吐きだされた濁流を子宮の奥で受けとめると、碧月は唇を戦慄かせて絶頂に達した。

震える肉棒からは小刻みに精液が噴出し、子宮の壁に染みこんでいく。

瞬く間に、体内が尚吾の白濁液で満たされる。

弾けた官能に全身をよじり、ひときわ大きく縄を軋ませながら悶絶した。

抗うことさえ許されず快楽を打ちつけられ、翻弄されながらも、碧月はひたすらその渦に身を呑みこまれていった。

「んうっ!?　ま、まるで最後の一滴まで搾り取られるみたいだぁ……っ！」

尚吾は蠕動する膣襞の感触に肩を震わせながら、大きく息を吐きだす。

身体の自由を持たない碧月は、彼の欲望をすべて受けつづけるしかない。

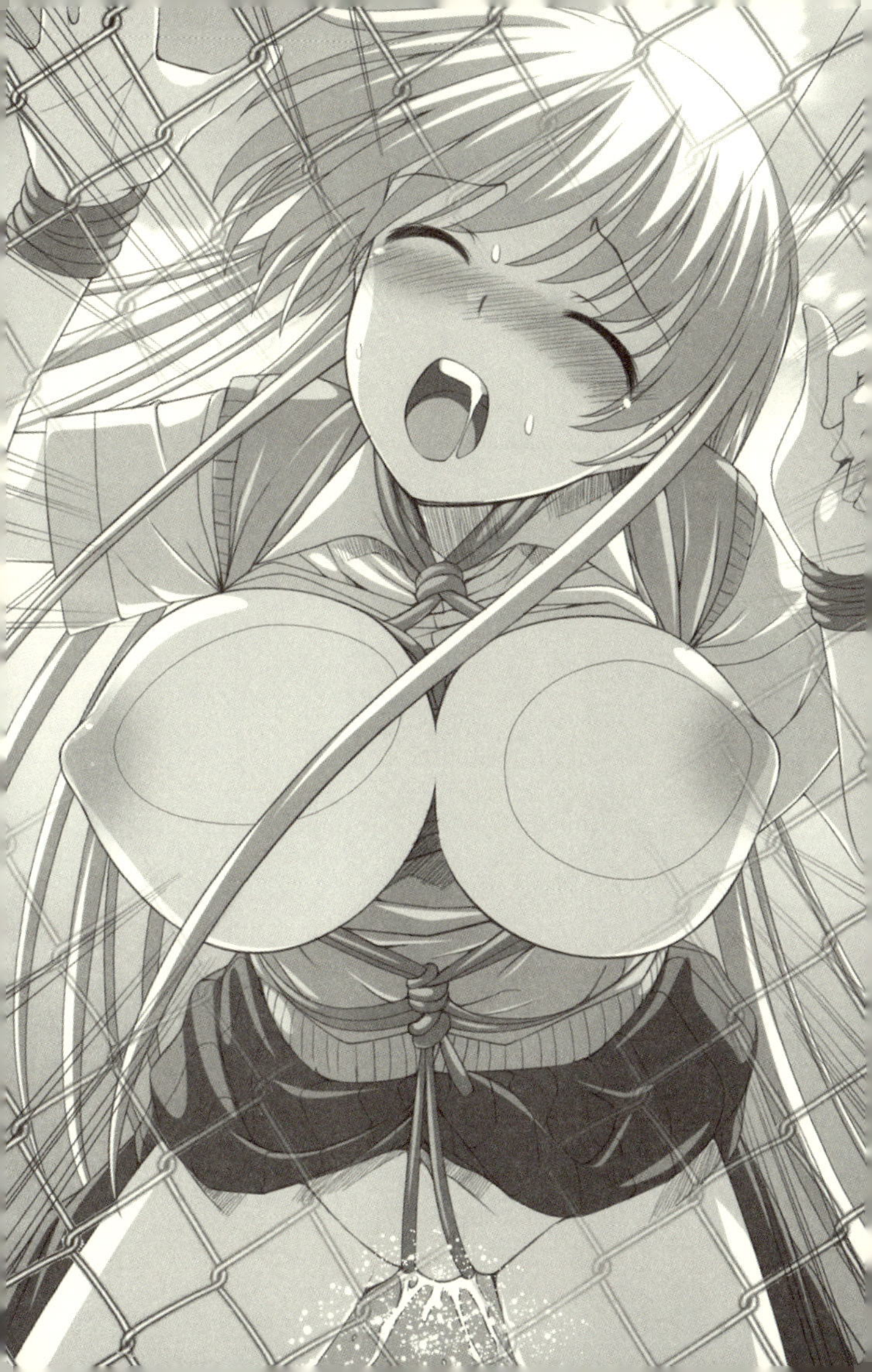

「んっ、あ、あぁ……ご、ご主人様の、精液がぁ……こんなに、いっぱい……はうぅん……私のお腹、精液でいっぱいっ、ですわぁ……蕩けちゃいますぅ」

盛大に絶頂に達した碧月は快楽に打ち震えながら、切れ切れの声で呟いた。

筋肉が弛緩して力が入らず、官能に狂わされてその場に崩れ落ちる。

肩で息をする尚吾に、かつてないほどだらしなく蕩けた顔を晒していた。

（私、もうすっかりご主人様の虜になってしまってますわ……）

ここ最近、碧月は彼の肉棒のことしか考えられない。

他の異性など、まるで気にもならない。

気がつけば、この身体は彼の肉棒専用の穴になっていた。

「あぁ……ご主人様ぁ……」

膣腔は、すっかり尚吾の形を覚えてしまった。

その温もりも、感触も。碧月の身体は、この肉棒の虜だ。しかし、想像以上の愉悦と疲労感に身体が思うように動かない。本日、学園内だけですでに三度射精されたが、追加分の五回まではあと二回も残っている。

（わ、私……壊れてしまうかも……）

夜にもまた激しくしてもらえるだろうと、期待しつつ恍惚に震え、碧月の意識は至福の余韻にたゆたいながら悦楽の闇に呑みこまれていった。

III 昇格ご主人様！ 牝豚とお呼びなさい！

ご主人様になって早一週間。

最初こそ違和感を覚えていたものの、さすがに時間が経過するにつれて慣れてきた。

当然、人目のある学園内ではこれまで通りだが、二人きりになった途端に、彼女は豹変するようになった。碧月の公私の切り替えのギャップには感服するが、ここまで激しいと、いつか人前でも「ご主人様」と呼ばれそうで内心不安もあった。

もしそれが学園内であれば、女子には変態の烙印《らくいん》を押され、怒り狂った男子からは袋叩きにされることは間違いない。

屋敷内でも同様だろう。

もっとも、碧月ほどの女性のご主人様になれたのだから、それくらいのリスクは致し方ないのかもしれないと納得できる反面、やはり恐ろしいものは恐ろしい。

特に屋敷内では、お嬢様の後輩というだけで突然住みこみで働きはじめた尚吾のことを訝しい目で見てくる使用人は少なくない。

碧月の身のまわりの世話以外の仕事にはいっさい関わらないのだからなおさらだった。

そして今日も、尚吾は碧月と一緒に部屋にこもっていた。

さすがはお嬢様。以前ヴァイオリンを習っていたらしく、その練習部屋として自室の隣に完全防音の個室を造っていたのである。この部屋なら、並大抵のことでは音もれすることはない。

どれだけ碧月が淫らな叫び声をあげようと、偶然部屋の前を通りかかった使用人にも聞かれることはない。この部屋のおかげで、彼女は周囲を警戒することなく思う存分快楽の渦中に溺れることができるのだ。

しかも今日は日曜日。

学園はもちろんのこと、特に用事もない完全フリーな一日だった。

そうなると、やることなど考えるまでもない。

碧月は午前中から尚吾をこの防音室に誘ってきたのである。

尚吾も性欲旺盛なお年頃。そんな誘惑に打ち勝てるはずもない。

さっそく碧月を椅子に座らせると、あっという間に彼女の手首を肘掛けに、そして足首を椅子の足に縛りつけ、簡単に拘束する。

清楚なお嬢様らしい純白のブラウスとスカートを身に纏っているというのに、簡易的に縛りつけただけで、途端に卑猥に映る。

真っ白いものを汚すことができるという背徳感なのか、異様に興奮を覚えてしまう。

そして尚吾はさっそく胸もとに手を伸ばし、ボタンをはずして巨大な双丘をあらわにした。

「たまには、ご奉仕してもらいましょうか」

普段から碧月とは緊縛プレイに勤しんでいるものの、基本的に彼女の要求に尚吾が応えるように責め立てていくというのが常。ところが、よくよく考えてみればご主人様と呼ばれながらも、尚吾の独断で強く責め立てたことはあまりない。

名ばかりのご主人様だとは思われないよう、今日は積極的に責めていくことにした。

「あぁん……今日も動けないまま弄ばれてしまいますのねぇ……」

すでに興奮しながら、うっとりとした瞳で尚吾の股間のテントを見つめていた。

そんな期待に満ちた瞳で見つめられて、おとなしくしていられるはずもなく、早速ベルトをはずしてズボンから屹立した肉棒を取りだした。

目の前で勃起している赤黒い肉塊。これまで何度となく自分の胎内を貫いた肉棒を間近に見て、碧月はうっとりと瞳を蕩かす。

「お嬢様は、本当にこれが好きなんですね」

「そう、そうですわ！　私はご主人様のオチ×ポが大好きですわっ！　それと二人きりの時は、私のことは呼び捨てにしてくださいと前にも……」

「あぁ、そういえばそうでしたね、ついうっかり。……それじゃあ、今日も碧月の身体をたっぷりと堪能させてもらいましょうか」

　碧月からご主人様と呼ばれるようになってからというもの、彼女の強い要望によって人目のない場所では〝お嬢様〟と〝会長〟の呼称は控えることになっていた。

　尚吾としても、そのほうが雰囲気があって盛りあがるのだが、もしうっかり調子に乗って第三者がいる場所で碧月のことを呼び捨てにでもしようものなら、どうなるかわかったものではない。それが学園内であれば、男子生徒たちから有罪確定の魔女裁判が行われることは必至だろう。

　興奮して、気分が盛りあがっている時は強気になれるものの、普段の尚吾は基本的に小心者である。公私の切り替えが苦手で、二人きりになれても呼び方を変えるまでにどうしても幾ばくかの間が空いてしまうのだ。

「はぁんっ……今日はどんな事をされてしまうのかしらぁ……」

　瞳に淫靡な揺らぎを浮かべながら、尚吾の行動を心待ちにしていた。

「まずはその大きな胸で楽しませてもらいますよ。実は、前から一度試してみたいと思ってたんです」

尚吾はベルトを二本手にすると、椅子に縛られている碧月の乳房をベルトで締める。一本は双丘の根元を締めつけ、雄大な乳肉をくびり出す。そしてさらにもう一本で迫りあがった乳房の中央で締めつけると卑猥な瓢箪のような形になり、ただでさえ巨大な双乳がいっそう前面に押しだされる。

「んっ……お、おっぱい……きつい、ですわ……ぁんっ、でも……これでなにを？」

「さっきも言いましたけど、まずは碧月にご奉仕してもらいます。まあ、その状態では動けないので、僕が好き勝手させてもらうだけですけどね」

尚吾も健全な男の子。碧月の豊満な乳房を見て、以前からパイズリに憧れていた。

しかし、基本的に彼女の要望に応える形で緊縛プレイも進行していくため、よくよく思いかえしてみると手コキやフェラチオなどといった、いわゆるご奉仕をされたことがなかった。

拘束してしまっているので、仕方ないことなのかもしれないが、今日はいきなり膣腔に挿入するのではなく、焦らす意味もこめて、まずはこの胸の谷間を堪能するのだ。

碧月ほどの爆乳を目の当たりにすれば、大抵の男はこの行為を夢見るだろう。

（これぞまさに、インマイドリーム……!!）

尚吾はそそり立つ肉棒を押さえつけると、深い乳房の谷間に挿入する。

「ひゃうぅっ……あ、熱いっ、オチ×ポ、とっても熱いですわぁ！」

肉棒の熱さを感じて、反射的に身を震わせる碧月。

「あぁぁ……っ!!」

尚吾も、思わず呻き声をあげてしまう。

ベルトで縛りつけたことによって生まれた心地よい窮屈さ。しかも、並々ならない巨乳のおかげで、屹立した肉棒を縦方向に差しこむことができてしまう。

もちろん、この魅惑の乳房を堪能するにはこれだけでは足りない。

想像以上の快感に、尚吾はかすかに体を震わせながら腰を前後に動かして、乳肉の中心に埋まる肉棒を擦りつけていく。

見たままのけしからんほどのボリュームと、最上級の卑猥な柔らかな感触が、いきり立った剛直を根元まで覆い尽くす。

中央部分がいやらしくペニスの形に歪み、肉棒は根元から勇ましい脈動を繰りかえす。

「はぅうん……ビクビクッて、張って……とても脈打ってますわぁ……ぁあんっ」

碧月は谷間に埋まる肉棒に目を釘付けにしながら、なかで震える感触にいっそう顔を恍惚とさせていく。うっすらと汗ばんだ乳房の頂には、すっかりビンビンに勃起した乳首が弄ばれる胸の動きに合わせて淫猥に震えていた。

硬く反りかえった雁首を滑らかな柔肌に擦りつけ、ピッタリと吸いついてくる瑞々しい感触に目を血走らせながら蹂躙していく。

突き入れるたびに肉棒の根元まで刺激される。そのスベスベとした感触は、凹凸のある膣内とはまた違った心地よさがある。

「……ふくぅっ、なんてエッチな胸なんですかね。まさにペニスを挟むためみたいで、病みつきになりそうですよ……っ」

「はぁ、ぁんっ、はい……そうですわぁ、私のおっぱいは……ご主人様のオチ×ポを挟むためのおっぱいなんですぅ」

たっぷりと盛りあがった乳房を犯されるたびに、碧月は甘い声をあげて身悶える。

「そんなこと言われたら、腰がとまらなくなってしまいますよっ」

手に余る乳肉を抱えあげ、ますます力をこめて滾る肉棒を押しこんで、強く責め立てる。まるで後背位で挿入しているかのように、深々と腰を打ちつける。

適当に締めつけたわりには、ほどよい圧迫感。しっとりと汗に濡れた肌が肉茎を撫でるたびに、腰が蕩けてしまいそうなほどの快感が押し寄せてくる。

「オチ×ポぉ、おっぱいのなかで擦れてっ……ぁあんっ、おっぱい、気持ちいいぃ」

腰を動かすたびに、柔肌が硬化した肉棒に抉られ、淫らに跳ね踊る。

尚吾は、じわじわとこみあげてくる衝動のままに、いやらしく揺れ動く乳房を激しく突きまくる。

碧月の艶声も、どんどん大きなものになっていく。

繰りかえし下腹部を押しつけられる乳房の先端では、乳首が肉棒にも負けないほどその身を硬くしていた。

乳首が下腹に摩擦されるたびに、碧月の身体が小刻みに跳ね、嬌声をあげた。

まだパイズリしかしていないというのに、彼女のその貪欲なまでの欲望がハッキリと顔をのぞかせていた。

「大きな胸は感度が悪いって聞きますけど、所詮は単なる噂だったんですね。ペニスで擦られただけで、こんなにいやらしい声をあげて……もしくは、碧月が特別に淫乱なだけなんでしょうかねぇ？」

「ど、どちらでもっ、構いませんわぁ……！　はぁ、はっ、オチ×ポでしごかれると……んっ、気持ちいいですっ……ニチャニチャしてっ、オチ×ポ、素敵ぃ！」

乳房の弾力を堪能していくうちに、次第に奥底から熱く迸る欲望が迫りあがってきた。すでに谷間のなかでは肉棒の先端からカウパー腺液が滲みだし、碧月の滑らかな肌を汚していた。そしてその粘液が潤滑油となって、ピストンする腰の動きをよりスムーズなものへと変化させる。

碧月の淫声を聞きながら、尚吾はさらに激しく腰を打ちこむ。

あまりの気持ちよさに、腰がとまらない。

「本当に、反則的な胸っ……してますよね」

肉の果実を無遠慮に突き立てていくと、碧月はいっそう声を募らせて喘ぎ乱れる。

「ご、ご主人様は、大きなおっぱいは……き、嫌いなんですの？」

「まさかっ……むしろ大好物です！　まっすぐペニスを包みこめるような胸なんて、そうそうお目にかかれるものではないですからね。碧月はもっとその胸を誇りに思うべきでしょうね」

湧きあがる欲望に任せて、戦慄く乳肌に肉棒を擦りつける。

「嬉しいですわっ……もっと、もっとご主人様の好きなおっぱい、滅茶苦茶にしてくださいっ！　素敵なオチ×ポ……あぁ、火傷してしまいそう……はうぅ、おっぱい擦られてっ、お腹の奥……子宮までジンジンしてっ、気持ちいい……ひゃうんっ、気持ちいいですわぁ！　まるでおっぱいがオマ×コになってしまったみたいでっ!?」

立ち昇る雄の匂いに刺激され、乳房は赤みに染まっていた。

張りつめた乳房の感触に陶酔しながら、抽送を加速させていくと、碧月の声も熱っぽく、テンポをあげていく。

柔らかな乳肌に、細かい小波が何度も走り抜ける。

お互いに、もうそれほど長くは保ちそうになかった。

尚吾も、次第に乳房の谷間を往復するたびに押し寄せてくる淫蕩な刺激に、脚の力が散漫になっていく。カクカクと小さく膝が震え、立っているのですら困難になりはじめていた。

「うっ、くうぅ……！　もっと味わっていたいですけど、僕もそろそろ限界ですっ」

乳肉の感触に堪えきれず、肉棒は今にも熱い滾りが噴きだしそうになっていた。

それでも尚吾は先走り汁でぬめった乳房を何度も容赦なく打ちつける。

「んぁあっ……ザーメンっ、ザーメン出しますのねぇ！　オチ×ポからぁ、いっぱい……私のおっぱいの、なかっ……おっぱいオマ×コに、ザーメン出してください!!」

碧月は眉間に皺を刻み、細い肩を悩ましくくねらせながら、切ない声を張りあげた。

興奮して感度の高まった乳房を激しく刺激されて、堪えきれないのか肌をしきりに震わせて喘ぎ悶える。

弄ばれたい碧月にはいっさい遠慮せず、ただひたすらに腰を打ちつける。

射精を告げられた碧月は、うながすように懇願し、身動きできない身体をしきりにくねらせる。激しく弾む肉房が肉棒全体を刺激し、尚吾はどんどん昂っていった。

「はっ、んぅ……っ、て、天王院のお嬢様が、そんな卑猥な単語ばかり口にして……恥ずかしくは、ないんですか？」

こみあげてくる官能に息をつまらせながら、乳房のなかでさらにカウパーを放出する。抽送する剛直の滑りが増し、射精間近ということもあって、腰のスライドが加速度的に激しさを増していく。

「いいのっ、そんなの……どうでもいいですわっ！　あぁっ、私は、ご主人様に弄っていただきたいんですぅっ……だ、だからっ、だからぁ……イッて、早くイッてくださいっ！　お願いですから、私のおっぱいオマ×コにっ、おっぱいオマ×コにぃ……ドロドロのザーメン、たくさん出してくださいっ!!」

およそ良家のご令嬢とは思えない言葉を叫びながら、射精を求める。

碧月の訴えが尚吾の嗜虐心にとどめを刺し、臨界点を超えた欲望の塊が尿道を駆け抜けてきた。

「出しますよっ!?　碧月のおっぱいマ×コに全部、出しますからっ!!」

「はぁあああんっ……！　欲しいですっ！　ザーメンでおっぱいオマ×コを、ドロドロにしてほしいですわぁ!!　くださいっ、真っ白に染めあげてぇ……!!」

碧月が絶叫した瞬間、尚吾は彼女の乳房にめりこむように腰を押しつけ、谷間の奥で精液を放出する。

「くぉおおおっ!!」

盛大に打ちこまれた白濁液を受けとめ、柔らかい肉塊がプルンと震えた。

「ひゃぁあああんっ!!　ザーメン、熱くてぇ……あぁんっ、おっぱいオマ×コにひろがってますわぁ……んんうぅぅっ」

大量の精液を碧月の胸の谷間に解き放つと、勢いのある白濁液が隙間から溢れだす。

そして熱い欲望の衝撃に、碧月も身体を大きく震わせて歓喜の声をあげながら悶絶する。

どうやら彼女は昂りすぎてパイズリをしただけで絶頂に達してしまったらしい。

大きく口を開けたまま、半ば放心状態の碧月。

(お、女の人ってパイズリだけでイケるんだ……)

尚吾には、碧月以外の女性とは縁がない。

単に彼女が特殊なのか、他の女性たちも同様なのかは判断のしようがなかった。

「はぁ、はぁ、あぁぁ……ザーメン、生臭いっ……た、堪りませんわぁ……んはぁ、身体が火照って、頭がボーっとしてしまって……はぁあん……っ」

絶頂の余韻に浸る碧月。しかし、彼女がこれで充分に満足などするわけがない。

射精を終えて、ゆっくりと肉棒を乳房から引き抜くと、碧月はねだるような視線を向けてきた。

乳房をベットリと汚した精液の感触にうっとりとしている碧月の眼前で、依然として勃起を保ったままの肉棒をピクピクと震わせて、尚吾がまだやる気になっていることを主張してみせる。

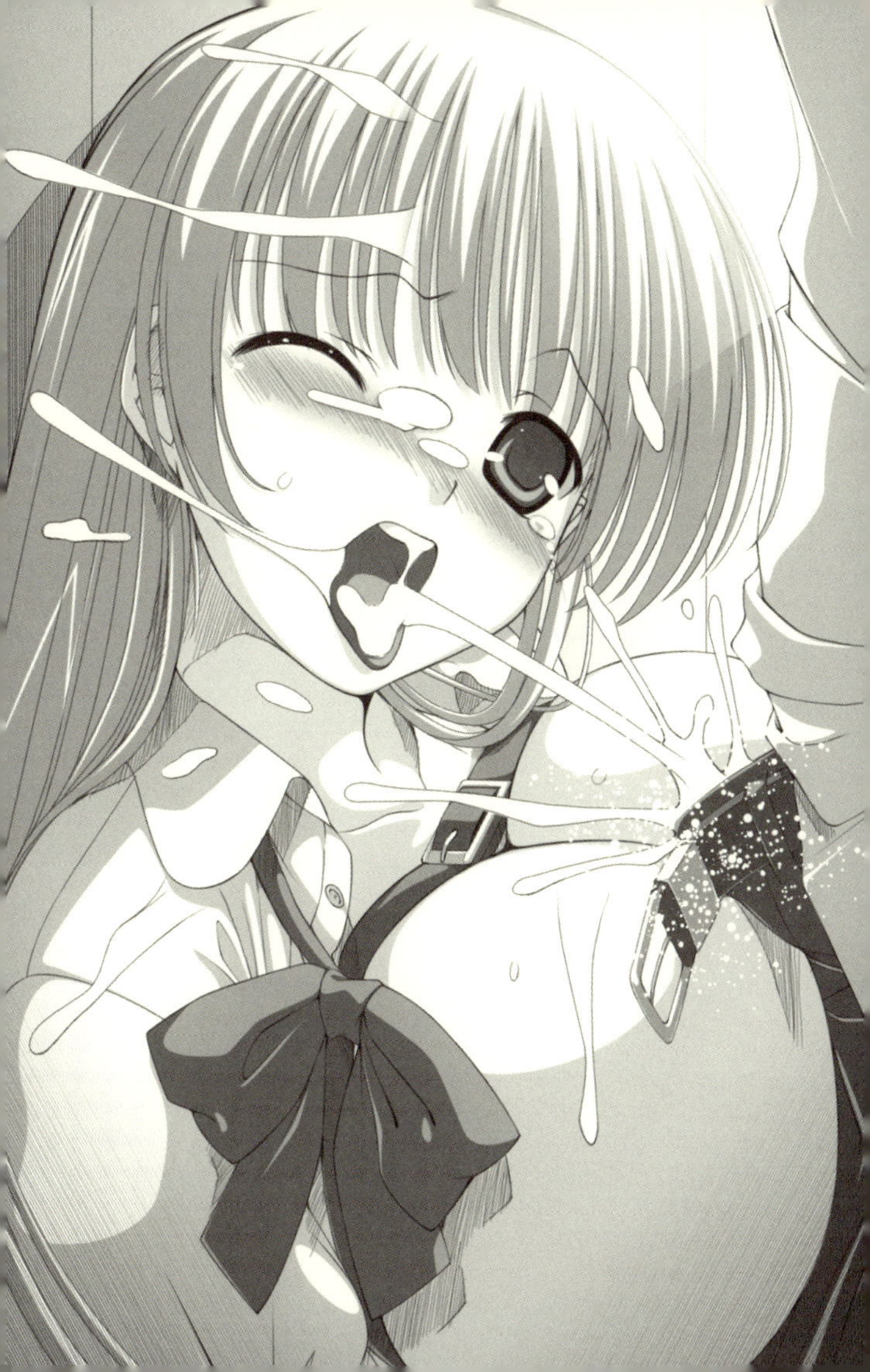

「そんなに待ちきれませんか？　いやらしい汁が床まで滴ってるじゃないですか」

視線を下に向けると、興奮して滲みだした碧月の愛液がとめどなく溢れており、下着どころかスカートまでベタベタに濡らしていた。

純白だった生地は色濃く染まり、まるで失禁してしまったような有様だ。

あまりに大量の愛液を溢れさせたことで、裾から滴った蜜が足もとに小さな水溜まりを作りだしていた。

碧月がどれほど興奮しているのか、一目瞭然だった。

「待ちきれませんわっ！　ご主人様の逞しいオチ×ポで、オマ×コを掻きまわしてもらえると思っただけで、オマ×コがキュンキュンしてしまうんですもの……あぁ、ご主人様ぁ……私のいやしいオマ×コに、オチ×ポ入れてくださいっ」

このまま言われた通りに挿入しても構わないが、一方でもう少し楽しみたいとも考えてしまう。

（もう少し、焦らしてみようかな……）

尚吾は碧月の手足を拘束している縄を解くと、手を取って立ちあがらせる。

「ご、ご主人様……？」

まさか拘束を解かれるとは予想もしていなかったのだろう。

碧月は目を丸くしていた。これから尚吾の肉棒でグチョグチョのネチョネチョにされるところを想像していたに違いない。

尚吾としても、それはそれで非常に魅力的なのだが、もう少しプレイの幅をひろげたいとも考えていた。

「そんな顔をしないでください。ちゃんと続きをしてあげますよ。ですからもう一度この椅子に座りなおしてください……ただし、今度は座面に背中を乗せてください」

愛液を吸って重くなった碧月のスカートを脱がし、濡れて陰毛が透けているショーツはそのままにして椅子に乗せる。

ヒップを背もたれに預けて、座面に背中を向けるという特殊な格好をさせられ、少々困惑気味の碧月。あまり楽な姿勢ではないが、そう思うのは最初のうちだけだろう。彼女なら、多少のことで音をあげたりはしないはずだ。

碧月が緊縛プレイにご執心であると発覚して以来、尚吾はおとなしく状況に流されていたわけではない。彼女がどんな縛り方をすればさらに悦んでくれるのか、縛り方の練習を繰りかえしてきた。

気がつけば、緊縛の方法などが書かれたマニュアル本まで購入していた。

最初は、碧月のためにと読み進めていたのだが、次第に尚吾自身がこの本に書かれている縛り方を試してみたくなっていた。

先ほど使っていた縄を再び手にして、碧月を縛っていく。

高々とヒップを掲げさせた状態でM字開脚をさせて、両手首を左右の足首に結ぶ。そして余った部分を肘掛けにきつく結んで落ちないように固定する。そのうえで、さらにしっかりと拘束するために、肘と膝下のあたりに縄をまわして同じく肘掛けにきつく巻きつける。これで碧月は股間を無防備に晒したまま動くこともままならない。

ベタベタに濡れたショーツをはいたままヒップを掲げている様は、まさに恥女。

碧月が羞恥で顔を真っ赤に染め、激しく声をあげでもすれば、また違った印象を持つことになっていたのだろうが、目の前の彼女は頬を紅潮させて瞳を妖しく輝かせ、しっとりと湿った唇から甘い呻き声をもらしていた。

どのような見方をしたところで、碧月は悦んでいるようにしか見えない。

「んはぁ、す、すごいですわぁ……こんな体勢にさせられているのにっ、私ったら、ご主人様に苛めてもらえると思うだけで、オマ×コがジンジンしてしまいますわ」

多少は混乱してくれるかと思いきや、縛り終えたときにはすでに期待に満ちた眼差しを向けられていた。

尚吾はまだ、彼女のMとしての資質を把握しきれていなかったらしい。

「本当に、困ったお嬢様ですね。そんな碧月にはまずコレで可愛がってあげますよ」

「ご、ご主人様っ!?　そ、それは……」

碧月の目が大きく見開かれた。

ただし、それは驚愕したものではなく、これから訪れる悦楽へ歓喜する驚きだった。

尚吾が手にした物を見て、思わず身震いする碧月。

彼が手にした物は、凶悪な造形によって男性器を模した器具。

単純に形が似ているだけでなく、毒々しい紫がかった色彩を放つ極太バイブだ。その表面には、そこら中にグロテスクな突起が突きだしている。

「碧月はこれがなんなのか、よく知っていますよね？」

尚吾の台詞は、単なる憶測によるものではない。

絶対の確信を持っていながら、あえて尋ねているのだ。

なぜなら、あの凶悪なバイブレーターは、碧月自身が購入して、いつか使うその日まではと、大切に保管していたものだった。

最近は尚吾とのセックスに夢中になっていて、その存在すら忘れかけていたが、あれは間違いなく碧月の所有物だ。

屋敷の人間に見つからないよう、完全防音のこの部屋で派手に喘ぎ、よがっていた碧月。尚吾の激しい責めに翻弄されて、行為を終えた頃には足腰が立たなくなっていることも珍しくはなかった。

そうなると、必然的に後片付けは尚吾一人に任せきりになってしまっていた。

碧月を自室に運んだ後、掃除をしている最中に偶然隠してあったものを見つけてしまったのだろう。

そして尚吾がそれをどうするつもりでいるのか、先のことを考えると身体が熱くなって、思わず唾液を飲みこんでしまう。

どこまで自分は浅ましいのだろうと、思わずにはいられなかった。

わざわざ隠しておいた大人の玩具を見つけられたというのに、碧月は恥ずかしいと感じるどころか、むしろ今度はそれらを使って弄ってもらえるのだと、期待感のほうが圧倒的に大きかった。

「ご、ご主人様……私、私ぃ……」

ゾクゾクと、背筋が震えた。

「いいですよ、わざわざ口にしなくても。碧月がしてほしいことは、だいたいわかっていますからね」

笑顔を浮かべながらそう言うと、なんの前触れもなくいきなりクロッチを横にずらす。濡れそぼった淫裂に先端を当てて、凶悪な形状のバイブを容赦なく押しこんだ。

「ひぎぃいいいいっ!?　んぃいいっ……ぁっ、ぁあああっ!!」

極太バイブによって割れ目をめいっぱい開かれ、碧月は目を剝いて絶叫した。

突然の衝撃に、堪らず股間を閉じようと脚に力をこめてしまうが、当然いくら力を入れようとも脚は開かれたまま。縄が肌に食いこむだけ。

「さすがですね。こんな太いバイブでもあっさり入っちゃうんですから……」

尚吾は悶絶する碧月の姿に興奮しながら、持ち手を捻りながらバイブを突き刺し、濡れそぼった膣腔を淫猥な形へと歪めていく。

多少の痛みは感じるものの、それを覆い尽くすほどの何倍もの快感があふれだしてくる予感に、碧月はギュッと目を閉じて喘いだ。

押しこまれた異物の感触が、ともすれば碧月の意識を悦楽の境地へと誘おうとする。ひたすらに快楽に溺れようとする碧月だが、なけなしの理性を辛うじて呼び起こし、絶頂への嵐を堪える。ここであっさりと達してしまえば、尚吾が興醒めしてしまうかもしれない。

もっと彼に弄られたい。その一心で、最大級の官能に堪えなければならなかった。

「あぐぅ……な、膣内でっ……んぅうっ！　抉られてぇ……うあぁ、ご主人様っ、は、激しすぎ……ますわぁ!!」

根元まで醜悪な無機物を咥えこみながら、碧月は縛られた身体をビクッ、ビクッと跳ねさせた。虚ろな瞳で、快楽と苦痛の入り混じったような吐息をもらす。

いっぱいにバイブを頬張った膣口が、いやらしい涎を垂らしながら、ヒクヒクと痙攣を繰りかえしていた。

「そんなことを言われても……感じてるのがわかりますよ。そんな色っぽい声を出されたら、上手く加減できなくなっちゃいますよ」

官能の底なし沼でのたうちまわる碧月。

尚吾に弄られ、つられていると、こうして淫欲の虜となれる。

その責めが激しければ激しいほど、肉体の火照りはすさまじい。

当然、碧月自身が満たされることが絶対条件ではあるが、尚吾にも肉欲の限りを味わってもらいたい。

目も眩むような快感に、絶えず碧月は喘ぎつづけた。

「ひはぁあっ！　んっ、んくぁあああああっ!!　そ、そう、ですわぁ……私は、ご主人様にならっ……どんなことをされても感じてしまう、淫乱っ、なんですからっ！　んぃいいっ、ぁあああっ……私は、ご主人様の肉奴隷ですぅ!!」

喘ぎ、悶え、めくるめく快感に自然と口が動く。

改めて奴隷宣言を行いながら、拡張された膣腔をバイブのイボで抉られるという鮮烈な快感に、顔を引き攣らせながら嬌声をあげた。

「学園中の男子が憧れる生徒会長が、縛られながらバイブを突っこまれて悦ぶような変態だって知られたら、皆さんどう思うんでしょうね？」

静かに呟きながら、尚吾は取っ手の部分についている摘みに指をかけた。

単にペニスの張型でしかなかったバイブのスイッチが入れられたことで、その途端にウィンウィンとモーター音を響かせて、勢いよくくねりはじめる。

「だっ、だめぇっ！　ひっ、ひぁあんっ!!　急に、動かされたらぁ……い、イボイボがっ……んぐぅ、うぅっ、オマ×コ……抉られてっ、こんな……あぁあああっ!!」

それは想像以上に卑猥で、すさまじい快感を送りこんできた。

男性器そっくりに象られた無機物が、膣内に挿入されたままグルグルと回転していた。尚吾がわざわざ手で動かさなくても、それはSの字になって蠢きつづけ、小刻みな振動を加えながら敏感な膣肉をグネグネと掻きまわす。

尚吾は、バイブの動きに慣れさせようなどという考えはいっさいないらしく、最初からスイッチを最強まで引きあげる。

脳髄まで突き抜けるような刺激に、碧月は背をのけ反らせた。

大きく開いた口からは涎が糸を引き、はしたなく舌を伸ばす。

強張って締めつける膣肉の力に抗うように、身体の奥をバイブが抉っている。

「もうマ×コがバイブに馴染んでますね。美味しそうに咥えこんでますよ」

「んくぅ……はぁ、はっ、あぁああっ、バイブ……バイブぅ！　あひっ、んんぅ……いぃ、いいですっ……き、気持ちいいですわぁ！」

もう夢中だった。

膣内でくねるバイブの動きに呼応するように、自然と腰が震えはじめた。

強張っていたはずの膣口など、すっかりほぐれており、貪欲にバイブを呑みこみながら、ダラダラと淫液を溢れさせていた。

モーター音ばかりが際立って聞き取りにくいが、わずかながらクチュクチュと割れ目から淫猥な音が響いていた。そんな膣口から奏でられるメロディを聞きながら、体を反らせ、足を突っ張ってこみあげてくる快感を貪る。

荒い呼吸のなかで、とにかく尚吾に悦んでもらおうと碧月は喘いだ。

無機物にされるがまま、身体を跳ねさせてギシギシと椅子を軋ませる。

「僕のペニスであれだけよがっておきながら、バイブに夢中になられるというのは、嫉妬さえ感じてしまいますよ……」

そう言いながら、尚吾はうねるバイブの柄に手をかけ、蠢く張型を上下に往復させはじめた。紛い物の肉棒が、ドロドロに濡れた膣内に埋没しては、媚肉を擦りあげながら動きまわる。

「きはぁあんぅうっ!!　やぁあっ、んぐぅううう……そ、そんなに動かさない、でぇ……激しすぎますぅ、んふぅ……あああぁあっ、ああっ!!」

膣内で振動しながら、前進と後退を繰りかえす無機物に、碧月はひたすら絶叫する。

ただでさえ凶悪なほどに極太で、そのうえ正面にはびっしりとイボが備わっている。

そんなものが膣内でのたうつのだ、敏感な媚肉への刺激は半端なものではない。まるで電流を流されつづけているかのように、腰がガクガクと震えて、視界が明滅する。

「本当に、なんだか悔しいですね……」

「あひぃいんっ、だ、ダメぇえっ！　お、おかしく、おかしくなりますわ！　オマ×コがっ……あぁぁっ、オマ×コがっ……ひぃ、ぃいいいいんんっ!!」

うねりながらの荒々しい抽送によって掻き混ぜられた淫液が白く濁っていく。

バイブの先端が、膣奥の壁を叩くと、碧月は椅子ごと跳びあがらんばかりに、派手に腰を震わせる。

渦巻く快楽の奔流に頭が真っ白になり、もう尚吾の言葉が耳に届いていても理解するだけの余裕すらなかった。

目の焦点は定まらず、蠢くバイブに合わせてはしたなく腰をくねらせる。

「こんなバイブで悶え狂えるなんて……碧月は卑しい牝豚ですね」

「はひぃいいっ、んひっ……ひぁあぁっ、ぁあああ……め、めすっ、牝豚、牝豚ぁ……私、牝豚なのっ……牝豚、牝豚ですわっ!!」

強烈な官能に思考さえ定まらない。

碧月はとにかく耳にした言葉をそのまま尚吾に返していた。

気も触れんばかりの嬌声を張りあげて、悦楽の頂上へとひたすらに駆けあがる。

息つく暇もなく強烈な振動に悶え、どんどん昇りつめていく。引きずられるように腰が浮き、バイブを放すまいと膣襞が絡みついたまま割れ目からはみ出す。そして纏わりついていた襞ごと再び奥まで押しこまれ、それに代わって膣内に溢れていた淫蜜が膣腔の隙間から噴きだした。

「そうですね、碧月は変態で淫乱な牝豚ですよ」

勃起したクリトリスが痙攣し、尻肉の谷間の奥の窄まりも、まるで呼吸をしているかのようにパクパクと開閉を繰りかえしていた。蜜壺を蹂躙され、碧月は途方もない快感にのたうちながら、あられもなく喘ぎつづけた。

「あひゃぁああぁっ、あうぅうんっ……！　ダメぇぇっ、す、すごすぎますわぁ……もう、もうっ……ああぁあぁああっ!!　オマ×コ、オマ×コぉ……そ、そんなにっ、されたらぁ……っ、いひぃいいっ、くぃいっ……イッちゃうっ、牝豚オマ×コっ、グチャグチャにされてっ……もうっ、だめですわぁあああっ!!」

加速度的に呼吸の間隔が短くなる。

開いたままの口もとからは涎が滴り、官能に破顔した姿は、欲望にまみれた獣以外の何者でもなかった。

腰が小刻みに痙攣し、身体が強張った反動で菊座の窄まりもキュッと締まる。

そして、悦楽の迸りとは別に熱いなにかがこみあげてくるような気がするが、気にしているだけの余裕などない。碧月はとにかくこの熱い滾りを解放させたかった。

「イッてください。だらしない表情で、あさましくイッちゃってください！」

切羽つまった表情で身体を弓なりにしながらガタガタと椅子を揺らす碧月の膣内に、手首を捻りながらめいっぱいバイブを押しこまれた。

「あぎぃいっ⁉　ひゃふぅううんっ‼」

頭を左右に振り乱して、あらん限りの声で嬌声を叫ぶ。

そしてビクビクと身体を震わせながら、限界を訪れた尿道口が開閉し、決壊した。

「うわぁあああっ⁉」

突如、めくるめく官能とともにバイブに貫かれた淫裂の隙間から、勢いよく水飛沫が噴きだした。バイブを持つ尚吾の手、そしてヒップを掲げるような体勢で拘束されている碧月の身体に、生温かい液体が降り注ぐ。

ツンと匂い立つ体液。

溢れだす黄金水が碧月の身体を伝って椅子にひろがり、そこからさらに床へと滴り落ちていく。立ちこめるアンモニア臭と、淫猥な湯気が立ち昇る。

「やぁあああっ！　で、でたぁ……ぁあぁっ、出ちゃいましたぁ……お、おしっこ、おしっこがぁ……とまりませんわっ、んはぁぁぁ……っ！」

バイブがもたらす官能と、放尿の解放感に打ち震えながら、碧月は股間の隙間から飛沫をあげつづける。

「すっかり、おしっこでビショビショですね……」

混濁する意識のなかで、ただひたすら快感に陶酔する碧月に、羞恥心など皆無。

放尿を抑えこむどころか、むしろ自ら望んで放出していた。

徐々に勢いを失った小水は、碧月のお腹を伝って胸もとから首筋まで流れてきた。

そこに嫌悪感はなく、生温かい黄金水の感触が悦楽に震える身体に心地よかった。

絶頂と失禁により、すっかり脱力状態の碧月。アンモニア臭を部屋中に充満させて、ようやく放尿を終えると、愉悦に蕩けた双眸をゆっくりと閉じた。


(う～ん……自分でもビックリだ)

碧月が気を失ってしまったため、床にひろがった淫液と小水の混合液の後始末をしながら、椅子に逆さまの状態で括りつけられているご令嬢のあられもない姿を眺めつつ自分の行動を振りかえる。

まさか尚吾自身、これほどの責めができるとは思ってもいなかった。

碧月に求められたから、というのも一つの要因ではあるが、それに甘んじて好き放題させてもらっているだけだ。

そして彼女がそれを悦んで受け入れてくれるものだから、さらに欲望に拍車がかかる。最近では、ご主人様と呼ばれることに違和感を覚えなくなっていた。

　気分が昂揚すれば簡単に碧月を呼び捨てにできるようになってしまったし、尚吾は本人が思っているよりもずっと順応力が高いらしい。そのうえ昨日、この部屋を掃除している際には、妖しげな大人の玩具を発見してしまった。それも今し方使用したバイブレーターだけではない。アナルビーズやローター、アイマスクやボールギャグなど、アブノーマルなプレイに使われる道具が大半だった。

　碧月が自縛オナニーをしていたことは聞いていたが、まさかこれほどの物を収集していたとは想像もしていなかった。

　おかげで、若さゆえの過ちというか、沸々と湧きあがってきた劣情に任せて、これらを彼女に使ってみたくなってしまったのである。

　平時なら、度胸のなさからへっぴり腰になっているところだが、興奮して妙に強気になると、なんでもできてしまうような気にさえなってくる。

　現に今も、気を失ってしまった碧月に対してやり過ぎたと思う一方で、自ら牝豚と連呼する彼女にならば、もっと追い討ちをかけても構わないのではないかという邪な気持ちがどんどん膨れあがっていた。

　拘束している縄も解いていない。

　このままもっと激しく責め立てたほうが、悦んでくれるかもしれない。

尚吾にとって都合のいい解釈をしているだけなのかもしれないが、それでも碧月なら——と、半ば確信めいた思いもこみあげてくる。

結局のところ、迷ってはいるがまだまだ碧月のことを責め立てたいのである。

少し前の尚吾であれば、まず間違いなく怖気づいていただろうが、ご主人様としてさまざまなプレイに勤しんできたことで、妙な自信もついてしまったらしい。

小水に濡れた柔肌を拭きながら、視線は意識を失いながらも妖しく男を誘うかのように、ヒクヒクと震えている膣口に釘付けになっていた。

パイズリで一度射精しているとはいえ、あれだけバイブでよがり狂う碧月の痴態を見せつけられたのだ。ペニスなど室内に充満する淫靡な匂いに、とっくに制御不可能なほど猛々しく荒れ狂っていた。

(獣を超え人を超え、僕は彼女にとって神になるんだ。躊躇うことは恥ではない、手を出さぬことが恥なのだ!)

適当な理由で誤魔化しつつ、尚吾は本能の赴くままに気絶している碧月の割れ目に再び手を伸ばした。

白い太腿の付け根にたたずむ淡い花弁。恥丘の裾野に茂る陰毛は淫蜜に濡れそぼり、なだらかに盛りあがった柔肉にピッタリと張りついている。

尚吾は震える襞に誘われるように指先で触れる。

親指と人差し指でピンク色の陰唇を左右に開くと、意識がないはずの碧月の身体がピクンッと震え、くぐもった声をもらした。

「んっ……ぅ」

敏感な箇所に触れられて、無意識に身体が反応したらしい。

(目を醒ましたら、どんな反応するのかな……?)

眠っている間に性器を弄られる経験など、遭遇するのは稀だろう。目覚めた時、碧月が驚きながらも快感によがる様を想像して、俄然《がぜん》指先に力が入る。

膣口はテラテラと粘着質な蜜に濡れて光沢を放っている。

ねっとりと、尚吾が想像していた以上にぬかるんでおり、猛烈に興奮を覚える。

開かれた粘膜の上部には、包皮をかぶった淫核が見え、その下に小さい尿道口が見えた。目の前にひろがる卑猥な光景に、落ち着くことなどできなかった。

淫液に溢れてぬめる媚肉は、まるでふやけたマシュマロのように柔らかく、少し力をこめただけでも、するりと指先が割れ目に沈んでいく。

「ぁ……っ、んふっ……」

不意に指が淫裂に入りこんできたことを感じた碧月は、艶かしい声をあげた。

尚吾は何度も息を呑みながら、淫猥な割れ目に潜りこませた指に力をこめる。

ゆっくりじっくりと、時間をかけて碧月の反応を楽しみたい気もするが、それほど悠長に構えているほど尚吾にも余裕はなかった。

むしろ碧月を無理矢理にでも起こすつもりで、最初から強く性感を刺激する。尚吾は興奮に任せて、人差し指と中指を揃え、一息に淫裂のなかへと指を挿しこんだ。

「きひぃいいいいいっ!?」

過敏な膣穴にいきなり二本もの指を根元まで押しこまれて、碧月は堪らず目を見開いて艶のある悲鳴をあげた。

「お目覚めですか?」

「な、なにをしてっ……んはぁああんっ!! ひあっ、あくぅ……んぅうぅっ!!」

目覚めた途端に声を張りあげた碧月に構わず、尚吾は膣内で指を曲げて、いきなり柔らかな媚肉を引っ掻いた。そして第一関節のあたりまで指を引き抜き、再度ドロドロの淫蜜に満たされた淫裂のなかへと埋没させる。

無遠慮に指で抽送を繰りかえすと、たちまちクチュクチュと卑猥な粘着音が響いて、指を押しこむたびに新たな蜜が割れ目から溢れだしてくる。

蜂蜜の瓶でも掻きまわしているかのような感覚を覚えながら、ひたすら淫らな蜜壺を攪拌する。

「途中で眠っては駄目じゃないですか。まだ終わりじゃないんですから」

欲望駄々漏れの行動を取りつつも、ご主人様としては平静を装う。

驚きの声をあげる碧月だが、その声にはすでに艶が混じり、口もとはだらしなく開かれていた。困惑した素振りは見せたが、彼女は切なく喘いで官能に肢体をくねらせる。

「ううっ、あぁ、そ、そんなぁ……ご、ご主人様のっ、指が……ひあぁ、オマ×コのなかを……か、掻きまわしてっ、んっ、んぅうっ！」

拭いたばかりだというのに、再び淫蜜を滴らせる割れ目。尚吾は挿入した指を乱暴に動かしていく。

柔肉を掻き分ければ、ヌメヌメとした襞が群れをなして絡みついてくる。それを引き剝がすように指を抜けば、縛られた両手足に縄を食いこませながらビクンッ、ビクンッと大きく跳ねあがる。

「まったく……目が醒めて早々にこんなに感じるなんて、本当にいやらしいですね。もっと強くしたほうがいいんですか？　こんなふうにっ！」

軽く指を曲げた状態で、捻りながら思いきり突きこんだ。

「ひにぁあああああっ!!」

途端に、ひときわ甲高い悲鳴をあげる碧月。

膣口が強烈に収縮し、どっと淫液が溢れだした。

だらしなく口を開いたまま、顎をのけ反らせてピクピクと痙攣する。

「もしかして、イッちゃいました？」

「あぁ、あっ……はぁ、はっ、んはぁぁ……い、イッて、しまいましたわぁ……ご、ご主人様に、指をねじこまれてぇ……っ」

強烈な快感に襲われて意識を失っていたというのに、ようやく目を醒ました途端、再び激しい官能に流されてオーガズムを極める羽目になった碧月。

大きく肩で息をしながら、恍惚の表情を浮かべ、尚吾を見あげていた。

「でも僕は、まだとめるつもりはありませんからね」

そう言うと同時に、呼吸も整わない碧月の蜜壺を指で穿つ。

「ひゃぁあああああっ!?　ふあぁぁっ、お、オチ×ポっ、オヒ……ンポぉ！　う、動いてっ……んぃいいいっ！　ひっ、いっぱい、ジュポジュポしますぅ!!」

絶頂の余韻で震えていた身体が、堪らず椅子をギシギシ軋ませながらもんどりうつ。

柔らかな膣肉が指に擦れ、まるでもっと弄ってほしいと言わんばかりに締めつけてくる。指を肉棒に見立てて、執拗に膣内の感触を貪る。

「牝豚の碧月には、もうバイブと指があれば充分みたいですね。もうこれは必要ないのかな……」

碧月の媚肉を穿ちながら、剝き出しになっている肉棒をピクピクと震わせる。

「んふぁぁ……やあぁっ、そ、そんなこと、ないれふぅ……！　わ、わたくひっ、ご主人しゃまのっ、オチ×ポぉ……欲しいわふわぁ！　んぁあああっ、指で、オマ×コグチャグチャされるのもっ、きもひいいれすけどぉ……オヒンポ、オチ×ポでっ、はしたないオマ×コっ、もっと……たくはん突いてっ、くだしゃい……っ!!」

絶え間ない快感のうねりに、てっきりこちらの言葉など聞こえていないだろうと思っていたのだが、激しい悦楽に呂律がまわらなくなりながらも、必死になって肉棒の挿入をせがんできた。

椅子に逆さに括りつけられながら、大きく口を開けて舌を出したままオチ×ポだのオマ×コだのと連呼する姿は、とても良家のご令嬢とは思えない。

官能に破顔するその姿は、痴女以外の何者でもなかった。

「これだけ激しくしているのに、まだ足りませんか？　いくらいやらしいとはいっても、限度というものがありますよ」

「はぁんんっ……だ、だっへぇ……ご主人、さまがっ、私にいやらひいこと……たくさん、してくれりゅんでふものぉ……ああっ、んあああっ！　わ、私のオマ×コぉ、こんにゃにいやらひくなったんれすわぁ……！」

突き入れる指を強力に締めつける膣肉。溢れる淫蜜と、蕩けたような襞が絡みついてくる感触に、背筋が震えるほどの興奮を覚える。

蠢く膣襞を抉るように指を動かして、蜜壺から淫水を掻きだしていくと、まるで先ほどのお漏らしのようにしとどに溢れ、腹部から胸もと、首筋へと流れ落ちていく。

全身を淫液で濡らしながら、碧月は快楽に喘ぎ、堪らないといった様子で拘束されていることさえ忘れているかのように、身体を振り乱しては肌に縄を食いこませて椅子を派手に揺らしつづける。

「だったら、もっといやらしくなってもらいましょうか」

捻りを加えながら抽送を繰りかえす指を加速させ、とにかく肉穴を押しひろげるように勢いよく掻き乱す。

膣内を無理矢理抉られて、拡張される感覚に打ち震える碧月は、指を引きちぎってしまいそうなほど強烈に膣肉を締めつけては、媚肉を蠕動させた。

「あひぃいいいんっ！　お、オマ×コ、オマ×コぉ……きもひいいっ、きもちいいれすわぁ！　ぐじゅぐじゅって、ご主人ひゃまのっ、指がぁ……ひやぁああああっ!!」

膣口はパクパクと開閉を繰りかえし、とめどなく粘着液を溢れさせた。

襞を掻き分けられ、胎内を蹂躙される碧月は、電流に打たれたようにその身をビクビクと痙攣させる。甘く呻き、ひたすらに身悶えていた。

淫蜜をだらだらと垂れ流し、口から涎を垂らしながら喘ぐ碧月の痴態に、尚吾は愉悦を感じずにはいられなかった。

そして、いい加減彼女を弄るだけではペニスの疼きが抑えられなくなってきた。

「とりあえず、もう一回イッちゃってくださいね」

やるなら徹底的にと、もう充分に悦楽の波に溺れている碧月に対して、さらに追い討ちをかける。

膣肉を強くこねられ、碧月は膣口から淫液をしぶかせて喘ぐ。

「んああっ、あぁぁあっ!! しゅ、しゅごしゅぎますわぁ……んあうぅ、ら、らめぇ……とろとろぉ、オマ×コっ、イク、イキまふっ、イッてしまいましゅ……! あぐぅうんっ、わ、わたくひのはしたないオマ×コぉ、い、いぐぅうううう!!」

碧月は激しくのけ反り、全身をがくがくと震わせるとひときわ甲高い声を張りあげた。それと同時に、膣口から半透明な液体を勢いよく噴きあげた。

盛大に潮を噴きながら、熱く蕩けた膣襞を何度も収縮させて、まるで精液を搾りだすように指を根元からしごいてくる。

汗と淫液に塗られた肌を揺すり、熱い吐息をもらしながら、淫蕩に震えている。

「本当に、はしたないオマ×コですね……」

尚吾はゆっくりと指を引き抜くと、幾重もの銀の糸が引く。

「んふぅ、あっ、ぁぁぁ……は、はしたないのぉ……私の、牝豚オマ×コぉ、あぁっ、ものすごくはしたないんです……ご主人様ぁ、なかまでヒクヒクして……ふぅ、んふぅん……ドロドロですわぁ」

余韻に震えながら、息も絶え絶えに呟く碧月。体液にまみれ、艶かしくのたうつ美しい肢体を見下ろしながら、尚吾は彼女を拘束していた縄を解く。

このまま即座にいきり立ったペニスを挿入したいところではあるが、椅子に逆さに縛りつけてある状態では難しい。立てつづけの絶頂で半ば意識を失いかけている碧月にひどく興奮しながら、尚吾は彼女を椅子から下ろす。そして手首を縛り、その縄を天井に取りつけておいたフックに引っかけ、吊るして強引に立ちあがらせる。さらに左膝上に縄を巻き、同じように吊りあげて強制的に開脚させる。

たっぷりと潤った淫裂がよく見えるようになり、甘い香りがひときわ濃くなる。筋肉が弛緩し、上手く身体に力が入らないというのに、片足立ちをさせられた碧月は体重を支えることに精いっぱいで、プルプルと震えていた。

ようやく準備万端整うと、尚吾は碧月の背後にまわって腕を伸ばし、これ以上は辛抱堪らんとばかりに、無言のままいきなり肉棒を膣内に押しこんだ。

「あがっ、ぁぁあああっ!?　やっ、やんぅぅあああっ!!」

尚吾の目がギラリと光ったと思った途端、碧月ははしたなく大きな悦びの声を迸らせた。膣口が収縮して、手を力いっぱい握り締めながら全身を強張らせる。

「どうしたんです、まだ入れただけですよ?」

「ひぅううう……い、入れられらけれぇ、イッちゃいまひたわぁ……はぁぁんっ」

「でも、僕がまだ満足してませんから、つづけますからねっ」

尚吾が腰を動かして、埋没させた肉棒で過敏になっている媚肉を擦り立てる。

「んぃいいいいっ!? あっ、あぁああ……!!」

膣襞を掻き分けられる感触に、言葉を失ってとにかく悶える。

すでに大量の淫液で溢れかえっていた膣内は、なんの抵抗もなく肉棒の抽送をスムーズなものにさせる。

バイブのような作り物でも、指でもない。ようやく本物の肉棒に潤いきった膣内を掻き乱されて、抗えない快感が全身を駆け抜けていく。

「イッたばかりは敏感になっているからって、優しくしたりはしませんからね……僕も、これ以上我慢はできませんから……」

根元まで押しこみ、完全に子宮口へ届いた亀頭が、忙しなくキスをしてくる。

「ひぁああっ、んはあぁああっ!! あんっ、ひぃいっ、オヒンポっ、オヒンポぉ……亀頭がぁ、んはぁあんっ、奥まで、奥まで届いてましゅ……かひぃいっ、ぶっとい雁首で引っ掻いてぇ……ひっぱい、突かれてりゅう!!」

全身に電流が流されたように身を戦慄かせ、呂律のまわらない口から卑猥な言葉を連呼する。みっともないほどに淫らな顔を晒しながら、尚吾の荒々しいピストンに恥も外聞もなく、よがり狂う。

この肉棒の感触が堪らない。

もっとほじって、抉って子宮を虐めてほしい。とにかく、肉棒の先端が子宮口にめりこむ快感に飛びかけていた意識が引き戻された。

何度も絶頂を極めたせいで、敏感になりすぎている膣肉を容赦なく摩擦されている。まだこの肉棒の感触を味わっていたいのに、昂りきった身体がそれを許してはくれない。今し方昇りつめたばかりだというのに、また新たな悦楽の波が奥底から迫りあがってくるのを感じていた。

そう長いことは保ちそうになかった。

「ほらっ、一気に子宮まで突いてあげますよ！　大好きなオチ×ポでよがりまくってくださいねっ！」

力強く下腹部を押しつけられ、子宮をズンズンと突いてくる。

悦楽に滲む視界に映る尚吾の顔にも、すっかり余裕がなくなっていた。

胎内で感じる肉棒も、ピクピクと震えて射精への階段を駆けあがっている。

お互いに、限界に近づきつつあった。

ブルブルと波打つように揺れる二つの巨大な肉塊を力任せにつかまれた。

「んふぁあああっ……ひうっ、んっ、おっぱいっ、あはあぁっ！　そんにゃにきつく握られたらぁ……いひぃぃっ、こ、壊れちゃいまふぅ……ひゃうぅぅ！」

まるで手のひらに収まりきらない乳房をわしづかみにされ、柔らかな乳房はいとも簡単に形を歪ませる。肉棒をまっすぐ包みこめるほどの大きさは伊達ではない。尚吾の指はすっかり乳肉に埋まってしまった。

「碧月はっ、多少乱暴にされるほうが感じるのでしょう？」

尚吾は右手だけ乳房から離すと、デコピンの要領で硬く肥大した乳首を人差し指で弾いた。

「きゃひぃぃぃいいいいっ!?」

堪らず叫び声をあげ、反射的に背中をのけ反らせて強張らせる。同時に膣腔にもひときわ力が入り、肉棒をきつくきつく締めあげる。

ただでさえ過剰なほど淫蜜が垂れ流しになっているというのに、さらに結合部の隙間から新たな粘液がドッと噴きだした。

「どんどんいきますよ……っ、牝豚お嬢様っ！」

徐々に加速させながら、腰を叩きつけるように肉棒を根元まで突きこむ尚吾。

目が眩むような刺激に、開いた口が塞がらない。

「あふぁああっ！　す、すごいぃ……オヒ×ポっ、こしゅれて、ズボズボされてる……ふぃんっ、ご主人はまのオチ×ポ、気持ちいひでふわぁ！　ひゃあんっ、お、オマ×コっ、私の牝豚オマ×コぉ……オチ×ポに形にしゃれてひまいますぅ!!」

まるで全身が性感帯と化してしまったかのように敏感になっており、暴力的なまでの抽送に、四肢を硬直させて絶叫する。

めくるめく快感に視界を明滅させながら、全身を震わせて悶える。

すでにラストスパートほどの勢いで腰を前後させはじめている尚吾。その額には、汗が浮かんでいた。

「いやらしすぎですよっ、この胸……っ、手が、離せないじゃないですかっ」

たわわな乳房が、粘度細工のように揉まれ、こねられ、引っ張られる。

尚吾はこみあげてくる射精衝動に顔を顰めながらも、絶対に乳肉から手を離そうとはしなかった。

「ああぁんっ、んひぃ……お、おっぱいぃ、いいっ、もっとモミモミしてっ……くだしゃいぃ!!　んぐぅぅうっ、あぁあっ……オチ×ポもしゅごいですわぁ……ひっ、はうぅ、さ、先っぽがぁ……子宮っ、ひきゅう突いて……らめぇ、飛んじゃいましゅう……オマ×コ、めしゅぶたオマ×コぉ!　きゃひゃうぅ!　弾けちゃうっ、す、すごいのがっ、きちゃいましゅわぁぁっ!!」

ぼやける視界のなかで、確実に絶頂へと昇りつめていく。

膣内を抉りまわされ、最奥まで肉棒を押しこまれて、頭を何度も左右に振り乱す。

どんな苦痛だろうと、どんな恥辱だろうと、碧月は悦楽として受けとめられる。

理性などとっくに吹き飛んでしまった。とにかく自らが興奮するために、そして尚吾に訴えるように破廉恥な言葉を叫びつづけた。

「ぐっ……！　そ、そろそろ、出しますよ……どこに、出してほしいですか？」

肉棒の震えがひときわ大きくなった。

ついに彼が射精に向けて秒読み段階に入った。

子宮が、熱い精液の滾りを求めて、激しく疼く。

「んふぅ、ふぅ……ご、ご主人しゃまの精液ぃ……ほ、欲しいっ、ほひいれすぅ！　どろどろのしぇいえきっ、牝豚オマ×コにドバドバ出してくらはいぃぃぃ!!」

「わかり、ましたよっ……受け取ってくださいっ！」

尚吾が歯を食いしばりながら、大きく腰を引いたと思った途端、渾身の力で腰を捻じこんで亀頭を子宮に押しこんできた。

息がつまり、視界が真っ白になる。

そして力強い肉棒の先端から熱い迸りが胎内にひろがっていく。

大量の精液によって、子宮が満たされていく。

「んほぉ、おぅうんっ!!　んひぃ、あああっ、精液ぃ！　あ、赤ちゃんの素ぁああっ！　ドピュドピュ入ってきまひたわぁ！　あぁぁんっ、しゅごいっ、しゅごしゆぎますぅ!!　ぎもぢいいぃ……オマ×コ、めしゅぶたオマンゴぉ……あひぃいんっ、しゅてきぃ……ご主人ひゃまぁ、しゅてきれふぅうっ……あぁぁあああっ!!」

首を大きく反りかえらせて碧月は絶頂を迎え、全身で叫びを張りあげた。

深々と肉棒を突き刺したまま、その隙間から大量の精液が淫液とともに溢れだす。

（こ、こんなに出されたら……本当に妊娠してしまうかもしれませんわ……あぁぁ、でも――）

今更だとは思いつつも、膣内射精がもたらす可能性は重々承知している。しかし、それでも碧月の胸中に生じてくるのはこのうえない恍惚感だった。

子宮に溢れかえる温かい精液が、碧月に心地よい安心感を与えてくれる。

何度もイカされてしまったことで、完全に筋肉が弛緩してしまって身体に力が入らない。瞼を開けていることさえ億劫に感じてしまう。

もはやそれに抗うだけの気力もない。

碧月は悦楽の余韻に身を任せて瞼を閉じる。

「――に、僕で、いいんですか?」

射精の疲労感も手伝って、荒い呼吸のまま尚吾がなにかを呟いていたような気がしたが、すでに意識が沈みかけていた碧月には、それに返す言葉はもちろん、聞き取ることさえままならなかった。

Ⅳ ついに相思相愛 縛ってトイレで告白？

「はひっ……はっ、あ、あぁ……ご主人様のザーメン、なかに……いっぱい入ってぇ……ふあぁ、んぅ、いぃ……」

ガクガクと身体を震わせて、絶頂の余韻を味わいつづける碧月。

今日も彼女の要望で、どこからともなく用意されていた鉄棒を首と肩の後ろに置き、一糸纏わぬ姿の碧月をまんぐり返しの状態で両手足を鉄棒に縛りつけていた。

乳房の滑らかなライン、そして紅潮している柔肌の美しさは、尚吾の興奮を掻き立ててやまない。括れたウエストに肉付きのいいヒップ、下半身のラインもとにかく淫靡なものだ。

絶頂に打ち震える媚肉が、残滓も残さないよう強烈に肉棒を締めつける。

結合部から、胎内に収まりきらなかった白濁液が溢れだしている。

涙や涎を垂れ流しながら、恍惚の表情を浮かべていた。

「…………」

やがて衝動が収まると、締めつけが緩くなった蜜壺から肉棒を抜きだす。

精液と淫液の混合液がペニスに絡みつき、卑猥な糸を引きながら床へと落ちていく。

「んっ、ふぅ……き、気持ちよすぎて……身体が、蕩けてしまいそうですわぁ……はう、んんうぅ……ご主人さまぁ」

碧月は膣口から粘液を滴らせながら、うっとりと熱く長い吐息をもらした。

意識が悦楽の境地へと飛び立ち、半ば放心状態の碧月。

ひとまず拘束していた縄を緩めて解放するが、弛緩した身体を床に投げだしただけで起きあがることすらままならない状態だった。

さすがにこのままにしておくわけにはいかない。

尚吾は濡れタオルなどで碧月の体液まみれの肢体を丁寧に拭いていく。この作業も、今では当たり前のようになっていた。

派手によがり狂った碧月は、しばらく動くことはできない。目的は特殊だが、一応使用人ということで雇われている以上、後始末は尚吾の仕事だった。

（ご主人様……か）

か細い碧月の身体を抱えながら、肌理細かな柔肌を優しく撫でていく。

最近になって、尚吾はこの後始末をこなしながら、妙な虚無感を感じていた。

はじめのうちは、憧れていた碧月の身体を自由にできるという想像すらしたことのなかった展開に狂喜乱舞していた。

性欲旺盛なお年頃の男子が、欲望を溜めこむ暇さえないほど濃密なセックスを繰りかえしてきた。無論、それは今も変わらないし、彼女の魅力的な肉体に興奮はとどまることを知らない。

ある意味では、これほど幸福なことはないだろう。

しかし、尚吾が本当に欲しかったのは、肉体関係だけではない。

体だけでなく、心の繋がりも欲しかったのだ。

行為の最中は尚吾も興奮して思考もままならず気にも留めないのだが、欲望を吐きだし、ふと我に返ったとき、虚しさを感じるようになっていた。

ご主人様と呼ばれてはいても、基本的に行為を要求しているのは彼女のほうだ。

そしてなにより、碧月は尚吾本人ではなく、下半身だけに興味があるのではないだろうかと考えるようになってしまった。

元々、この屋敷に招かれた理由は、碧月の性欲処理。

時間を作ってはお互いの欲望のぶつけ合い。

そんなただれた関係も非常に魅力的ではあるのだが、尚吾としては恋人同士のように、休日はデートをしたりして二人の時間を共有したいのだ。

ところが、尚吾が見る限りでは、彼女にそのような素振りはない。

また、もしも学園で自慰行為に耽っていた碧月を目撃していたのが尚吾ではなかったとしても、彼女は同じように行為に及び、屋敷に招いてその相手をご主人様と呼んでいたのではないか——と。

そんなことはないと考えを打ち消そうにも、それを否定するだけの根拠がない。

尚吾と碧月は、あの時初めて面と向かって口をきいたのだから。

所詮は単なる想像でしかないと理解していても、一度それが頭にちらついてしまうと、どうしても拭い去ることができなかった。

尚吾自身、一介の庶民に過ぎない自分が、大資産家のご令嬢である碧月と釣り合うような男だとは到底思えない。それでも、彼女が必要としているのは尚吾なのか、それとも下半身だけなのか、それが知りたかった。

とはいえ、そんな都合よく確かめられる術など、簡単に思いつくものではない。

「はぁぁぁ……オマ×コ、ドロドロぉ……ご主人様のザーメン、牝豚オマ×コに……いっぱい入ってますわぁ……」

未だに脱力して起きあがることもできず、熱い吐息をもらしている碧月。

彼女が受けた快楽がどれほどのものかを物語っていた。

満悦しきった呻きをこぼし、陶酔している。それはそれで優越感を覚えるものの、これだけで満足できるほど、尚吾は達観していない。

彼女のすべてが欲しかった。

さすがの碧月も、今日はこれで満足してくれたが、明日になれば昼休みか放課後に学園内で求めてくることだろう。

せめてそれまでには、なんらかの方法を模索しておきたい。

(本当に、僕のこと……どう思ってるんだろう)

悩んだところで答えなど出るはずもない。それがわかっていても、気にしはじめれば不安はつきない。結局、尚吾はこの日は眠ることができなかった。


——不安に駆られつづけ、気がつけば授業も終わり、放課後になっていた。

そして予想通り、碧月から放課後に呼び出しを受けた尚吾は、屋上にいた。

最初こそ抵抗を感じていた学園内でのプレイも、もはや日課と呼べるほどの頻度で行われてきた。

慣れというものは恐ろしいもので、もし見つかってしまえば最悪の展開が待っているというのに、後ろめたさこそ多少感じるものの、緊張感や恐怖心といった感情は極端に薄れつつあった。

むしろ男としての本能が、この背徳的な行為を心待ちにさえしていた。

男の欲望は、気持ちとは裏腹に際限なくこみあげてくる。

まだ顔を向かい合わせているだけだというのに、すでに下半身は臨戦態勢を整えつつあった。

(男の性《さが》って悲しいなぁ……)

夜も眠れないほど悩んでいたというのに、尚吾の逸物は節操なく硬化していく。

しかし、ここで流されてばかりではいつもと変わらない。

尚吾は大きく深呼吸を繰りかえした。

「……どうかしましたの？」

突然目の前で深呼吸をはじめた尚吾に、首を傾げる碧月。

「あ、すいません……ちょっと気合を入れてみただけです」

「まあ……そんなに意気ごんでいるなんて、今日はどんなことをされてしまうのかしら。ねぇ、ご主人様ぁ……」

さっそく、猫撫で声でしなだれかかってくる碧月。

制服越しでもはっきりと伝わってくる豊乳の感触に、この場で押し倒してしまいたい衝動に駆られてしまう。

尚吾はあわてて頭を振って性衝動を振り払う。

開放的な屋上で致すのも魅力的だが、今日は別の場所を考えていたのだ。

「では、移動しましょうか。一度してみたかったことがあるんです」

具体的な目的地も告げない尚吾に対して、碧月はコクリとしっかり頷いた。

まだ試したことのない未知のプレイに、心を躍らせているのだ。

わざわざ内容を聞かなくても、尚吾なら満足させてくれると信じてくれているのかもしれない。

尚吾は罪悪感を覚えながら、目的地へと彼女をエスコートする。

——屋上から大した距離もなく、移動はほんの一分足らず。

「…………」

さすがに予想していなかったのか、碧月は少々困惑気味だった。

それもそのはず、ここは男子トイレの個室なのだ。

当然、便器などは女子トイレのものとなんら変わりはないが、ここが男子トイレというかつて足を踏み入れたことのない空間であることに、緊張した面持ちだ。

「それじゃあ、ここに座ってくださいね」

便座に腰をかけながら、不安そうに尚吾を見あげる碧月。

同じトイレでも、女人禁制である。もしも碧月が入っていることに気づかれてしまったら、変態だと思われてしまうかもしれない。そんな緊張感が、彼女を強張らせる。

しかし、しばらくすればそんなスリルも、興奮の起爆剤へと変化していくだろう。碧月と一緒に過ごすようになって、まだそれほど時間は経っていないものの、はるかに濃密な時間を共有してきた尚吾である。その程度の推測は容易に立てられる。

そして、いつもならここで手足を縄で縛りつけるのだが、それでは普段とあまり変わらない。そもそも、個室トイレは縄をかける場所が少ないのだ。

「え？　ご主人様、それでいったいなにを……」

鞄から、縄の代わりに取りだした物を見て、碧月は思わず口を開いた。

尚吾が手にしているのは麻縄ではなく、粘着力の強そうなガムテープだった。

「たまには、縄以外のもので拘束されるのも新鮮でいいんじゃないですか？」

そう言いながら、尚吾は早速ガムテープを千切って碧月の腕をつかんだ。

腕をあげさせて背後のタンクに貼りつける。何重にも巻いて、重ねて剝がれないようにしっかりと固定する。そして股間を突きだすような格好になるよう、多少座る位置を調節して、太腿と脹脛《ふくらはぎ》を密着させた状態でテープを巻きつけ、最後に割れ目がよく見えるように固定した太腿を押しあげて胴体にくっつけ、さらにそこをテープでグルグル巻きにする。

「んっ……き、きつい、ですわ……」

ガムテープで乱暴に拘束されるという感覚に、呻き声をもらす碧月。

便座の上で股間を突きだす美少女とは、なんとも淫猥な光景だった。

麻縄を用いた緊縛のような雅さこそないものの、乱雑に貼りつけられて身動きが取れなくなっている姿というのも、なんとも新鮮でいやらしい。

「白くて綺麗な肌に食いこむ縄もいいですけど、ガムテープみたいに雑な縛り方もありかもしれませんね。それに、なんといってもこっちのほうが楽ですし……」

ガムテープの利点はそこである。

縄のように細かく結ぶ必要がない。

強度は随分と劣るものの、そこは重ねて貼りつければいい。

単純に拘束する目的だけならば、こちらのほうがはるかにスムーズに行える。

「あぁ、男子トイレで犯されてしまいますのねぇ……さあご主人様ぁ、存分に弄ってくださいっ……この卑しい牝豚に――肉便器にザーメン注いでほしいですわ！」

「に、肉便器って……」

いったいどこで覚えてくるのか、自らを肉便器と呼びながら尚吾の責めを心待ちにしている。日増しにエスカレートしていく碧月には、緊縛されて身動き一つできないというのに、尚吾のほうがその貪欲な性欲に気圧されてしまうほどだ。

伊達や酔狂でご主人様と呼ばれることを受け入れているつもりはない。

さっそく興奮しはじめている碧月に負けじと、尚吾は彼女の身体に手を伸ばす。

真っ先に視線が向かうのは、どうしても制服を限界まで押しあげているその胸もと。まるで触ってくださいと言わんばかりに、存在感を強調している巨乳に、尚吾は早速指を突き立てた。

「ひゃううぅっ!? あっ、そ、そんなっ、いきなりぃ……」

いきなり敏感な突起を責められて、碧月は黄色い悲鳴をあげた。

(ん……あ、あれ?)

同時に、尚吾が怪訝な顔をする。

少し強めに押しつけた指が、たわわな乳肉に呑みこまれていくかのように沈んだ。なんの抵抗もなく、蕩けるような至極の弾力が指先に返ってきた。

予想外の感触に、逆に尚吾が驚いてしまった。

「も、もしかして……ブラジャー、つけてないんですか?」

「そうですわ。少しでもご主人様の手を煩わせないように、屋上へ行く前に下着は脱いできましたの……」

頬を紅潮させながらも、嬉々として答える碧月。

羞恥に顔を赤らめているというよりは、下着をつけずにいたことで、むしろ興奮を煽っているように感じられた。

ブラジャーをはずす楽しみがなくなってしまったが、尚吾はそれほど拘《こだわ》っていない。

普段見慣れている制服姿だが、その下がノーブラだとわかると、途端に卑猥に映る。

「……下着を、脱いできた？」

尚吾はブラジャーのことだけを聞いたつもりだったが、碧月は下着は脱いだと言った。まさかと思い、あわててスカートの裾をつかんで捲りあげると、案の定そこにはうっすらとした恥毛が茂り、その中央にはくっきりと割れ目が見えた。

碧月は、屋上で尚吾のことを待っていたときから、ずっとノーパン・ノーブラでいたのである。

「階段を上っている時なんて、もし下に誰かがやって来たらと思うと、とてもドキドキしましたわぁ」

「縛られるのが大好きな上に、露出狂の気まであるんですか……本当に変態的な性癖を持った牝豚ですね」

「はぁん……私は変態趣味の牝豚ですわぁ、ご主人様のザーメンが大好きな肉便器ですものっ、もっと……もっと罵って、弄ってくださいっ」

「……本当に、いやしい牝豚なんですから」

正直、尚吾はあまり言葉責めが好きではない。相手に直接触れてこそ最大限に興奮を覚える。そもそも、碧月と出会うまでSM的なプレイにはまったく無関心だったこともあって、それほど語彙《ごい》は多くない。

口が達者ではない分、そこは行動で示すのみである。

グミのように、ある一定の硬さを保った乳首を重点的に責める。

「んくぅぅ……っ、あぁぁっ、くひぃぃんっ！」

乳首を抉るように捻りながら押しこむと、指先で突起が潰れて、しこった弾力が押しかえしてくる。そして碧月は堪らず艶のある声をあげ、艶かしく身悶える。

「もうすっかり乳首が勃起してますね。制服の上からでも、コリコリした感触がわかりますよ。ほぉら、ほらっ……」

「んあっ、そんなに強く……指をっ、はうぅ、グリグリされたらぁ……ふあぁぁっ、ち、乳首っ、すごいですわぁ……乳首が、ビリビリしてますぅ！」

最初から容赦することなく責め立てても、碧月は甲高い声で喘ぎ声をあげる。

そのままこねまわしつづければ、勃起していた乳首がさらに硬くなり、制服の上から触っていようともその存在感がひときわ確かなものになっていく。

まだはじめて間もないというのに、碧月は瞳を陶然とさせて快感に身体を震わせる。

「感じすぎじゃないですか？　まだ乳首を多少強めに押し潰されただけじゃないですか……全校生徒憧れの生徒会長様が、男子トイレでよがっているなんて、誰も想像すらしていないでしょうね」

はやくも快感に打ち震える碧月の淫らな姿を見ていると、尚吾は高まる嗜虐心を抑えられずに硬くしこる乳首を、とにかく押し潰す。

　すると徐々に、乳房が熱を帯びはじめて、張りが増したような気がした。

「はひぃいっ！　わ、私はっ、トイレのなかでおっぱい弄られて悦ぶような、ド変態ですわぁ！　あぁあんっ、感じてしまいますぅ……乳首ぃ、ご主人様っ……こんな淫乱な生徒会長に罰を与えて下さいぃ！　この肉便器を、もっともっと苛めてほしいんですぅ!!」

「放課後とはいっても、まだ校舎には結構な人数が残ってるんですよ？　いくら他の教室からは離れているトイレだからといっても、この時間帯なら、誰かが来る可能性はゼロじゃないんですから、多少は声を抑えたほうがいいんじゃないですか？」

「む、無理ですわぁ……！　ご主人様に弄られるの、気持ちよすぎますものぉ……声なんて、抑えられませんわっ……」

「本当に、どうしようもない人ですねぇ」

　このまま責めつづけても構わないが、どうせ触るのならやはりその柔肌に直接触れたい。尚吾は物欲しげに熱い視線を向けてくる碧月を無視して乳首から指を離すと、彼女の制服の胸もとに手をかけた。

　大きく布地を押しあげている乳房は、ボタンを一つはずすたびに、白くて滑らかな乳肌が露出されていく。すでに興奮して勃起しきった乳首に柔肌を露出させていくたびに、制服の裏地が擦れる感触に身震いする碧月。

胸もと部分のボタンだけをはずすと、開いて露出した乳肌と生地の間に躊躇なく手をかけ、左右にひろげて乳房を露出させた。

窮屈な制服に圧迫されていた乳肉は、反動でプルンと弾んでまろび出る。

「おっぱい……出てるっ、男子トイレで、私ったら……おっぱい晒してますわぁ」

困惑したような声をあげつつも、そこには羞恥の色はない。背徳的な高揚感に満ちた熱い吐息とともに、興奮しきっている声だった。

「ええ、そうですね。とてもいやらしいおっぱいですよ……」

尚吾は、艶かしくまろび出た豊乳をまじまじと見つめながら息を呑む。

何度見ても、その華奢な体軀とは不釣り合いなほどにたわわな乳房。

まるで男を惑わすために存在しているかのようにいやらしく、ちまちまと触っているだけでは満足などできはしない。

再び手を伸ばし、乳肉をしっかりとわしづかみにすると同時に、顔を押しつけて豊満な乳房にむしゃぶりついた。

「あひぃいいいっ!?　んんぅううっ……！」

そそり勃つ乳首に舌を這わせた瞬間、碧月はビクンッと大きく身体を跳ねあげて、甲高い悲鳴をあげる。

身体をよじるが、拘束されているために満足に動けない。それでも、わずかな振動だけで豊かな乳肉は卑猥に波打つ。

舌先で乳首を舐め転がすたびに、碧月は髪を振り乱して喘ぐ。

快感に喘ぐ碧月の様子に鼻息を荒くしながら、尚吾は執拗にしゃぶりつづける。

わざといやらしい音を碧月に聞かせるように、派手な音をたてて吸いつく。

「じゅるるるっ……！　んっ、んむぅぅぅ」

息を整えつつ、吸いあげながら舌先で乳首を転がし、指で乳房を揉みしだく。

「ふぁああっ……！　ち、乳首ばかりぃ……くぅんっ、ご、ご主人様……赤ちゃんみたいっ、ですわぁ……はぁ、あうぅうんっ！　そんなに舐められたらっ、ひぁああ……ビリビリしますわっ……あぁ、痺れてっ、やぁああん!!」

乳首を弄られて、碧月の顔がどんどん陶然と蕩けていく。

断続的に身体を震わせながら、股間が疼くのか動かせない手足に代わって懸命に腰をくねらせつづけていた。

堪えようのない肉悦に翻弄され、乳首だけを責められることにもどかしさを感じているのが、手に取るようにわかる。

いつもなら、ここで尚吾も辛抱堪らず肉棒を取りだして蜜壺に挿入してしまうところだが、他にも試したいことがあった。尚吾は魅惑の乳房から唇を離すと、再び鞄のなかに手を伸ばして別の道具を取りだす。

一見すると単なるバイブのようにも見えるが、先日碧月の膣内に突き入れた極太バイブと比べて、その太さは半分もない。凸凹で起伏も激しいが、その表面は滑らかなもので、激しく抉るものではなく、接着面を擦る程度のものだ。

「本当に、碧月は玩具が好きなんですね」

無論、これも尚吾が手に入れたものではなく、碧月が予《あらかじ》め購入して使わずに保管していた玩具の一つ。いわゆるアナルバイブと呼ばれるものである。

これまで散々肉棒で穿ってきたが、まだ後ろにある排泄用の穴は未開発だった。

使われていなかったとはいえ、わざわざアナル用のバイブまで用意していたということは、興味自体は持っているということである。

せっかく見つけたのだから、それを使わない手はない。

「ご、ご主人様……まさか、それを……？」

興味はあっても、実際に肛門に異物を挿入することに抵抗を感じてしまうのだろう。

アナルバイブを目の当たりにした途端、碧月の表情が強張った。

「大丈夫ですよ。碧月くらいいやらしい女性なら、簡単に受け入れられますから」

乳首を責められていたことで、すでに股間は潤い、ショーツを穿いていないせいでスカートに濃い染みができあがっていた。

よく見えるようにスカートを捲りあげると、まだ触れてもいないのにヒクヒクと蠢く縦スジから透明な雫が滴っていた。

肉棒が欲しくて堪らないという碧月の気持ちを、代弁しているかのようだった。

これだけ派手に潤っていれば、肉棒どころか尚吾の手首だって入ってしまいそうだ。

それはそれで試してみたい気もするが、ここで目移りしてしまっては本末転倒だ。

尚吾は物欲しそうに蠢く淫裂にアナルバイブを押し当て、湧きでる淫液が玩具全体に満遍なく纏わりつくように絡めると、一言も告げずにいきなり尻肉の谷間にある窄まりにその先端を押しつけた。

「ひぐっ!?　んあああぁっ……わ、私のお尻のなかにっ……は、入ってぇ……」

碧月は初めて体験する異物感に呻き声をもらしながら、ビクビクッと身体を震わせた。

多少の抵抗はあるものの、たっぷりとぬりたくった淫液が潤滑油となって、ぬるりと潜りこんでいく。

「ほら、やっぱり簡単に入っていきますよ」

さすがと言うべきか、淫らな碧月は初めてのアナルバイブも易々と奥まで呑みこんでしまった。

「ふあぁぁ……お尻がっ、お尻がジンジンしてぇ……はぁ、はぁぁ、ち、力がっ……

抜けてしまいますわぁ……」

「全然痛くないでしょう？　碧月くらい淫乱な人なら、これくらいのアナルバイブなんて、呑みこむのはわけないですよ」

適当な言葉を口にしてはいるものの、本人が気持ちいいと感じているなら心配ないだろう。ほぐれていないアナルに無理矢理挿入すると、括約筋が切れたりいろいろな問題を生じさせる程度のことは尚吾でも知っていたが、碧月の反応を見る限りその手の問題が発生する可能性は低いだろう。

「あひぃんんっ！　んぁあっ、あぐぅううっ!!」

ヌプヌプと、湿った音をたてて肛門に埋まっていくバイブの感触に、碧月は背筋を震わせながら絶叫する。

腸内から伝わる強烈な刺激に腰をくねらせ、便座をギシギシと鳴らしてもんどり打つ。ヒップを揺すりながら、侵入してくる異物をひり出そうと窄まりを硬く硬直させる碧月。それでも、彼女の表情には愉悦が滲み、叫びながらも熱く甘い吐息がもれ、もどかしそうに身体を震わせつづけていた。

「どうです？　お尻の穴にバイブを挿入する感触は」

「んひっ、あ、くうぅ……ズブズブって、入ってくる感触が……変っ、ですわ……」

やはり、痛がったりしている素振りはない。

尚吾はバイブをさらに押しこんだ。

直腸を抉られる感触にもがく尻肉を左手で押さえつけながら、碧月のアナルにじっくりと淫具を挿入した。

目の前の肛門がいっぱいにひろがって、張型が根元まで受け入れられる。

彼女が感じているのは間違いないが、普段は排泄しかしていない場所にバイブを突っこまれたのだから、妙な違和感にとらわれたとしても仕方のないことだろう。

潜りこんだバイブに腸内を押しひろげられて、息を乱して喘ぐ碧月。そんな彼女の尻肉をこねまわしながら、尚吾は手にしている張型で容赦なく肛門を犯していく。

「んほぉおっ、お、奥っ……そんな、奥を、擦られたらっ、んっ、んあぁ……お、お尻の穴、ほじられて、私っ……へんになってしまいますわぁ」

初めてアナルを弄られたというのに、碧月は侵入してくる異物感をすでに快感としてとらえていた。膣口からは、新たな淫液がトロトロと溢れだし、花弁が定期的にパクパクと開閉を繰りかえしていた。

「こんな短時間でお尻でも気持ちよくなれるなんて、碧月は本当にたいした牝豚ですね。僕も詳しくは知りませんけど、普通はこんなすぐに受け入れるのは難しいらしいですからねぇ」

今更ながら、碧月の潜在的な性癖の資質には驚かされる。

彼女なら、本当にどんなプレイだろうと官能に溺れることができるかもしれない。早くも括約筋が充分にほぐれたと判断し、尚吾は挿しこんだアナルバイブを抜き挿ししはじめた。

「んぅぅぅんんっ……!?　きひぃ……あっ、あぐぅぅっ、お、お腹のなかが……引っ張られてぇ……んあぁぁあっ！」

バイブを先端近くまで引っ張り抜くと、排泄感にも似た衝撃に、碧月は身体をガクガクと震わせながら激しく身悶える。

アナルは抜く時が一番快感を得るらしい。

碧月はバイブの動きに合わせて悦楽の叫びをあげていた。

敏感に反応する碧月に興奮しながら、尚吾は再び淫具を腸内へと埋めこんでいく。

「くぁあああんっ！　ま、またっ、お、奥っ、おぐまでぇ……！　んひぃいっ、あっ、あぁぁあっ、ん、おぉぉおんぅ!!」

キュッとしまった括約筋の抵抗などお構いなしに、チュブッと破廉恥な音をたてて淫具が肛門に埋没していく。再度奥深くまで直腸を貫かれ、碧月はだらしなく口を開いたまま顎を反らせる。

ねっとりと直腸粘膜を擦りあげられながら、快楽に酔う碧月は唇からダラダラと涎を零しながら嬌声を迸らせた。

「どうしてほしいか、碧月の口から言ってください。もっと気持ちよくなれますよ」

「い、弄ってっ、弄ってくださいぃ！　お尻の穴、もっとグリグリほじってほしいですわぁ!!　あふっ、んぐぅうぅっ……気持ちよすぎて、オマ×コがっ、いやらしい汁がとまりませんのっ！　も、もっと、奥までっ……お尻の穴がひろがって、壊れるくらいっ、ご主人様ぁ……きゃふぅうぅんっ!!」

さらなる快楽を求めて、碧月は欲望のままに叫んだ。

肛門すらも性感帯として受け入れた途端、柔肌が小波立つように震え、腰がひときわ大きく跳ねあがった。バイブを放すまいとするかのように、強烈に括約筋が締まる。

そして上部の淫裂から勢いよく淫液が噴きだした。

まるで噴水のように、無色透明の液体が盛大に飛び散った。

それは、碧月がアナルで絶頂を迎えた瞬間だった。

「うわっぷ……っ、さ、さすがは碧月ですね。お尻を責められただけで潮を噴いてイッちゃうんですから」

「ひっ、はあぁぁ……やあぁんっ、わ、私……私、お尻でっ、お尻でイッてしまいましたわぁ……」

肛門での絶頂感に、断続的に飛沫をあげる碧月。ちょうど真正面にいた尚吾は、それをまともにかぶってしまい、ずぶ濡れになってしまった。

（潮噴きは予想外だったけど、これで口実ができたかな……）

尚吾は、絶頂に浸る碧月を見つめながら、薄い笑みを浮かべた。

（私、お尻で……イッてしまいましたわ……）

アナルバイブまで購入していたものの、どうしても排泄器官で本当に快楽を得られるのか半信半疑だった。それに、どうしてもお尻の穴に異物を挿入することに対する抵抗感を拭うことができず、使わないまま保管していたのだ。

それがまさか、これほどのものだとは想像もしていなかった。

尚吾は、本当に碧月が望むとおりの悦楽を与えてくれる。

もはや彼なしでは満足できない身体になってしまったのではないかとさえ思っていた。

碧月はイッてしまったが、尚吾はまだ一度も射精していない。

これからどんなすごいことをしてもらえるのか、そう考えるだけで再び身体は熱く火照り、股間は潤いが増す。しかし、期待に潤んだ瞳で見つめる碧月に対して、尚吾が取った行動は予想もしていないものだった。

「とりあえずコレを着けてくださいね」

そう言いながら再度鞄から取りだしたのは、アイマスクだった。これで目隠しをして、なにをされるのかわからなくするのだろう。

わざわざこんなことをするのだから、単純に、ズボンのなかでいきり立っているペニスを挿入されるだけではないのかもしれない。そうなると、尚吾はアナルバイブ以外にもなにか別の淫具を持ってきている可能性があった。

それらも選択肢のなかに加えるとなると、尚吾が次に取る行動がまったく予想できなくなってしまう。

なにをされるかわからないという期待感と不安感が交じり合い、身体がひどく疼く。

とはいえ、ガチガチに拘束されている碧月には、彼にされるがままになる他ない。

アイマスクを装着させられて、視界が遮られる。

手を自由に動かせない碧月は、尚吾がアイマスクをはずしてくれるまでなにも見ることはできなくなってしまった。

わずかに聞こえてくる音を頼りに、次に尚吾が取るであろう行動を予測するしかない。しかし、なにも見えないというのは意外と不安を掻き立てられる。

期待感ばかりが色めき立っていた碧月の表情に、わずかばかり恐怖の色が浮かぶ。

「ご、ご主人様……」

視界を遮られたことで、動揺を隠せなかった。

「さてっと……それじゃあ、しばらくそのままでいてくださいね」

「えっ!?」

これから、この不安感すら快感に変換させられるほど責め立てられるのかと思いきや、尚吾の口から発せられた言葉は意外なものだった。

「碧月が潮を噴いたおかげで制服がビショビショになってしまいましたから、教室に置いてあるジャージに着替えてきますね」

「そ、そんな……っ!?　私はこのままなんですの!?」

「すぐに戻ってきますよ」

「でも……もし誰かに見つかってしまったら、私……っ」

「碧月は、そういうスリルもありではないですか?」

「わ、私はそんなこと……っ」

「それじゃあ、僕はちょっと行ってきますね」

「ご主人様ぁ!?」

碧月の言葉は受け入れられず、尚吾は本当に出ていってしまった。

しかも、個室トイレは内側からしか鍵をかけることはできない。

身動きの取れない碧月は、尚吾が出ていってしまえば鍵をかけなおすことは不可能。

万が一、誰かがここのドアノブに手をかけてしまえば、あられもない姿を目撃されてしまう。

発見者が女子生徒であれば、あわててガムテープを剝がして解放してくれるかもしれないが、ここは男子トイレ。そんなことはまずありえない。

碧月自身、自分が異性からどのような目で見られているか、ある程度は自覚している。こんな破廉恥な姿を晒して、無事ですむはずがない。

ただでさえ、挿入をせがむようにはしたなく股間を突きだすような姿勢をしているのだから、その時自分がどうなるのか、想像に難くない。

幸い、今は放課後。

屋上に近いこんな場所まで用を足しに来る生徒など、まずいないだろう。

限りなく可能性は低いと、自分に言い聞かせながら尚吾が戻ってくるのを待つ。

目隠しをされた状態で、ただ一人取り残されているこの状況は、碧月の不安をこのうえなく煽りつづける。

とにかく聴覚に神経を集中させ、誰もやって来ないよう祈る。

不意に風で扉がガタッと音を鳴らすだけで、碧月は反射的に身を強張らせてしまう。

——極度の緊張と恐怖心から、尚吾が出ていってからどれだけ時間が経ったのか、まるでわからなかった。

まだ大した時間は経過していないはずだが、それが非常に長く感じられた。

(ご主人様、どうして……)

濡れたから着替えると言っていたが、まだつづけるつもりならその後も碧月が再び潮を噴く可能性は充分にある。せっかく着替えたとしても、そうなってしまえばまったく意味がない。仮に着替えるにしても、すべての行為を終えてからにするべきである。

もしくは、単に疼いている碧月を焦らして楽しんでいるのかもしれない。

普段はおとなしい尚吾も、いざ緊縛プレイがはじまるとまるで人が変わったように強気になる。言葉遣いこそ丁寧だが、その行動にはいっさい容赦がない。

元を辿れば、滅茶苦茶にしてほしいと頼んだのは碧月自身である。

天王院のお嬢様としての仮面を引き剝がし、忘れてしまうほどひどい仕打ちを望んだ。それがまさか、こんな事態を招くことになるとは、想像もしていなかった。

以前の碧月は、見ず知らずの男に慰み者にされる姿を想像し、自慰行為に耽ったこともある。この状況なら、誰かに見つかることを半ば期待しながら淫液を溢れさせていたことだろう。

しかし、今の碧月は違った。

自分がこの身を捧げるのは、ご主人様である尚吾ただ一人。

他の異性に柔肌を晒し、なおかつ触れさせるなど、絶対にあってはならない。最初は確かに成り行きだったかもしれないが、碧月が心から慕っているのは尚吾だけだ。

彼のことはご主人様として——一人の男性として傍にいてほしいと思っている。

なにも見えない暗闇のなかにいるからこそ、なおさら尚吾のことが恋しかった。

改めて、彼が碧月のなかでどれだけ大きな存在だったのか思い知らされた。

(早く戻ってきてください、ご主人さ——っ⁉)

不意に、トイレの入り口あたりに足音が聞こえてきた。

緊張が走る。

足音だけでは尚吾かどうか判断することはできない。目隠しをされているせいで、声をかけてもらうまで、誰がやってきたのかさえわからない。

コツ、コツと、近づいてくる男子の足音に碧月は、ビクビクッと身体を震わせる。

尚吾が出ていってしまったことに驚いて半ば忘れていたが、碧月のアナルには依然としてバイブが埋めこまれたままだった。

極度の緊張感から感覚が鈍くなって、その存在を忘れていたというのに、やって来た誰かに自分の痴態を目撃されてしまうと考えた途端、バイブの存在が脳裏にちらついた。

つい先ほど、激しい刺激をもたらしてくれた淫具。その衝撃を思いだしてしまい、身体の温度が急上昇する。

「んっ、はぁ……はぁ……」

必死に息を殺そうとするが、徐々に昂りだした身体は熱く、碧月の息は荒くなって股間が疼きを取り戻してしまった。

誰かがやって来ていると、頭では理解していても、アナルに埋没したバイブはとめどなく刺激を送りこんでくる。

すると、足音がこの個室の前でとまった気がした。

途端に、碧月の身体が引きつった。

「ひっ……!!」

それは気のせいではなかった。

足音がとまったかと思えば、今度は目の前の扉のドアノブをまわす音が聞こえてきた。

間違いなく、この個室に入ってくるつもりだ。

少しでも気を落ち着けようと、尚吾が帰ってきたのだと言い聞かせる。

ところが――

「うおぉっ、な、なんだぁ!?」

その声が、碧月が待っている尚吾のものではないことを、瞬時に理解する。

最悪の事態に、碧月はなりふり構っていられなかった。

「いやぁああ――んむぅっ!!」

碧月が悲鳴をあげた途端、口が塞がれた。見えはしないが、感触から手で塞がれているのはわかる。こうなると、拘束されている碧月に抵抗する術は残されていない。手を振り払おうと懸命に首を振るが、しっかりと押しつけられた手のひらは離れてくれなかった。

（いやぁあああっ!!　私、見られてるっ！　恥ずかしいところっ、ご主人様にしか見せたことなかったのにっ……!!）

「痴女ってヤツか、初めて見た。……まあ、それなら遠慮はいらないな、こんなところでマ×コ丸出しで待ってたんだからな」

（ち、違いますわっ！　私が待っているのはご主人様で、貴方なんかでは……っ!!）

即座に否定しようとしても、口を塞がれていてはモゴモゴと呻くことしかできない。きっと目の前の男は、今にも涎を垂らさんばかりに劣情にまみれた目をギラギラと輝かせているに違いない。

嫌悪感と同時に、どうしようもない絶望感が襲ってくる。

碧月は必死で逃げようと身じろぎするが、身体はまったく動かない。そんなことははじめからわかっていことだが、おとなしくなどしていられるはずがない。

今し方の口振りから、男はとてもではないが理性的といえる相手ではない。

「んひっ……!?」

男の手が胸に触れた途端、ビクンッと身体を震わせた。

視覚が塞がれている分、普段よりも神経過敏になっているのだ。しかし、こみあげてくるのは疼きでも快感でもない。ただの不快感だった。

すると男は碧月の口もとから手を離し、今度は両手で碧月の乳房をつかんで弧を描くようにして揉みしだきはじめた。

「いやっ、やめてくださいっ！　こんなこと、ダメですわっ!!」

「よく言うぜ、こんな格好で誘っておきながら……」

第三者からすれば、男子トイレで膣口を突きだしている女など、痴女以外の何者でもないだろう。そんなことは碧月だって理解していた。

だからといって、それで尚吾以外の男性に肌を許していい理由にはならない。

必死になって、唯一自由になる口を動かす。

「本当にダメなんですのぉ……お願いですから、やめてぇえっ！」

自分が撒いた種とはいえ、尚吾以外の男性に触れられていることがとにかく悔しかった。悔しくて涙がとまらなかった。

「ひっく……うぅ、お願い、ですからぁ……やめて、くださいっ……私は、身も心も捧げている方が、いるんですの……っ」

碧月は泣きじゃくりながら、必死になって懇願した。

傍から見れば痴女でしかなかろうとも、自分の素肌に触れていいのは彼だけだ。

目隠しを涙で濡らしながら、激しく首を横に振る。

「ごめんなさい」

わしづかみにされていた乳房から手が離れ、不意に謝罪の言葉が聞こえてきた。

しかし、それは今まで聞こえていた男の声ではない。

馴染みのある、非常に聞き覚えのある声だった。

アイマスクに手をかけられ、暗闇に包まれていた視界が徐々に開けていく。

「……え？　ご、ご主人……さま？」

目の前には見ず知らずの男性などいなかった。そこにいたのは、碧月が待ち焦がれていたご主人様、尚吾が申し訳なさそうな顔をしていた。

あたりを見回しても、それらしき人影も気配もない。

代わりに、携帯音楽プレーヤーと小型のスピーカーが置かれていた。

「僕、不安だったんです……。もしも、あの時教室にいたのが僕じゃなかったらって
……会長にとって、僕がどういう存在なのか知りたかったんです」

「それで、私が暴漢に襲われているように錯覚させて、反応を確かめようと……？」

「……はい。本当に、ごめんなさい」

深々と頭をさげる尚吾。本気で自分の行動を後悔しているのが伝わってくる。

彼は、真摯に碧月のことを想ってくれていたのだ。

教室でのオナニーからはじまり、緊縛プレイを要求したうえにご主人様と呼びながら肉欲に溺れつづけてきた。

天王院の人間としてではなく、一人の——ただの雌として扱われたいという貪欲な劣情に、尚吾を振りまわしてきた。ご主人様と呼んで、弄ばれている気になってはいたが、その実は碧月が彼に要求しつづけていただけだ。

尚吾にもそれなりの興奮はあったのだろうが、それだけならば碧月にとっての自分の存在意義など気にしたりはしない。

「謝るのは、私のほうですわ……深山君は優しいから、つい甘えてしまいましたの」

「そんなっ……会長は悪くないですよ！　全部僕が——」

「碧月、ですわ。愛しい殿方に会長だなんて、他人行儀な呼び方は、悲しいですわ」

「……っ!!　そ、そんなこと言われたら、自分を抑えられなくなっちゃいますよ」

「構いませんわ。貴方のことは一人の男性として、お慕いしていますもの」

依然として貼りつけられたままで、乳房と股間を晒して、そのうえ肛門にはバイブが刺さったまま。こんな状態で想いを告げてもまるで様にならないが、これが碧月の素直な気持ちだった。

「会長——いえ、碧月……。本当に、僕なんかでいいんですか?」

「ええ、深山君が――深山君じゃなきゃいやですわ！」

次の瞬間、碧月の唇に尚吾の唇が押しつけられた。

「んっ……碧月、好きです。今更ですけど、僕とお付き合いしてください」

尚吾が見つめている。彼の黒い瞳に映る碧月の姿が見える。

「もちろん、私のほうこそ……よろしくお願いいたしますわ」

磁石が引き合うかのごとく、二人は再び顔を寄せて唇を重ねた。

ただ唇を重ね合わせるだけのキスだが、お互いの気持ちを確認したおかげなのか、触れた唇から彼の温かさが染みこんでくるようだ。

何度も繰りかえし唇を触れ合わせ、呼吸のために一旦離してはまた押しつけ合う。

そして尚吾の手が碧月の豊かな乳房に触れた。

「んっ、はぁ……はっ、ふぅん……深山君の手、温かいですわ……」

揉みほぐすように、優しく尚吾の指が動く。

先ほども揉まれていたはずなのだが、まるで別物のように碧月の心を溶かしていく。

乳房を愛撫されながらキスをつづけていくうちに、自然と唇が薄く開く。その隙間から尚吾の舌が口内に侵入してくる。

舌が絡み合い、口のなかで踊る。

触れては離れ、唾液を含ませてはお互いの口腔を行き来させる。

尚吾の熱い吐息が碧月のなかにも流れこんで、身体が内側からどんどん火照っていく。

熱をこめて唇を貪られ、碧月はうっとりと瞳を潤ませて応える。

(なんて情熱的なキスですのぉ……こんな素敵なキスされたら、私……蕩けてしまいそうですわ)

吐息の熱さと、胸から生じる快感が交じり合い、さらに碧月の身体を昂らせていく。

先ほどよりもビンビンに尖った乳首が、尚吾の手のひらに触れるたびに、ジンジンと痺れるような快感が走る。

一気に情欲が燃えあがり、碧月は唇をグイグイと押しつけていく。

息継ぎする間すら惜しい。

「ちゅぷっ、んふぅ……すごく、素敵ですよ……」

尚吾も興奮混じりに呟く。

ぶつかり合う唇と唇の隙間から、粘ついた透明な筋がダラダラと零れ落ちていく。

しかし碧月はそれを気にする様子もなく、さらにねだるように唇を密着させる。

「ん、んふぅ！　ちゅっ、ちゅぷぶっ……じゅるっ、んぶぅ……んっ、はぁ、はぁあ
あんっ！　はぁ、あっ、あぁん……っ」

もれでる声が、だんだんと大きくなっていく。

甘い声が抑えられない。

自然と身体もよじれて、唇と乳房から全身へと快感が波紋のようにひろがっていく。

尚吾もキスだけではもどかしくなってきたのか、乳肉を揉みこむ手に力が入る。

「可愛いですよ、碧月……」

ゆっくりと、尚吾が口内から舌を引きずりだすと、その後を追うようにして碧月は舌を伸ばす。二人で散々絡め合って泡立てた唾液が幾重にも筋となって零れ落ちた。

「あぁん……深山くぅん……」

離れていく唇の喪失感に、思わず甘えた声が零れる。

「もうご主人様とは呼んでくれないんですか？」

「え？」

「男って、勝手な生き物ですからね……。ついさっきまで対等でいたかったはずなのに、碧月のすべてを独占したくて仕方がないんですよ……」

「そ、そんなこと言われたら、またいやしい牝豚になってしまいますわぁ……」

「いいですよ、僕は乱れきった碧月も大好きですし、すごく興奮しちゃうんです」

改めてそんなことを言われてしまっては、もはや歯止めは利かなかった。

恋人でありご主人様でもある尚吾に、貪欲なまでの情欲をぶつける。

「あぁ、ご主人様ぁ……私だけの、ご主人様ぁ……はぁ、はぁ、私、もう我慢できませんのぉ……はしたないオマ×コ、牝豚オマ×コぉ……ご主人様に可愛がってもらったオマ×コが、ドロドロなんですのぉ……」

とめどなく淫液が湧きだす割れ目をくねらせて、尚吾にアピールする。

「それでは、どうしてほしいのか言ってくださいね」

尚吾の口調が、いつものご主人様のものに戻った。それでもどこか優しげな声色だった。彼が自分のことを大切にしてくれているのだと、堪らないほど身体が熱くなる。

碧月は尚吾の命令なら、どんな下品な行為でも躊躇なく実行できる。

「んふふぅ……わ、わかりましたわぁ、はしたなく、おねだりしますわぁ……ご主人様……私のオマ×コ、すごくヒクヒクしてますの……はぁ、はぁ、もう、エッチな汁でドロドロでぇ……あぁぁんっ、キュンキュンしてますわぁ。んっ、んぐっ……お、オチ×ポ入れてください……碧月の牝豚オマ×コで、いっぱい締めつけますからぁ」

碧月は淫蕩に微笑みながら、花弁から蜜を滴らせパクパクと開閉してみせる。

拘束された身体を精いっぱい揺らして、まるで娼婦のように尚吾を誘惑する。

「よくできました……っ」

欲情に駆られて、尚吾は堪らず碧月に抱きついてきた。

「きゃんっ……！　ご主人様っ……こ、興奮してますのねぇ！　はぁ、あぁぁっ……入れて、入れてくださいっ……オチ×ポ、ズブッて！　牝豚オマ×コに突き挿してぇ

!!」

碧月は嬌声をあげながら、懸命に股間を尚吾に押しつけようとする。

浅ましくも必死になって挿入をせがむ碧月に、尚吾は満面の笑みを浮かべるとズボンのファスナーを下ろして極太の肉棒を取りだした。

大きく張りつめ、野太い血管が浮かびあがり、赤黒い亀頭がなんとも禍々しい。

「いきますよ——っと、その前に……二本挿しはまた後日楽しむことにしましょう。今日は僕のペニスだけを感じてくださいね」

そう呟くや否や、尚吾は肛門に挿入されたままのアナルバイブを一気に引き抜いた。

頭のなかが真っ白になってしまうような、目まぐるしい快感に苛まれた次の瞬間には、淫蜜が垂れ流しでドロドロに蕩けた割れ目に、猛り狂った熱い肉棒が押しつけられる。そして尚吾は照準を定めると、躊躇なく一気に最奥まで叩きつけてきた。

「んひぃいいいいっ!!　あっ、あぁぁんっ！　き、きたっ、入ってきたぁ……私のオマ×コにっ、逞しいオチ×ポがぁ！　あふぁああんっ、しゅ、しゅごひぃいいっ!!　オチ×ポ気持ちいいっ、ぎ、ぎもちいひぃ!!」

隆々とそそり立った肉棒が、ぬかるむ膣襞を掻き分けて埋めこまれた。

さんざんお預けをくらっていた膣内は、かつてないほど潤っていたこともあって、なんの抵抗もなく肉棒を呑みこんだ。

碧月は待ち侘びていたように身を震わせ、悩ましい声を張りあげた。

根元まで貫かれ、胎内に押し入った雄々しさに、ただ酔いしれる。

「うぐっ……すごいトロトロで、す、吸い取られるみたいですっ」

蕩けた膣肉の感触に呻きながら、尚吾は碧月を抱きしめる腕に力をこめた。

勢いをつけて挿入された極悪な肉棒は、膣襞を一気に駆け抜けて、子宮口めがけて一直線に突き刺さった。

碧月は堪らず背筋を反らして官能に震え、粘つく膣内は尚吾の精をねだるようにうねり、肉棒をきつく締めあげていく。

あまりの刺激に尚吾が呻き声をあげると、彼も自分の身体で感じてくれているのだと実感でき、堪らなく愛おしく思える。

小刻みに収縮する膣内に肉棒を震わせる尚吾。果てしない快感に、さらなる血流が下腹部に流れこんで、一段と膨張する。

「ひぁあああっ⁉　ふ、膨らんでますわぁ……あひぃいいっ、んふぅ、あぉっ、オマ×コぉ……ギチギチでっ、しゅ、しゅてきですわぁ！　あんっ、あぁぁんっ、き、気持ちいひぃ……ご主人様っ、ご主人ひゃまぁ……っ！」

碧月は歓喜の表情を浮かべながら、淫らに腰をうねらせる。

尚吾も、ねだられるままに腰を動かしはじめた。

腰を振るたびに膣襞が擦られて、得も言われぬ快感が背筋を駆け抜ける。

柔肉を硬く強張った雁首で引っかかれると、碧月は感極まった叫びをあげて肉棒を搾り取るように膣内を収縮させる。

「やっぱり、いやらしい碧月はとても綺麗ですよ……僕も遠慮せずにガンガンいかせてもらいますからねっ！」

肉棒に貫かれてよがり狂う碧月を見て、尚吾が満足そうに呟く。そして力強く腰を振り立てて絡みつく柔肉を掻きむしっていく。

括れた腰をしっかりとつかみ、ズンズンと強烈な突きこみを繰りかえす。

淫蜜はどんどん粘り気を増し、結合部が擦れるたびにグチャグチャと卑猥な音をたてていた。滲む淫液が肉棒によって掻きだされる様を見ながら、尚吾は疼く膣奥をズンッ、ズンッと突きこんでくる。

強烈な刺激に喘ぎつづけて口が塞がらず、溢れた涎が唇の端から顎へと滴っていく。だらしなく喘ぎながらも尚吾の腰の動きに合わせるように、碧月はお尻を可能な限り振ってさらなる責めをねだる。

「あぁ、しゅごい……私のオマ×コ、とても卑猥でいやらしいですわぁ……んあっ、て、天王院の人間としてっ、こんなはしたない真似……許されませんのにぃ！」

「いいじゃゃ、ないですかっ……僕が、捌《は》け口になりますから……っ、堪えていたものは、全部僕にぶつけてください。んくっ……はぁ、はぁ、これからもずっと……僕は碧月の傍にいるんですからっ」

「ご主人様、ご主人様ぁ……私、ずっと、大好きなご主人様と一緒ですわっ！」

悦楽とともに、熱い別のなにかがこみあげてくる。

とにかく彼の存在が愛おしかった。

反射的に顔をあげて舌を突きだすと、尚吾は碧月がなにを望んでいるのか察知して、腰を動かしながら顔を近づけてくれた。

お互いに舌を出し合い、舐めしゃぶるようにして二人で激しく舌を絡ませ合う。

「くちゅっ、じゅるっ……んじゅっ、れろ、れろんっ……」

尚吾の唾液が、舌を伝って碧月の口のなかに流れこんでくる。そしてそれは口内で碧月の唾液と混ざり合い、豊潤な美酒へと変化する。

「碧月……っ、はぁ……」

ゴクッと、口のなかに溜まった唾液を、碧月は喉を鳴らして飲みこむ。喉を通って、内側から尚吾に侵食されていくのを実感する。

尚吾の激しいピストンに身を任せながら、襲いかかってくる悦楽の波に身を任せる。

「ああぁっ……オマ×コ気持ちひいですわぁ！　んぉおっ、しゅごいっ……オマ×コ掻きむしられてぇ、あっ、ああっ……堪りませんわ!!　もっと、もっとオチ×ポでオマ×コ抉ってくらはいぃ……！」

ウネウネと、淫らに蠢く膣襞を抉るように、尚吾は肉棒を突き入れて、淫蜜で溢れかえる膣内を卑猥な音をかき鳴らしながら攪拌する。

みっちりと膣腔を押しひろげる剛直の苛烈な摩擦に、ますます声を張りあげる。

一突きされるたびに甲高い嬌声をあげてよがる碧月。

尚吾も興奮して猛烈な勢いで腰を振り立てる。

彼の額には、うっすらと汗が滲んでいた。それだけ必死に、碧月に夢中になってくれていると再確認できるたびに、愉悦の滾りが一段と大きくなっていく。

（なんて気持ちいいのぉ……こんなに激しくされたら、頭のなかがふやけて、なにも考えられなくなってしまいますわ……）

突き入れられるたびに、亀頭の先端が子宮口を襲い、その甘美感が意識を溶かしていく。鼻にかかった甘い淫声をあげながら、淫語を口走る碧月の姿はまさに淫乱な恥女そのものだった。

理性などとうに瓦解し、浅ましく乱れる碧月に煽られるように、尚吾も滾る熱を抑えきれないらしく、こみあげてくる衝動のままに抽送が加速していく。

「はっ、はっ……んくっ、可愛いですよ、碧月……んっ」

粘膜の摩擦をつづけながら、時折尚吾は碧月の唇をついばむ。

そんな動作の一つ一つが、際限なく身体を熱くさせる。

「ひうぅううぅうっ！　あはぁあっ……か、身体中が疼いてますわっ……おっぱいも、子宮もぉ、いっぱいっ……疼いてますぅ！　きゃひぃいいいっ……オチ×ポが、ひきゅうに届いてりゅ……ら、らめっ、りゃめぇ！　ご主人しゃまっ、すごしゅぎますぅ!!」

子宮を突かれる衝撃に堪えきれず、ガクガクと全身を震わせ、快感にまみれた嬌声であられもなくよがり泣く。

徐々に呼吸の感覚が短くなっていく尚吾も、手心を加えることなくハイペースで抽送を繰りかえし、碧月の美肉へ打ちこんでいく。

最深部まで沈みこんだ肉棒の圧迫感に息をつまらせながら、碧月は背筋を跳ねるように反りかえらせた。

猛烈なピストンに押されて、揺さぶられる振動で二つの豊乳が妖しく波打っている。

その柔肉を尚吾は見逃してはいなかった。

「ここもっ、可愛がってあげませんとね……っ」

尚吾は腰から手を離し、這いあがっていくように手のひらで卑猥に揺れ動く乳房をわしづかみにして押さえこんだ。

熱を帯びた乳肌を力任せにつかまれ、碧月は堪らず喉を反らして甲高い叫びをあげた。

「ひゃぁあっ、おっぱいっ！　あぁぁんっ、おっぱい揉まれてますわぁ……ふぃいいぃんっ、んぁ、そ、そんなにおっぱいこねられたらぁ……！　ジンジンしびりぇますわっ、指が食いこんでっ……いやらしく歪んでりゅう!!　んぃぃぃっ……ち、乳首っ、乳首までっ……しょ、しょんなにされたらっ……んぐぅ！」

乳房だけでなく、乳首まで弄られれば弄られるほどに、碧月は自然と甘い声をもらした。ぷっくりと膨らんだ乳輪の突起に指先が触れた途端、電流が駆け抜けてビクンッと大きく震えた。

乳肉が変形するほど強く揉みしだかれ、時折乳首を摘まれる。

ただでさえ、膣内を圧迫する肉棒の快感に頭が真っ白になってしまいそうだというのに、さらに乳房まで刺激されたのでは堪らない。

碧月は感極まったような吐息をもらし、愉悦を叫ぶ。

「やぁああっ、すごしゅぎぃ！　おっぱいっ、おっぱいしゅごいわぁ！　んひぃ、いあぁああっ……乳首もジンジンしてっ、私、もう飛んでしまいます！　もう我慢できませんわ……っ！」

ビクビクッと乳房を震わせて、そのたびに荒々しく喘いでは、ここが学園内のトイレであることさえ忘れて快楽の叫びを響かせた。

あまりの快感に、脳裏がジリジリと麻痺していく。

「そろそろ、限界ですか？」

「あぃいいっ、いいですわっ……！　はぁ、あっ、んはぁ……おっぱいも、オマ×コもぉ……どっちも気持ちいいのぉ！　あひゃあぁ……はぅんっ、どっちも熱くてぇ、きちゃうぅ……！　す、しゅごいのっ……大きいのが、きちゃいましゅぅぅ!!」

目も眩むような快感に、もはや身体の昂りを抑えることができない。

碧月は激しく抽送されつつ、乳房を揉みしだかれる悦楽に陶酔する。

やがて、抗いようのないオーガズムの波がじわじわと押し寄せては、意識が希薄なものへと変化していく。

尚吾も射精が近いらしく、食い締めてくる柔襞を削るようにして引き剝がしながら、子宮へ亀頭を抉りこませる。細い肢体がガクガクと激しく震え、仄かに紅潮した肌の上に珠の汗が、ぶわっと一気に浮きあがった。

ただ荒々しいだけではなく、お互いの存在を確かめ合うような、これまでとは違う挿入感に、ゾクゾクと震えが走った。

肉棒を歓迎していた膣襞も一斉にうねり、根元から先端までを食い締めんばかりの勢いで射精をうながしていく。

「あうぅ……す、すごい締めつけですよっ！　碧月も、もうイキそうなんですね？」

「はふぅんっ……は、はひっ、イク、イクぅう！　わ、わらくひっ、もう、おっぱいとオマ×コでっ、きひぃいい!!　イッてしまいますわぁあ!!　あぁ、んっ、一緒に……ご主人様も一緒にぃ……イッてくらはいぃぃいいい!!」

快感に呂律がまわらないなかで、必死になって懇願する。

尚吾は碧月の乳房をとにかく力任せに強く握り締め、便座を軋ませながら猛烈な勢いで突きこむ。喜悦に表情を歪ませる碧月とともに頂点を目指して腰を加速させる。

昂りきった嬌声とともに、充血した膣肉が蠕動する。

射精衝動に腰を震わせる尚吾は、歯を食いしばりながら極限まで蜜壺を穿つ。

「はっ、はっ……んふっ、こ、このままっ、このまま膣内に出しますよっ！」

息を切らしながら、膣奥までねじこんだ肉棒の先端を子宮口に押しこみつつ、恍惚と喘ぐ碧月に膣内射精を宣言してラストスパートをかける。

「はぃっ、はいぃいいっ!!　ご、ご主人様のザーメンっ……オマ×コにっ、子宮に、ひきゅうにぃ！　らしてくだはいぃ……オマ×コしゃせぇ、うれひい、うれひいれふわっ、ご主人ひゃまぁああ!!　私もっ、イグ、イグぅ！　オマ×コに膣内出しぃ……きて、きてくだしゃいぃ……ひはっ、あぁぁあああああっ!!」

過擦される雌肉が精液を浴びることを心待ちにしながら狂喜乱舞し、一瞬でも早く射精させようと限界いっぱいまで食い締める。

滴る涎と淫液はとどまることを知らず、尚吾の足もとはすっかり水浸しになっていた。それは碧月に昂りの度合いを如実に示しており、底なしにいやらしい自分に、羞恥と悦びが混ざり合って、目まぐるしい衝動が身体の内側から弾けて迫りあがってきた。

「イキますっ、イキますよっ!!」

猛々しい剛直で貫かれ、碧月は肉悦の頂まで押しあげられていく。

弾け飛びそうな勢いでのたうつ肢体は、ガッチリと拘束しているはずの粘着テープさえ緩ませ、ミシミシと軋ませていた。

尚吾もすぐそこまで迫ってきている滾りを解放するべく、懸命に打ちつける。

意識が白みがかるなか、膣内を蹂躙する肉棒が膨張した。

「ひゃひぃいいいいっ！　あっ、あぁああくぅうっ……わ、わらくひぃ、もうっ、だめっ……らめ、らめぇ、らめれすわぁ……っ！　んぐっ、きゃふぅうううんっ!!」

「碧月、イクよっ！　出しますからねっ!!　ああああっ!!」

尚吾が残りの力を振り絞って痙攣する膣内を突きあげ、呻くと同時に肉棒が戦慄き、子宮めがけて灼熱の精を解放した。

「あふぃいいんっ!!　んひぃいいっ、きたぁああっ！　ご主人ひゃまのっ……オマ×コっ、ひきゅうにぃ……んふぁぁああっ、膣内出しぃ……わらくひ、種付けしゃれてるぅ……ごしゅひんさまに種付けされながらぁ……あむぅうっ、んぐうぅ……イグ、イグぅうううううぅぅぅ!!」

精の塊が弾けて、碧月の膣内へ怒濤の勢いで流れこんでくる。

腰を震わせながら精液を打ちこまれるたびに、全身を強張らせて背筋を弓なりに反りかえらせ、あらん限りの声で悦楽の滾りを迸らせる。

最後の一滴まで注ぎ終えた尚吾は、たちまち体を弛緩させて荒い息を吐いた。

「あはぁ、んんぅ……す、しゅごいぃ、ドロドロぉ……オマ×コがザーメンで、ドロドロですわぁ……はぁ、はぁ、はあぁぁ……素敵ですわぁん、ご主人様ぁ」

めくるめく絶頂の快楽に酔いしれながら、膣内射精の悦びを噛みしめる碧月。

余韻に震え、思考もままならずに宙空を見つめる。

だらしなく口を開いたまま、足りなくなった酸素を大量に吸いこみながら肩で息をしていた。尚吾も全力を出しきり、精根尽き果てたように、そのまま碧月の胸に折り重なるように崩れ落ちた。

V 孕ませ公認！ 海老吊りでバースデイ!?

学園のトイレでお互いの気持ちを確認し合うという、ムードもなにもあったものではない告白からすでに一カ月が経過し、学生たちはすっかり夏休みを満喫していた。

帰宅部である尚吾と碧月にとって、課題さえ片付けてしまえば残るのは膨大な時間。そんな状況で、若い恋仲の男女が同じ空間にいれば、やることは一つしかない。

もっとも、それ以前からただれた関係を送っていた二人だが、最近では緊縛プレイばかりではなく、ノーマルなプレイも楽しむようになっていた。

ベッドに入れば飽きることなくキスを繰りかえし、尚吾に腕枕をされながら眠る碧月。入浴も必ず二人で、夏休みになってからというもの、離れることなくずっと同じ空間を共有しつづけていた。

尚吾は時折、今でもこの瞬間が夢なのではないかと疑問に感じてしまうときがある。

少し前まで、碧月とは話すこともできずに遠くから見ているだけだった。

それが友人として話をするようになったというならまだしも、諸々のステップを省略してご主人様に——そして晴れて恋人という地位におさまることができた。

あまりにも都合のよすぎる展開に、これから先、一生分の運を使い果たしてしまったのではないかとさえ思えてくる。

現に今も、尚吾は夢見心地で碧月を見下ろしていた。

「あふぅんっ……ご主人様のオチ×ポぉ……んふぅ、大好きですわぁ」

碧月が興奮した瞳を妖しくギラつかせて、肉棒の先端を唇に導く。そしてそそり立つ肉棒をしっかりとつかんで熱心に舌を絡め、ねっとりとした唾液をまぶすように亀頭を舐めまわしながら、肉茎を夢中になって擦る。

まだはじめたばかりだというのに、碧月はもうすっかり発情しており、いきなり全開で肉棒にむしゃぶりついてきた。

「んくっ……い、いきなり激しすぎじゃないですか？」

気持ちいいが、これではそれほど長くは保ちそうにない。

そんな尚吾の心中を察してくれたのか、上目遣いに見つめて熱っぽく微笑む碧月。

ところが、それは尚吾の勘違いでしかなかった。

「あむぅっ……んじゅっ、ちゅずっ……じゅぶぶぶぶっ！」

てながらすすり立ててきた。

「んおぉおっ⁉」

碧月が舌をのばすのを見て、舐めてくれるのかと思いきや、次の瞬間には亀頭はもちろんのこと、肉棒の根元近くまで一気に咥えこむと、鼻息を荒くして卑猥な音をたてながらすすり立ててきた。

唐突に亀頭が生温かい粘膜に包みこまれて、尚吾はあまりにも心地よいその感触に堪らず呻き声をあげてしまった。

喉にまで達した肉棒が、口内の粘膜に擦れて熱く痺れるような疼きが駆け抜ける。

腰が震え、ペニスが激しく脈打ってビクンッと大きく反りかえる。

碧月は、それを頬の内側の粘膜で押さえこみ、圧迫しながら吸引する。

「ちゅぱっ、ぢゅるる……んぢゅ、んぢゅっ……んはぁ、あぁんっ、オチ×ポ、オチ×ポぉ……ご主人様のオチ×ポ、美味しいですわぁ」

逞しい肉棒の感触に、うっとりと目を細める碧月。

少し前の尚吾なら、ひたすらにご主人様と呼ばれつづけることに違和感を覚えていただろうが、彼女の気持ちを知った今は、気にもならなくなった。

むしろ気分が盛りあがって興奮してしまうほどだ。

逆に、あの時はやり過ぎてしまったと後悔していた。

尚吾は碧月の気持ちが知りたくて、拘束した後に目隠しをして放置し、まったくしらない相手に触れられても、受け入れてしまうのかと、わざわざそれらしい音声をアダルトビデオからサンプリングして試した。

聴覚を頼りに相手を判断するしかなかった碧月にとって、まるで聞き覚えのない男の声は恐怖以外の何物でもなかっただろう。

尚吾に弄ってもらえると期待していたが、目隠しをされただけで放置されてしまった碧月の精神は平常心ではいられなかった。いくら視覚を塞がれているとはいえ、サンプリングした音声を再生したスピーカーは安物で、かすかにノイズが発生していた。もしも碧月が落ち着いていたならば、見破るのはそれほど難しいことではなかったはずだ。それすら気づけなかったということは、彼女が相当に動揺していたという証拠である。そしてついに、泣きだしてしまった碧月。

あわててアイマスクをはずして事の経緯を説明したが、尚吾は自分の迂闊な行動を猛省した。

きっかけこそ、いくつかの偶然が重なった結果でしかなかったが、碧月は尚吾以外の男を受け入れるつもりなどなかったのだ。自分だけが彼女のご主人様なのだと実感して、熱いものがこみあげてきた。

まだ問題がすべて解決したわけではないが、まずはそれだけで充分だった。

「碧月は、本当に美味しそうにしゃぶりますね」

一生懸命に肉棒を頬張る碧月の頭を優しくなでると、碧月は肉塊を咥えたまま目を細めてはにかむ。

「だ、だってぇ……ご主人様のオチ×ポですもの、当然ですわ。私はもうすっかり虜にされてしまいましたもの……大好きですわ」

唇で肉茎部分を圧迫しながら、亀頭から裏筋までをぬめる舌で激しく舐めまわす。肉棒を包む柔らかな唇の感触と、唾液でぬめる口内の粘膜。極めつけはザラつく舌が妖しく絡みついて這いまわる快感に、腰が震えてしまう。

尚吾の反応に気をよくした碧月は、肉棒を口に含んだまま微笑んだかと思うと、ゆっくりと顔を前後に動かしはじめた。

「んあっ、んぉおおっ……!!」

鋭い快感に、思わず腰を引いてしまう。

碧月は顔を揺すり、窄めた唇で肉棒をしごいてくる。

頬の裏側の粘膜の凹凸が表面を擦りあげて、甘く痺れさせていく。

すでに滲みだしている先走り汁が溢れ、涎に濡れた唇が動くたびにジュボジュボと卑猥に濡れた音が響き渡る。

腰を震わせて喘ぐ尚吾に、碧月が嬉しそうに鼻を鳴らし、熱い唾液を染みこませるようにいっそう力強くなすりつけて、勃起した肉棒を隅々まで舐めしゃぶる。

「んっ、ぢゅるっ……ちゅ、んはぁ、すごいですわぁ……あはぁん、ご主人様のオチ×ポ、また大きくなりましたわ……んふっ、はふぅん、もっと強く吸いあげても、いいですか……？」

徐々に頭を動かす速度をあげる碧月。

もう気持ちよすぎて、尚吾はなにも考えられなくなり、無言で頷いた。

「はあぁ……では、遠慮なくいただきますわぁ」

先走り汁と唾液にまみれた赤黒い亀頭を見つめながら、碧月が嬉しそうに呟く。そして膨張した肉棒に生温かい吐息を感じた次の瞬間、再び口のなかに呑みこまれていた。

頬を窄めて息を強く吸いこむ。肉茎の奥から熱い精を搾りだすように、猛烈な勢いでペニスを吸いあげる。

「ふぐぉおおっ!!　み、碧月っ……き、きつ過ぎま──おぉおおっ!!」

まるで睾丸ごと吸い取られてしまうような強烈な刺激に、射精衝動が急激に膨れあがっていく。

官能が強すぎて、頭のなかが真っ白になっていく。

熱い唾液にぬめった粘膜がまとわりついて、肉棒が溶けていってしまうようだ。

「じゅぶぶっ……んぅうっ、じゅるっ、じゅずずっ！　んっ、んぐぅ……じゅぷ、んふぅううっ、んぅ……っ!!」

全部吸い尽くされてしまうような吸引力に、尚吾は堪らず腰を突きだして、亀頭で碧月の喉を突いてしまった。しかし、碧月は一瞬顔を顰めはしたものの、まるで構わず口戯をつづけていく。

「はうっ……うぅっ、そんなにがっつかれたら……ぼ、僕っ、もう限界ですっ!!」

ろくに抵抗もできずに白旗を振った尚吾を上目遣いで見つめ、快感に悶えているのが嬉しかったのか、碧月は満面の笑みを浮かべて限界まで肉棒を咥えこんだ。

肉棒の奥のカウパーまですすりだしながら、頭を動かして肉茎をしごかれる。

尚吾は射精感がすぐそこまでこみあげてきて、腰がガクガクと震えだす。

「んじゅっ、じゅぷっ……あはぁあんっ、ドロドロの濃いザーメン……ご主人様のネパネパザーメン、欲しいっ……飲ませてぇ、あむっ、じゅるるるっ!」

碧月は嬉しそうに尚吾を見つめ、いっさい緩めることなく、むしろさらに激しさを増して頭を上下に振り乱す。

単純な上下運動を繰りかえすだけでなく、時折左右に捻ったり、内側の頬粘膜に押しつけたりと、刺激が単調にならないよう動きを変化させる。

おかげで迫りあがってきた滾りを堪える術はなく、衝動のままに腰が強張った。

「はぐぅっ！　もっ、もうダメですっ！　出るっ、出ちゃいますっ!!」

視界が明滅した瞬間、膨らんだ亀頭から熱く滾った精液が怒濤のように噴出した。

「むぶぅううぅっ!?　んんっ、んぶっ、むふぅうんんっ……!」

痙攣する肉棒から、碧月の口内へとすさまじい勢いで欲望を撃ち放っていく。

怒濤の勢いで噴きだした精液に驚きながらも、碧月は口を離すことなく、くぐもった声をあげて悶え、眉を顰めつつもコクコクと喉を鳴らして嚥下していく。それでも吐きだされた大量の精液の勢いには追いつかず、唇の端からこぼれて白い糸を引く。

「んおおっ……んぐっ、はあぁ、ザーメンっ、ご主人様のオチ×ポミルクぅ……いっぱい、いっぱい出ましたわぁ……んちゅむっ」

吐きだした精液を飲み下しても、碧月は肉棒から口を離さない。唇でしっかりと圧迫しながらさらに締めあげて、脈動する肉棒のなかの残滓まで吸い取ってくる。

「はぁ、はぁ……は、激しすぎですよ……」

目まぐるしい官能の渦に、腰に力が入らない。

これから碧月の膣内に挿入するにしても、少し休憩が必要だ。

男としては情けない限りだが、肝心の碧月は首筋まで滴った白濁液を拭き取ると、おもむろに立ちあがった。

普段なら、ここで尚吾の上に覆いかぶさってくるのだが、今日はその様子がない。

「素敵でしたわ、ご主人様……出かける前にせめて一口と思ってましたのに、あんなにたくさんオチ×ポミルクをいただけて、私とっても嬉しいですわ」

神々しいほどの眩しい微笑を浮かべる碧月だが、口にしている言葉にはとても似つかわしくなかった。

「え？　これから外出なんですか？」

外出の予定があったとは聞いていなかった。

この屋敷に招かれた理由が理由なだけに、尚吾は未だに使用人としてのスキルは低い。最近になってようやく給仕の手順が様になってきた程度で、碧月のお付きの使用人としてはまだまだ半人前もいいところだった。

それでも、事前に外出の予定くらいは教えてもらえるのだが、今回に限っては単なる伝達ミスだったのかもしれない。

「私は必要ないと言ったのですけど、お父様が張りきってしまって……今度開かれる誕生日パーティーで着るドレスの試着にね」

「た、誕生日……パーティー？」

「そういえば、随分と前から決まっていましたから伝えるのを忘れていましたわ。明後日は私の誕生日ですの。それでお父様が誕生日は盛大に祝いたいからと、毎年パーティーを開いてますの」

パーティー云々も大事だが、碧月の誕生日というのも初耳だった。

毎年恒例の行事なだけに、碧月もうっかり伝え忘れていたらしい。

「そ、そんな大事な用事があったのに、あんな事しててよかったんですか？」

尚吾としては大満足だが、フェラチオはとてもそんな用事の前に行う行為ではない。

「あらぁ、野暮なこと言わないでほしいですわ、ご主人様ぁ。私はもうすっかり貴方の虜にされてしまっているんですもの。日に何度も美味しいご主人様の精液を頂かないと、身体が疼いてしまうんですわ」

頬を紅潮させながら、恥ずかしそうに呟く碧月。

男冥利に尽きる発言だが、碧月の場合は下手にフェラチオなどしようものなら、余計に身体が疼いてしまうのではないか。とはいえ、本人は満足しているようなので余計なことを口にして煽らないよう心がける。

「そ、それじゃあ僕、車を呼んできます」

尚吾は反応に困りながら、無難な理由を口にして部屋を飛びだした。


——二日後。

天王院の屋敷では碧月の誕生日パーティーが催されていた。

煌びやかな衣装を身に纏った老若男女が数十人——もしかすると百人は超えているのではないかと思われるほど大人数が、碧月を祝うために集まっていた。

しかし彼らは、単なる友人知人などではない。テレビなどで見たことのある財界人や、政治家など、およそ一般人には無縁の人物ばかりが大広間で食事をしながら談笑していた。

使用人である尚吾はともかく、今日は碧月が主賓《しゅひん》である。当然、それ相応の衣装を身に纏っていた。周囲の女性たちは、マーメイドドレスなどを着て、胸もとを強調したり、大胆に肩や背中を露出させているが、それらとは対照的に、碧月のドレスはそれほど肌を晒してはいなかった。

滑らかな肩のラインが映えるノースリーブで、片肩のオープンなスタイルなどは一見するとチャイナドレスに近い。スリットも大して深くなく、辛うじて白い太腿が垣間見える程度と、極力露出を抑えた感がある。

真紅の生地にあしらった花の刺繍はあっても、コサージュなどの装飾はない。そのうえ、碧月はネックレスなどのアクセサリーもまったく身に着けてはいなかった。

しかし、身体にフィットしたドレスから映えるボディラインが、それらを必要とはしていなかった。その艶かしいラインを際立たせるには、装飾品など無用の長物でしかない。尚吾は思わず見惚れてしまいそうになった。

そして、同時に今更ながら天王院家の地位を思い知らされた。常に碧月の後ろにつき従っているというのに、彼女との距離が異様に遠く感じられた。

大勢の要人が、碧月のもとへやって来ては頭をさげて祝辞を述べていく。

「変に気後れする必要ありませんわよ。どうせあの方たちは私のことなど祝福していませんもの。天王院との繋がりが欲しいだけですわ」

絶え間なくやって来る来賓がようやく落ち着いた頃、圧倒されっぱなしの尚吾に対して、不意に碧月が呟いた。

「……お嬢様？」

終始笑顔を絶やさなかった碧月が、周囲に人が散った途端大きなため息を吐いた。

「お父様は派手好きな方だから、必ずこんな大事になってしまいますの。ごめんなさいね、深山君。慣れないことに付き合わせてしまって……」

「そ、そんなことないですよ。お嬢様のドレス姿を見られるなら、このくらいどうってことないですから」

「ふふっ……もう、深山君たら」

口もとをほころばせる碧月。

挨拶にやって来た来賓の人々に向けられていたものとは違う、彼女の自然な笑顔。先ほどまでは無理に笑顔を作っていたのだと、ようやく気づいた。

「ですが、旦那様のことはあまり知りませんが、派手にパーティーを開きたいのは、お嬢様のためなんじゃないですか？」

「え？　どういう意味ですの？」

「天王院のトップともなると、その忙しさは相当なものだと思います。僕が屋敷で働くようになってから、ほとんど顔を見た記憶さえありません。それはお嬢様もおなじでしょう？　ですから、せめてお誕生日くらいは大々的にお祝いしてあげたいんじゃないでしょうか」

　尚吾が天王院家の当主である碧月の父親を見たのは、この一月半の間でも片手で数えられる程度だった。屋敷にいる間はずっと碧月の傍から離れないため、彼女も似たような頻度のはずだ。

　資産家だろうと、一般の中流家庭だろうと、父親が娘を思う気持ちに大差はない。このパーティーは、多忙で時間を作れないことを気にして、父親としてできることを模索した結果なのだろう。

「まあ……私なんかよりも、深山君のほうがずっとお父様のことを理解してますのね」

　その考えは思いつかなかったと、驚いたように呟く碧月。

「どうだ碧月、楽しんでいるか？」

　するとちょうどそこへ、話題の張本人である碧月の父親——天王院隆三郎《てんのういんりゅうざぶろう》がやってきた。

思わず直立不動になる尚吾。本人同意の上とはいえ、彼の娘とただならぬ関係を持っているだけに、下手な印象を与えるわけにはいかないのだ。

しかも、国際的な医療機器メーカーのトップとは思えないその体軀。

身長は二メートル近くあるだろう。そして驚くべきはタキシードの生地を張りつめさせるほど大きく膨れた胸板。過剰なほど搭載された筋肉によって、袖やズボンもぱつんぱつんになっている。

一見すると、プロレスラーかボディビルダーにしか見えない。

ひょっとすると、裏で誰かをターミネイトしているのではないかと思わせるほど筋骨隆々で、その存在感は圧倒的なものだった。

とてもではないが、デスクワークをしている姿が想像できないのだ。

そんな人物の娘と肉体関係を持っているのだから、緊張しないわけがない。

「あら、お父様」

碧月の返事に合わせて、尚吾も硬い動きで深々と頭をさげる。

「うふふっ……そんなに緊張しなくてもいいのよ」

優しい声をかけられ、反射的に顔をあげると、隆三郎の隣には見目麗しい女性が立っていた。碧月の母親、皐月《さつき》である。

柔和な笑みを浮かべ、薄い生地のドレスの胸もとは大きく開かれ、豊満な乳房が乳輪すれすれくらいまで惜しげもなく晒していた。

非常に魅力的で、男であれば無意識のうちに彼女に視線を向けてしまいそうなものだが、その隣に立っている隆三郎の威圧感に圧されて、誰もが意図的に視線を逸らしていた。

尚吾が皐月の存在に気づかなかったのも、そのせいだった。

まさに美女と野獣。

碧月は百パーセント母親似である。

父親に似なくてよかったと、彼を知る者なら誰もが同じことを思うだろう。

「おぉ、碧月……たまにしか会えない父さんを許しておくれ」

見た目こそ鬼のようだが、その実は大変な子煩悩なのだ。

「お、お久しぶりです。旦那様、奥様」

だからこそ、余計に碧月との関係を知られた時が恐ろしい。

「どうだね、そろそろ屋敷にも慣れたかね？」

「はい、おかげさまで……」

身長差がありすぎて、どうしても見下ろされる形になってしまう。

本人は普通に話しかけているだけなのかもしれないが、そのプレッシャーは半端なものではない。まるで捕食者に見つかってしまった小鹿の気分だ。

「でも、碧月が突然尚吾君を連れてきた時は驚いたわ。これまで女の子のお友達だって屋敷に連れてこなかったのに、いきなり男の子を連れてくるんですもの。……それで、彼とはどこまで進んでるのかしら？」

「お、お母様……っ!?」

「隠したって無駄よ。いくら後輩だからって、貴女は伊達や酔狂で男の子を専属の使用人にするような娘じゃないもの。他の使用人たちも皆噂してるわよ、部屋で二人っきり……いったいどんなすごいことしてるんだろうって」

彼女の言うことももっともである。

ある日突然、年頃の娘が男を家に連れてくれば、勘繰らないほうがおかしい。

尚吾はあえて気づかない振りをしてきたが、碧月は本気で気づいていなかったらしい。顔を真っ赤にしてうろたえていた。

この機会に聞いてしまいたくなる気持ちはわからなくもないが、すぐ隣に隆三郎が佇んでいるだけに、冷や汗が滝のように流れだす。中途半端な気持ちで碧月と付き合っているつもりなど毛頭ないが、どうしても父親の貫禄ある威圧感に圧されて萎縮してしまう。

「尚吾君……まさかとは思うが、うちの娘とは遊びだった——などと言わんよね」

豪華絢爛、御伽噺《おとぎばなし》にでも出てきそうなパーティー会場の一角が、心臓をわしづかみにされているかのような重い空間に変質していた。

適当な言葉を口にしようものなら、間違いなく殺されてしまいそうだ。それと同時に、隆三郎が心底碧月のことを可愛がっているのが、ひしひしと伝わってくる。暴風のような威圧感に圧されっぱなしだが、碧月の気持ちを知った今、もう隠すつもりにも、誤魔化すつもりにもなれなかった。

「僕は、本気で碧月さんとお付き合いさせていただいています」

はっきりと言いきった。

しっかりと隆三郎の目を見据えて、嘘偽りないことを訴える。

大豪邸に住む資産家のご令嬢と、庶民の尚吾とでは、はっきり言って釣り合いが取れていない。それでも、彼女を想うこの気持ちだけは本物なのだ。

「碧月は？　彼のこと、どう思っているのかしら？」

すべてわかっていながら、楽しそうに尋ねる皐月。

「私も……深山君のこと、愛してますわ」

「と、ときに尚吾君……」

「はい？」

碧月が皐月の問いに答えた矢先、隆三郎が二人に聞こえないように耳打ちしてきた。

「体をもっと鍛えなさい」

「ど、どうしたんですか？　急に……」

「私も婿養子だったからね……尚吾君の境遇は理解しているよ。天王院の血筋はどうも異常なほどに性欲が強いらしくてね、君も心当たりがあるだろう？」

「ぐっ……!?」

「実は私も学生時代に皐月と出会ってね、肉バイブとして散々搾り取られたものだよ」

遠い目をする隆三郎。いろいろな事があったのだろう。それにしても、彼が婿養子だったことにも驚いたが、なによりも碧月の異常性欲が遺伝的なものだったことに驚いた。

皐月も、柔和な笑みを浮かべてはいるものの、昔は相当のものだったらしい。ひょっとすると、まだ現役なのかもしれない。それなら、隆三郎のアドバイスは真剣に受けとめなければならない。

傍から見ている分には、威厳があって亭主関白な印象さえある隆三郎だが、その実は肉バイブとして皐月にいいようにされていたらしい。

（この母親にしてこの娘……かぁ）

どうやら皐月はS気質だったようだが、碧月は完全にM気質だ。求められていることに変わりはないが、主導権は尚吾が握れているだけまだマシなのかもしれない。

「どうかしたの？」

二人でコソコソしていることに気づいた皐月が首を傾げる。

「い、いやぁ……なんてことない世間話だよ。あは、あはははは……。そうだっ！　式の日取りは、いつがいいかね？」

さすがに、皐月の性欲がすさまじくて大変だったなどと口にできるわけもない。

隆三郎はあわてて話を切り替えようとして、とんでもないことを言いだした。

「えっ!?」

「お、お父様!?」

「二人が結婚を前提に交際していて安心したぞ。さあ、結婚式はいつにするんだ？　天王院の名を出せば来週中にでも結婚式を挙げられるぞ！　おおぉ、それがいいっ、そうし——おごぉおおおっ!?」

ゴンッ!!　と鈍い音が響くと同時に、隆三郎の巨体が崩れ落ちた。

後頭部には大な瘤ができあがり、彼の背後には高価そうな壺を手にした皐月が立っていた。どうやら、暴走した夫をとめるために殴り倒したようだ。

お淑やかそうな御婦人に見えて、かなりアクティブな人物らしい。

「ごめんなさいね、この人ったら勝手に盛りあがっちゃって」

「い、いえ……そんな……」

壺を片手に、にこやかな笑顔をされても、正直返事に困る。

真に恐ろしいのは、父親ではなく母親のほうなのかもしれない。

「実はね、ずっと心配していたの。碧月ももうお年頃なのに、浮いた話は一つも聞いたことがないんだもの。取引先からお見合いの話を持ちかけられたこともあったけど、やっぱり娘の意思を尊重したいし……っていう相談をしてた時に、ちょうど尚吾君がきてくれたんだもの、本当に嬉しかったわ。今後とも、娘のことをよろしくね」

「はい！」

尚吾は、力強く頷いた。


——それからしばらくして、気絶していた隆三郎が復活すると、来賓に向かって碧月に婚約者ができたと発表してしまい、誕生日兼婚約パーティーになってしまった。

隆三郎は終始上機嫌で、孫の顔が見たいなどと気の早い会話に花を咲かせていた。

突然の婚約発表となったが、来賓は基本的に隆三郎と縁のある人物がほとんど。

挨拶が終われば、各々が適当に食事を摂ったり談笑したりして楽しんでいる。

必ずしも碧月がその場にいなければならないというわけではなかった。

尚吾と碧月は、こっそりと会場を抜けだして自室に戻っていた。

「まさか婚約発表までしちゃうとは思いませんでしたね」

いい加減な気持ちで碧月と付き合っていたつもりはないが、恋人からいきなり婚約者にまでランクアップするとは思ってもいなかった。

やることはやっているため、いつかは両親に挨拶をしなければと考えてはいた。それがまさか大々的に発表されることになるとは、想像だにしていなかった。

「いきなり結婚だなんて、お父様も気が早いですわ……ごめんなさい、深山君。迷惑でしたわよね……勝手にあんなことになってしまって」

「ど、どうして謝るんです?」

「だって……結婚だなんて」

「さっき旦那様にも言いましたけど、僕は本気ですよ」

確かに、まだ学生の身分である尚吾と碧月には少々気の早い話だが、決して当分先の話でも、夢物語ではない。碧月と添い遂げる覚悟はできていた。

「そ、そんなこと言われたら……私、抑えられなくなってしまいますわ」

碧月は、顔を真っ赤にしてモジモジと太腿を摺り合わせていた。

なにを堪えているのか、今更考えるまでもない。

「僕は、エッチな碧月も大好きです」

「私がこんなにいやらしくなったのは、貴方のせいですわ……。ご主人様が、こんなにエッチな身体にしてしまったんですわ」

そう言いながら、碧月はスカートの裾を摘んで持ちあげると、尚吾は目を疑った。

ゆっくりと白い太腿が露わになり、そして恥毛の茂った肉丘が晒された。

碧月は下着をいっさい身に着けていなかったのである。

しかもその代わりに、淫裂には縄がかけられていて、割れ目に沿って食いこんでいた。恐らく、上半身も乳房などを縄で食い締めているのだろう。これで、ようやく彼女が露出の少ないドレスを選んでいた理由を悟った。

無論、尚吾はなにもしていないし、なにも言っていない。

碧月が自ら進んで自縛し、そのまま人前に出ていたことになる。

「そ、それは……自分で?」

碧月は目を細めて、妖しく微笑んだ。

「私は、この身体だけじゃなくて、心もご主人様に縛られてしまいましたもの。こんなふしだらな女でよろしければ、ずっと傍にいさせてください」

尚吾の目をまっすぐに見つめる碧月。

「僕は独占欲が強いんですよ。僕以外が碧月を縛るなんて、絶対に認めませんよ」

精いっぱいの気持ちをこめて、碧月を抱きしめた。

彼女も尚吾の背中に腕をまわし、二人はしばらくお互いの温もりを確かめ合った。

「……ご、ご主人様」

「ん？」

不意に、碧月が照れたようにはにかんだ。

「すごく大きくて硬いものが、お腹に当たってますわ……」

自縛した碧月を目の前にして、男としては当然の反応である。そしてお互いに、それほど我慢強くはない。

「碧月の乳首も、こんなに硬くなってますよ」

絞りだされた乳房の先端は、縄の感触ですでにビンビンに尖っていた。

ドレスの上からでも、はっきりと感触が伝わってくる。

そっと触れただけで、碧月はピクンッと反応した。

「ああっ、あふぅ……おっぱいが、気持ちいいですわっ！　あぁ、ご主人様ぁ……はしたない私をもっと縛って、気持ちいいことしてほしいですわぁ」

「もちろんですよ」

待ってましたとばかりに返事をする尚吾だが、せっかくのドレス姿。脱がしてしまうのは少々勿体ないだろう。尚吾はドレスの上から縄で緊縛することにした。

まずは自由になっている碧月の腕を後ろ手に縛り、左右の太腿にもそれぞれに縄を巻きつける。その縄を予め彼女自身が身体を縛った縄にしっかりと結びつけて一定以上脚を閉じられないようにする。ここまでは、以前も何度か試したM字開脚と変わりはない。せっかくの記念日だというのに、いくらなんでもこれでは芸がない。

こんなこともあろうかと、尚吾が以前から準備していたものがあった。

パーティーで使用人たちも全員そちらに駆りだされているのをいいことに、尚吾は拘束した碧月をそのまま抱えていつもの防音室へと移動した。

そして後ろ手に縛った腕と左右の太腿にそれぞれ新たに縄を結びつけ、それらを天井のフックに引っかけ、吊るしあげた。そのうえ、足首をも縛って吊るし、海老反りの状態で固定する。

「んぁ、あっ、はぁ、はぁぁ……縄が、肌に食いこんでっ……はあぁん」

縄に全体重がかかり、白い柔肌に食いこんでギチギチと締めつける。

地に足がつかない状態で、半裸でぷらぷらと揺れる碧月は、なんともいやらしい。

まったく動くことができす、尚吾の思うがままだ。

「縛っただけなのに、もうこんなに濡らして……」

体勢的に、ひどく息苦しくてつらいはずだが、そんな様子は微塵も感じられない。

大きく開かれた股間は、充分すぎるほどに潤っていた。

まだ愛撫すらしていないというのに、縛られただけで興奮していたのだ。

息も荒く、熱い吐息をもらしている。

「はふぅん……し、縛られて吊るされているだけですのにぃ」

「もっと感じてください。僕もがんばりますから……」

尚吾は、碧月の股間に食いこんでいる縄をつかんで引っ張る。

「ひゃうっ……！　お、オマ×コにっ、食いこんで……あぁぁっ」

朱色の花弁に縄がめりこみ、反射的に顎を反らした。

顔が火照り、瞳が潤む。碧月は感極まった声をあげて身悶えた。

淫裂から溢れる粘液を潤滑油として、グイグイと縄を動かしつづける。

グッと食いこんだ縄が、割れ目を無理矢理押しひろげ、いやらしい粘着質な音を発しながら大量の淫液が溢れだしてくる。

「もう床に滴ってますよ」

敏感に反応する碧月に、尚吾は感嘆する。

縄を締めあげるたびに甘い声をもらし、淫臭が室内に充満していく。

尚吾は、そっと身体を押して碧月を揺すってみる。

「ひぎっ……あぁぁっ、んくぅ……こ、擦れてますわっ……クリトリスに縄が、んああぁっ、す、すごいぃ……！」

ギシギシと縄が軋む。軽く揺れただけでも、碧月の柔肌にきつく縄が食いこむ。

碧月は唇を戦慄かせながら、縄の感触を味わっていた。

貪欲に快感を貪る碧月を手伝うように、尚吾は少し大きめに揺すってそれを手伝う。

途端に彼女の股間からブシュッと淫液が染みだし、床へと落ちていく。

「な、縄、気持ちっ、いいぃ……！　な、なんでっ、こんなぁ……わ、私っ、もうっ……あんぅううっ!!」

パーティー会場からずっと、焦れていたせいなのか、碧月は急激に昂っていく。

尚吾は彼女の反応に気づきながらも、笑みを浮かべたまま身体を揺すりつづけた。

股間の縄を強く引き、押し潰さんばかりに擦りつける。

激しく前後に擦られ、クリトリスと淫裂を弄られる碧月の身体が、ガクガクと小刻みに痙攣をはじめた。それでも構わず責めつづけると、突然大きく目を見開いて背中を弓なりに反らせた。

「きゃひぃいいいいいっ!!」

碧月は爪先をギュッと曲げて、盛大に淫液を迸らせた。

ビチャビチャと床に蜜が零れて水溜まりを作る。

激しく絶頂を迎えながら、碧月はガクガクと身体を震わせていた。

「まだはじめたばかりじゃないですか、もうイッちゃったんですか」

「はぁ、はぁ、はっ……んはぁ、あぁぁぁ……」

絶頂の余韻に浸りながら、身悶えつづける碧月。

このまま眺めているだけでも充分に興奮できるが、それでは少し寂しい。

「もう、満足ですか？」

「……え？」

意識はハッキリしていたらしく、呆けていた碧月が驚いたように顔をあげた。

「今日はもう、これで終わりにしますか？」

「な、なんで……そんなっ、ご主人様……っ」

尚吾の意外な提案に、あからさまに狼狽する。

もちろん、まだ射精もしていない尚吾はここで終わらせるつもりなどない。

一人で早々と絶頂を迎えてしまった碧月を見ていると、沸々と悪戯心が湧いてくる。

すぐにでも挿入してしまいたいところだが、もうすこし彼女の困った顔が見たい。

「もうイッちゃって、満足できたんじゃないんですか？」

「まだご主人様のオチ×ポでオマ×コしてもらっていませんものっ……満足なんてできませんわっ！　お願いですから、いやしい碧月のオマ×コにオチ×ポ突き入れてグチャグチャにしてくださいっ!!」

もうしばらく焦らすつもりでいた尚吾だったが、浅ましく求めてくる碧月の痴態を目の当たりにしてあっさりと陥落。

焦らすはずが、自分が我慢できなくなってしまったのである。

自身の意志の弱さには呆れるが、愛しの女性が必死になって求めてくれている。それを拒めるほど強固な意志など、持ち合わせていなかった。

さっそく張りつめた肉棒を取りだすと、ドロドロに濡れそぼった淫裂に亀頭を押し当て、一気に押しこんだ。

尚吾の滾る肉棒が、膣穴を貫いてきた。

案の定、はしたなく濡れそぼっていた淫裂は、簡単に肉棒を最深部まで受け入れてしまった。待ち望んでいた熱く硬い肉棒の感触に、碧月は官能にまみれた引き攣った悲鳴を張りあげ、いきり立って硬く反りかえる肉棒で膣内を圧迫されて、宙吊りの肢体をのたうたせて身悶える。

「んひぃいいぃいぃいいいいっ⁉」

一度突かれると、宙吊りになっている分反動で強制的に揺さぶられてしまう。

大きな抽送にこそならないものの、身体を支えてもらわないかぎり、小刻みな前後運動はつづく。釣鐘のように前後運動を繰りかえしながら、肉棒が何度も膣内を擦る。

しかし、吊るされている状態では腰をくねらせるのが精々。

反動でピストンはつづいているものの、振り子のような動きは緩やかなもので、非常に微弱な刺激でしかない。

一気に肉棒を挿入しておきながら、尚吾の動きも非常に緩慢なものだった。

彼はわざと焦らして碧月の反応を楽しんでいるようだが、こちらにはそんな悠長に構えている余裕はなかった。これでは碧月が望んでいるほどの快楽は得られない。

「はぁ、んっ……お、お願いですわ……もっと、動いてくださいっ……オマ×コ疼きすぎて、膣内がおかしくなりそうですのっ……はぁ、はぁ、あうぅ、ご主人様ぁ……お願いですから、動いてっ、動いてぇ……オチ×ポでオマ×コをメチャクチャにしてくださいっ!!」

ポタポタと淫液を床に零しながら、碧月は身体を揺らして懇願する。

「そこまでお願いされたら、仕方ないですねぇ」

尚吾はわざとらしく呟くと、腰を動かしていく。緩やかに動きだしたかと思えば、がっちりと太腿を抱えて猛烈な勢いで腰を突きだしてきた。

不安定に揺れる碧月を固定して、容赦なく腰を前後に抽送させる。

子宮口に亀頭が打ちつけられ、ゴリッと圧迫される。

そして反りかえった肉棒に膣内を摩擦されて、碧月の身体が官能に打ち震える。

「かはっ……はぁんっ、んぐぅ……お、奥にっ、ひあっ、ん……オチ×ポがっ、オチ×ポが届いてっ、はぁぁんっ！　膣内のお肉が、オチ×ポで引っ搔かれてぇ……き、気持ちよすぎますわぁ……んんっ、あぁぁ、で、でもっ……ご、ご主人様っ、強すぎますっ、オチ×ポ、オチ×ポを、んくぅぅ……もう少し、ゆっくりぃぃ……!!」

「そ、そう言うわりには、膣内は吸いついて締めつけてくるじゃないですか」

浅ましく肉棒を求める美肉に呆れるように呟きながらも、すぐに腰の動きを緩めて適度な速度にしてくれる。碧月が自分からメチャクチャにしてほしいと懇願したにもかかわらず、ちゃんと要所要所では気遣ってくれていた。

尚吾に大事にされていると思うと、それだけで新たな淫液が滲みだしてくる。

そして頃合を見計らいながら、少しずつ腰を打ちつける強さをあげていった。

「あ、ああぁぁぁっ……お、奥まで届いてますわぁ……！　し、子宮が押されるのっ……とても気持ちいいですぅ!!」

ブルブルと身体を戦慄かせ、肉体だけでなく心までも満たされていくような至福を覚えて、極上の悦びに酔いしれる。

膣奥にゴリゴリと亀頭をぶつけては、膣口の浅い部分まで一旦引き抜く。それから再び子宮口まで一息で貫かれて、子宮を揺さぶられる。

肉棒が強く子宮口を押す快感に、表情は蕩け、甘い吐息がとまらない。無意識のうちに自らも腰を揺すって柔肉を蠢かせ、射精をうながすようにグイグイとしごいていた。大きなストロークで腰を打ちつけられて、碧月は目を細めて嬉しそうによがり喘いだ。

「あぁぁっ、いい、いいですわぁ！　オチ×ポ、オチ×ぽぉ……逞しいご主人様のオチ×ポ、すごすぎてっ、オマ×コ気持ちいいですわぁ!!」

腰の動きに合わせてボリュームのある乳房を波打たせ、歓喜の声をあげつづける。

いつもよりも感覚が鋭くなっているような、興奮しきった膣内を擦られるたびに視界に火花が散っているようだった。

尚吾も、息を荒くして碧月を突きあげてくる。

「はっ、はっ……んっ、ここも、弄ってほしそうですね……」

縄で縛られ、卑猥に張りだした乳房の頂で、たゆんたゆんと揺らめく敏感な乳首にめがけて尚吾が唇を押しつけてきた。

豊かな碧月の乳房に顔を埋め、その先端を美味しそうに舐めしゃぶる。

乳輪をザラつく舌でねっとりと舐めまわし、そして硬く尖った突起に舌を絡める。

ザラザラとした舌の感触に、碧月は頭を振り乱して身悶えた。

肉棒の抽送による刺激に上乗せするように、乳首からひろがる甘美な愉悦に、どうしようもなく身体の奥が熱くうずいていく。

「あはぁあっ、そ、そんなっ……おっぱい、乳首ぃ……ひぁあっ、し、痺れてっ、しまいますわぁ……!!」

尚吾は乳首をすっぽりと唇で覆い、舌を這わせてチュウチュウと吸いあげる。

わざと音をたてて激しく吸いあげられると、碧月は息をつまらせながらよがり喘ぐしかなかった。

唇で挟まれた乳首に舌を絡められ、転がされるたびに胸を反らせて蕩けた声を張りあげる。ビクビクッと忙しなく胸を震わせて、そのたびに荒々しく息を乱しては、感極まった悦楽の叫びを部屋中に響かせた。

「んちゅっ、ちゅぅ……んれろ、れろっ、んちゅ、ちゅるるっ……大きくて、柔らかくて……れろんっ、ずっと触っていたいです……あむっ、んんっ」

夢中になって乳首に吸いついている尚吾だが、腰の動きはまったく緩まない。

唇の吸着音と、股間の結合部が奏でる水音。

淫らな音色が折り重なって、碧月の耳に届く。

「はうんっ、んくうぅぅ……オマ×コ、ズンズンされてるのにっ、おっぱい、乳首ぃ……んひっ、いいぃいっ、そ、そんなに吸われたらっ……だ、だめえぇ！」

喘ぎながら、どんどん身体の内側から昂揚していく。

全身を駆け巡る血液が沸騰してしまったかのように、熱く滾っていた。

「んっ、ぷはぁ……それなら、これでいいですか？」

「ひぎぃっ!?　んぁああっ、か、嚙むのはっ……だ、ダメですわっ……ふぁああっ、そ、それでは……もっと、もっと……きゃふうぅぅう!!」

充血した乳首に歯を立てられて、碧月はひときわ大きく身体を震わせた。

「……っ!?　き、急に締めつけが強くなりましたよ……」

碧月は身体を震わせると同時に、熱く蕩けた柔肉で肉棒をきつく締めつけていた。

その刺激が堪らなかったのか、尚吾は時折乳頭に歯を立てながら、淫液でグチャグチャになっている膣内を掻きまわす。

背筋を震わせながら、あられもない嬌声を発して喘ぐ碧月。

汗が浮きあがった乳房から漂う濃密な香りを胸いっぱいに吸いこみながら、尚吾は獣のように猛然と腰を振る。

「きひいいぃいぃいっ！　す、すごいっ、すごいですわぁ……おっぱいが、乳首がまるでオマ×コになったみたいに気持ちいいですぅ!!　ひぐうぅうう……ご、ご主人様ぁ、もっと弄ってくださいぃ……っ!!」

事もなげに、淫らな言葉が口をついて飛びだす。

極太の肉棒で抉られ、歓喜に震える子宮と膣道が、尚吾の精を求めるように蠢く。

緊縛され、吊るしあげられ、被虐に彩られた悦楽の波が、全身を駆け巡る。

息がつまり、拘束された手足が震えて縄を軋ませる。

乳首に歯を立てられ、痛みが走っているはずなのに、興奮しきった今の碧月にとってはそれも快感でしかなかった。

両腿と後ろ手に縛られた腕にかかる負担すら、心地よい。

もはやどんな刺激だろうと、碧月の歯止めになることはない。

ただ欲望のままに肉棒を求め、刺激を求める。

「緩やかにしてほしいと言ったり、激しくしてほしいと言ったり、碧月はわがままですね」

「ごめんなさいぃ……で、でもっ、あんんっ！　オチ×ポ気持ちよすぎてっ……どんどんおかしくなってしまうんですのぉ!!」

夢見心地で乱れ喘ぐ碧月。

「まあ、男としてそう言われるのは、悪くないですけどね。それじゃあ、もっと激しくいきますからねっ！」

もう遠慮する必要はないと悟った尚吾は、腰に力を溜めて勢いよく奥まで突きあげ、ピッチをあげて肉棒の抽送を加速させる。子宮口を突きあげて、その奥に向けて肉棒を強く押しこむ。往復させせつづけて粘膜を刺激する。

溢れる淫液が粘ついた音をたてて、肉棒が膣肉を擦る快感に全身が痙攣する。

碧月は艶やかに色づいた肌を震わせて、張りつめた淫声を迸らせる。

「あひぃいいいっ、いいいぃ！　すごいっ、すごいですっ……オチ×ポ、オチ×ポきてますわっ……し、子宮にっ、子宮突きあげてっ……子宮に刺さるぅ!!」

突きこまれれば突きこまれるほど、碧月の膣内はきつく締まって大きくうねる。

熱く蕩けた嬌声を弾けさせて、戦慄く淫裂の隙間から白濁した淫液を噴いて撒き散らし、肉棒を強く締めつける。

離すまいとばかりに思いきり膣襞を締めつければ、それに負けじと尚吾も気合を入れて腰を引き離して、さらに力をこめて突き入れてくる。

吊るされた肢体が、室内で淫らに揺れ動く。

肉棒が突き入れられては引き抜かれて、泡立った淫液が繰りかえし掻きだされる。

「お、オチ×ポっ……オマ×コきちゃいますわっ！　子宮突きあげられてっ、はうぁあっ……と、飛んでしまいますぅ！　わ、私、弾けるぅ……うぅんんっ、ひうっ、す、すごいのっ、きてますのぉ……くうぅ、頭、飛んでしまいますわぁ!!」

蕩けた膣内を入り口から奥まで亀頭で摩擦され、プックリと膨れた最奥を執拗に突きあげられる。

次第に頭のなかが真っ白になっていく。

肉棒に射精をうながすよう、これ以上ないほど襞が肉棒に絡みついていく。

本日二度目の絶頂が、すぐそこまで迫っていた。

「うっ、くうぅ……！」

射精をうながす強烈な締めつけに、尚吾も顔をしかめる。

極限まで膨らんだ亀頭が、ヒクヒクと痙攣しはじめていることに気づいた。

「んぁあああっ、イキそうですのね？　ご主人様も、私のオマ×コでイキそうなんですのねっ……!?」

「ええっ、出しますよっ！　碧月の子宮にドロドロの精液、注ぎますからね……！」

尚吾も額に汗を浮かべながら、ラストスパートをかけてきた。

強い欲望に突き動かされるままに、容赦なく肉棒を打ちつける。

お互いの腰がぶつかるたびに、絶頂へ駆けあがる。

肉棒の脈動も激しさを増す一方だった。

膣襞が絡みつき、なかに溜まっている精液を搾りだそうと躍起になっている。

「ひはぁあんっ、んっ、あぁ……く、くださいっ、精液ぃ……ご主人様のザーメン、オマ×コにぃ……碧月のオマ×コに全部くださいぃ!!」

汗まみれの身体をくねらせ、恍惚とした表情で碧月が叫ぶ。

グチュグチュと、ぬかるみを掻き混ぜる音が響く。

碧月は調子のはずれた声で戦慄き、ビクッ、ビクッと電流が流れたように身体を強張らせる。不思議なことに、頭のなかは白みがかって虚ろになっているというのに、濡れそぼった蜜壷を蹂躙する肉棒の感触だけははっきりと伝わってくる。

本能的に、肉棒に張りつく粘膜が、ひたすらに精液を求めて蠕動する。

「ふぉおっ……だ、出しますからねっ!!」

尚吾は渾身の力で激しくうねる膣襞を掻き分けて、漲った肉棒を子宮に打ちつける。

その刹那、たっぷりと溜めこんでいた精を一気に注ぎこんできた。

押しつけられた亀頭の先端から、灼熱の白濁液が噴きだして胎内へ流れこむ。

限界まで疼き、火照った場所に熱い欲望の塊が放出された。

「あひゃあああぁあああっ!! んくっ、くはぁあっ……お、奥にっ、子宮っ、子宮にザーメンかけられてっ、ひぁああっ! イクッ、イッちゃいますわぁあああ!!」

子宮に注がれた迸りが、全身に染み渡っていく。

内側から炙られるような膣内射精の感触に、子宮が震える。

待ち望んでいた白濁の奔流を子宮で受けとめて、碧月は全身を激しく痙攣させながら蕩けた嬌声を張りあげた。

大量に吐きだされた精液は子宮の隅々まで蹂躙する。

「んぅうっ……くひぃ、ひあぁぁ……はぁ、あぁんっ、オマ×コのなか、ご主人様でいっぱい、ですわぁぁ……んっ、オマ×コに入りきりませんわ……」

碧月は乱れた呼吸を抑えつつ、うっとりと尚吾を見つめる。

収まりきらなかった精液は膣内を逆流し、結合部の隙間からコポコポと溢れだす。

最後の一滴まで胎内で堪能し、碧月は快楽の淫に浸りつつ、全身の緊張を解いて息を吐いた。尚吾も肩を震わせながら、射精の快感に浸っている。

「ご、ご主人様ぁ……熱いザーメンえ、私……お腹いっぱいですわぁ。はふぅん……

ありがとうございましたぁ……んっ」

「……それを言うのは、まだ早いですよ」

「え？」

「僕はまだ、終わったつもりはありませんからねっ！」

言葉の意味が理解できなかったが、その理由を尋ねる前に、その答えが体現された。

「ひゃうっ!? ご、ご主人様……!? な、膣内でまだ硬いままなんてっ……ひぐっ、んんぁあああああああっ!!」

勝手に終わったと思いこんでいただけに、次の瞬間に訪れた衝撃は強烈なものだった。余韻が治まりかけた媚肉に、尚吾が再び猛り狂った肉棒で突きあげてきたのだ。

膣内射精で、精液の溢れかえった膣内が、荒々しく掻きまわされる。

するとたちまち、官能の奔流に呑みこまれてしまう。

「やっ、あああんっ！ そ、そんなっ……い、今出したばかりっ、ですのにぃい!!」

硬さを失わない亀頭を膣襞に押しつけられてこそがれると、途端に碧月は甲高い叫びをあげて悩ましくよがり声をあふれさせる。

「でもこれじゃあ、さっきと変わらないよね。僕はもっと乱れた碧月が見たいです」

今日の尚吾は、一段と激しく責め立ててくる。

呼吸さえまともに整わない状況に困惑しつつも、これ以上どんなことをしてもらえるのだろうという期待感も沸々とこみあげてきた。

「あっ、ぁああっ……ご、ご主人様っ、これ以上、なにを――おぉんんぅうう!?」

突如として押し寄せてきた衝撃によって、言葉が遮られた。

背筋を反らして快感に打ち震えながら、その覚えのある感触に戦慄した。

この感触は以前使われたことがある。

学園のトイレで碧月を散々よがらせた、アナルバイブである。それを尚吾はいつの間にか手にして、ひくついていた窄まりに突き立てたのだ。

以前、尚吾が『二本挿しはまたの機会に……』と言っていたのを思いだす。

まったく予期していなかっただけに、無防備だった肛門を容赦なく貫かれて、碧月は淫声を迸らせて身悶えた。

(そんなっ……お尻に、またバイブ入れられてますわぁ! オマ×コをオチ×ポで突かれていますのにぃ……でもっ、でもこれっ、気持ちいいですわっ!!)

後ろの不浄の穴を責められて、驚きと同時に歓喜が湧き起こる。

卑しく欲情した穴が、二本の長大な逸物によって貫かれた。

これまで味わったことのない圧迫感に、碧月は苦しげに呻き声をあげたが、それも最初だけだった。

太く脈打つ肉棒と、張型の二本挿しは想像以上に甘美なものだった。

膣壁と腸壁が異物によって挟まれて、擦りあげられることで未知の快楽に喘ぐ。

「くうぅっ……バイブに押されて、急に締めつけが強くなりましたねっ」

尚吾も官能に声を震わせながら、腰を打ちつけてくる。

ぬめる襞を抉られ、膣奥まで肉棒を突き入れられて、碧月は声を甲高くして喘ぎながらも、戸惑いを拭いきれない。

肛門が、焼けるように熱い。いきなりバイブを挿入されたときのような痛みこそないものの、むず痒いような痺れがひろがっていく。

「はひぃいいっ！　はううぅ、んぁあっ……オマ×コも、お尻もっ、激しいぃ……んくぅううっ、お、お腹のなかで、ゴリゴリって、はぁ、はうぅ……こ、擦れ合ってますわぁ……!!　やぁん、す、すごいのっ……そんなにされたらぁ、お、オマ×コもっ、お尻もっ、壊れて、しまいますわっ……!!」

肉棒とバイブがぶつかり合っているようで、同時に前後の穴を圧迫され、存分に蹂躙される。困惑しつつも、身体は正直なものだった。

結合部から溢れだす淫蜜の量が、あきらかに増えていた。

すでに碧月の身体は、バイブをも受け入れていたのだ。

「今回は、バイブのスイッチを入れましょうね」

尚吾は呟くと、碧月の返事も待たずにスイッチを入れてしまう。

途端に、碧月の肢体が跳ねあがった。

「んうぃいいいいっ!! あああっ、んくぅっ、なかで、動いてますわっ……んあっ」

これまで、単に窄まりに押しこまれていただけだったアナルバイブが、突然うねりはじめて、腸内をこねくりまわす。

手を使えない碧月は、バイブを抜くことができない。

激しい刺激に身悶えながらも、括約筋は意に反して離すまいと強烈に締めつけて咥えこんでいた。常に蠢きつづける玩具に、全身の痙攣がとまらない。

膣壁と腸壁を同時に擦られて、強烈な刺激が絶えず送られてくる。

開いた口が塞がらず、溜まった唾液が唇の端から滴り落ちる。

「ひぅううっ……同時に押しこまれていますのにぃ……オマ×コも、お尻も、疼いてしまいますわぁ……あぅ、んぅうっ、もっとっ、もっと掻きまわしてくださいっ」

次第に快楽に酔いしれて頭のなかに靄がかかり、なにも考えられなくなってきた。

いつしか、碧月は卑猥に腰をまわしていた。

「ようやく、素直になってくれましたね」

尚吾が、嬉しそうに囁く。

学園では自他ともに認める模範生であり、生徒の代表でもある生徒会長の碧月が、淫欲にまみれただらしない顔を晒して、涎をこぼしながら嬌声を張りあげている。

このような痴態は、尚吾以外が目にすることは絶対にない。

二人の間で取り交わしたご主人様と肉奴隷の関係。

どれだけ淫らでみっともない醜態を晒そうとも、彼は受け入れてくれた。

今更遠慮する必要などないのだ。

尚吾が望んでくれるのなら、二本挿しだろうと、沸きあがってくる悦楽をそのまま解放すればいいのだ。躊躇して遠慮することこそ、碧月が彼を信じきっていないことになってしまう。

「んふぁあああっ！　すごいぃ……んむぅ、すてきぃ、お、オマ×コも、お尻もぉ、全部っ、全部気持ちいひぃいいっ!!」

抽送の衝撃で淫液が飛び散り、碧月は口から嬌声をあふれさせて悦び謳う。

すでに二度の絶頂を迎え、休む暇もなく責めつづけられ、目まぐるしい快感にだんだんと呂律がまわらなくなってきた。

尚吾に弄られて、どちらの穴も歓喜に震えていた。

碧月は快楽に身を任せるままに、顔を綻ばせる。

「よかったです。気に入ってくれたみたいですね」

「んほぉおおんっ……お、お尻のなかでぇ、オチ×ポがうねってましゅう……い、いろいろな場所に当たってぇ……ひゃひぃいいいっ!!　オマ×コされながら、お尻グリグリしゃれてぇ、どっちも、どっひもっ、んぁああっ……しゅごいれふぅうっ！　掻きまわされりゅのっ、最高れふわぁ……!!」

尚吾の肉棒に押されて、腸壁がくねる。そしてその逆も然り。

蠢くアナルバイブは碧月はもちろんだが、腸壁越しに膣内を往来する肉棒へも刺激を与えていた。責めが過激になるにつれて、異物を咥えこむ二つの肉穴もいっそう貪欲に食い締める。極太の尚吾の肉棒の愉悦は当たり前だが、肛門を弄るバイブの心地もそれに匹敵するまでに昂っていた。

どちらの穴を抉られようと、ほとんど同様に淫らな反応を返してしまう。

未だ経験の少ない括約筋には意識が向きがちで、激しく蠢くバイブによって情欲が容赦なく引きずりだされていく。

「これだけ責めておいてなんですけど、この調子だともうパーティーには戻れそうにないですね」

「しょ、しょんなのはどうれもいいですわっ！　わ、わたくひはご主人しゃまと一緒にいられればぁ……んあぁぁんっ、ガチガチのオチ×ポでオマ×コ突かれてぇ、バイブでお尻ほじられりゅほうがっ……大切なんれふのぉおお!!」

尚吾がもたらしてくれる快感以外、どうでもよく思えてくる。今この瞬間は、彼こそが碧月のすべてであり、他はなにもかもがノイズでしかなかった。

息も絶え絶えになりながら、必死に声を絞りだして狂乱する。

尚吾も抽送する肉棒の勢いは緩めず、淫猥な媚肉の穴を無慈悲に穿つ。

「オマ×コでもアナルでもいいなんてっ……本当に、いやらしい人ですね……っ」

抑えこむことが困難になってきたらしく、尚吾の息遣いも激しく乱れだした。

瞳をギラつかせながら、猛烈な勢いで腰を振り立てる。

「あぅあぁ……はぁんっ……ごめんなさいっ、ごめんなしゃいぃ……こ、こんな卑しい牝豚でぇ、やぁ、あうっ……でもっ、私は、ご主人ひゃまに弄ってもらわないと、おかしくなってひまいましゅのっ！　こ、これからもっ、にくどりぇいでもっ、肉便器でもぉ……なんでもっ、いいでしゅからぁ……お傍にいさしぇてくらはいぃ!!」

昂る感情が弾け、碧月は舌足らずに喘ぎ、腰をくねらせながら懇願する。

「なにを言っているんですか、僕たちはもうそんな関係ではないじゃないですか」

「……え？」

「忘れたんですか？　僕たちは婚約したんですよ。まだ少し先の話ですけど、碧月は僕のお嫁さんですよ。エッチが大好きな、とても素敵なお嫁さんです」

お嫁さん――その言葉に、碧月の体温が急上昇する。

不意に胸中にひろがる甘い気持ち。膣内と腸内の快感と、幸福感に全身が戦慄く。

その悦びを表すかのように、結合部から大量の愛液が噴きだした。

「お嫁さん……私が、お嫁さん……っ」

尚吾の想いに胸を打たれ、潤んだ瞳から大粒の涙が零れ落ちる。

「はい。碧月は僕のお嫁さんです。だから、ご主人様だとか奴隷だとか、そんなことは気にしなくていいんです。してほしいことを言ってください。僕は、碧月が満足してくれるまで、いくらでも付き合いますよ」

尚吾の手が、優しく頭を撫でてくれる。それだけで身体の熱は最高潮にまで達し、肉襞が悦び踊る。

たとえ卑しく下劣な欲望であっても、尚吾はそれを受けとめて叶えてくれる。

至福の悦びに満ちたセックスを貪りながら、意識したときには碧月の口はすでに言葉を紡いでいた。

「んふぅ、ぅあぁ……わ、私はぁ、貴方のお嫁さん……はあぁぁ、すてきっ、しゅてきぃ……花嫁ぇ！　きひぃいっ、いぃ……わらくしっ、お嫁さんになって、産みたい、赤ちゃん産みたいれすわぁ!!　私をっ、孕ましぇてくらはいぃいいっ!!」

碧月は尚吾の言葉に興奮し、腰をうねらせて精液を求めた。

確固たる、互いの愛の形が欲しかった。

「……んくっ、それは、言われなくてもそうするつもりでしたよ……っ」

待ってましたと言わんばかりに、尚吾は戦慄く淫裂を猛然と突きあげる。

快感によがるたびに、膣口と肛門が著しく収縮し、ほんの少しでも早く子種を授かろうと艶かしくしごいていく。

締まって膣内が狭くなったことによって、尚吾の肉棒をより鮮明に感じられ、そのうえさらに摩擦が強くなる。

口からは大量の涎を垂れ流し、焦点の定まらない視線を彷徨わせる。

膣と肛門の締めつけの感覚も短くなっていき、忙しなく精液をねだる。

「はくぅうんっ、んぐぅぅ！　あぁ、感じるぅ……ご、ごしゅじ――いいえ、尚吾君の想いをぉ……オマ×コに感じますわぁ!!　あうぅんんっ、はぁ、あぁぁ……しゅごいっ、オマ×コ、オマ×コにぃ……愛の結晶、やどりゃせるのぉおお!!　んぎぃいいい……ぎ、気持ち、いひぃいいい!!」

結合部をグチュグチュと鳴らしながら、一心不乱に悦楽を貪る。

散々性感帯を弄り尽くされた碧月は、切羽つまった淫声を張りあげながら身悶える。

「うぅ……素直な碧月が一番可愛いですよ」

「あはあぁぁ……わらくしはぁ、すにゃおになりゅう！　尚吾君のぉ、可愛いっ、お嫁さんにぃ、ひぐ、いぐぅぅ……！　お嫁さんオマ×コにっ、膣内出ししてぇ!!」

尚吾の逞しい肉棒も、ヒクヒクと震えているのがわかる。

射精の兆しを感じ取って、碧月はますます官能に狂っていく。

「だ、出しますよ……っ」

「ひにゃぁあんっ、出してぇ！　碧月のオマ×コに、お嫁しゃんっ、可愛いお嫁しゃんオマ×コにぃ!!　ネバネバの妊娠ザーメン、いっぱい出してくらはいぃいいいい!!」

尚吾は、一心不乱に突きあげる。

身体だけではなく、心まで満たされている。

肉棒からもたらされる快感との一体感に酔いしれ、お互いに昇りつめていった。

「これで、孕んでくださいっ!!」

漲る力を集中させて、尚吾はうねる蜜壷の最奥へ全力で突きこみ、堪えていた滾りを一気に解き放った。

亀頭の先端から噴きだした精液が怒濤の勢いで碧月の胎内へと流れこむ。

「あおおぉぉぉ!!　んひぃいいっ、しゅごっ、しゅごいぃ！　な、流れこんでっ……子宮にぃ、赤ちゃんの素……愛の証がぁ！　わ、わらくひもっ、ダメ、もうっ、もう……ひぐっ、い、イグぅううううっ!!」

かつてないほどの高揚感に包まれながら、歓喜に身体を打ち震わせ、熱い飛沫を受けとめる。ぬかるんだ膣内が、再び濃厚な精液で満たされる。

くぐもった吐息をもらしながら、尚吾は断続的に精を吐きだしつづける。

視界が真っ白になって、身体にまったく力が入らない。

「はぁ、はぁ、はぁ、あぁぁ……しゅごい、しゅごすぎてぇ……はあぁう……」

カクカクと痙攣を繰りかえす碧月の身体を抱えながら、拘束していた縄を解く尚吾。

全体重を尚吾に預けて、しがみつきながら呼吸を整える。

身体中の筋肉という筋肉が弛緩し、せっかく膣内射精された精液もドバドバ床へ零れ落ちていく。そして、括約筋も緩み、終始離すことはなかったアナルバイブも、音をたてて床に転がった。

「んっ、はぁぁ……こ、こんな淫乱な不束者ですが、どうかこれからも、よろしくお願いいたしますわ……」

そして碧月は尚吾に抱かれたまま眠りに落ちた。


屋敷の人間に尚吾と碧月の関係が公認されたからといって、二人の関係にこれといった変化はなかった。

国際的にも有数のメーカーのご令嬢だからといっても、もとより碧月はメディアに顔出ししているわけでもないため、周囲が無駄に騒ぎ立てることもない。

肉体関係はとっくに持っていたし、人前ではイチャつくような真似もしない。

特に碧月はこれまで築いてきたイメージもある。

婚約者ができたからといって、浮《うわ》ついたりはできなかった。

また、急な婚約発表だったこともあって、尚吾の両親には事後報告となってしまった。実家に帰省した際、一緒に碧月もやって来たのだから両親の驚きようは半端なものではなかった。

健全な学園生活を送っているだろうと思いこんでいた息子が、学生の身分で婚約したなどと知って、驚かない親はいない。

もっとも、碧月が天王院の人間だと知った途端、両親は狂喜乱舞。

その後は親戚一同を集めて大宴会になってしまった。

すべてが順風満帆だと思われていた、休み明けの新学期――

「尚吾ぉおお!!　お前どんなトリック使ったんだっ!?」

久しぶりに再会した友則が、いきなり血涙を流しながらつめ寄ってきた。周囲の男子も、殺気立っている者もいれば、お通夜のように意気消沈している者もいた。

世間で大々的に騒がれることはなくても、同じ学園に通う生徒が婚約したとなれば、必ずどこかから情報がもれるものである。しかもそれが、男女問わず憧れている天ヶ崎学園生徒会長・天王院碧月となれば、騒がれないはずがなかった。

いったいどこから聞きつけたのか、尚吾が教室にやって来た途端、即座に取り囲まれてしまった。

「お前、右目に絶対遵守の力でも持ってるんだろっ!?　そうでもなけりゃ、こんな奇跡はありえないだろっ!!」

「僕は友則君がなにを言っているのかわからないよ」

「キシャァアアア!!」

尚吾と碧月の婚約が信じられずに錯乱してしまったらしく、奇声を発しながら飛びかかってきた。あわてて半身を反らしてかわしたつもりだったのだが、引きが甘かったらしくすれ違い様に尚吾の足に躓《つまず》いた友則は、派手に転んでうずくまってしまった。

「だ、大丈夫?」

「うぐぅ……お、俺にもっと力があれば……コイツより強ければ、俺は世界で二番目に弱くていい……」

「君はどこの倅《せがれ》なの?」

もはや半狂乱の友則はまともに会話ができる状態ではなかった。

一向に事態が進展しそうにない。すると、ちょうどその時――

「揉め事が起きているというので来てみれば……これは、なんの騒ぎですの?」

タイミングがいいのか悪いのか、噂の中心である碧月がやって来た。

「天王院先輩っ!?」

てっきり使い物にならなくなったと思われていた友則が、碧月の登場で跳ね起きた。

「貴方がこの騒ぎの元凶ですの？　長い夏休み明けだからといっていつまでも――」

「どうして尚吾なんすかっ!?　こんな特に取り得もない冴えない男のどこがいいんですっ!?　俺じゃダメなんすかっ!?」

やはりまだ錯乱状態はつづいているらしい。

碧月の言葉を遮って、不満を爆発させた。

「あらまあ……私の婚約者を侮辱するなんていい度胸ですわね」

「……え？」

碧月は、いつも通り笑みを絶やさないお嬢様フェイスをしているはずなのだが、なぜか背後に鬼神が見えた。よく見てみると、額にうっすらと青筋が浮かんでいた。

「貴方、今後も平穏無事に生活を送りたいのなら、余計なことは口にしないほうがよろしいですわよ？」

世界の要人とも繋がりのある天王院家なだけに、まったく冗談に聞こえない。

口調こそ丁寧だが、まるで死刑宣告をされているようだ。

「………………」

さすがの友則も、碧月の異様な雰囲気に圧されてなにも言えなくなってしまった。

「もうすぐホームルームがはじまりますわよ。皆さんも、席に戻りなさい」

これ以上は危険だと本能的に察知したのか、殺気立って周囲の壁になっていた男子生徒たちが生まれたてのバンビのように、小刻みに震えながら各自席に戻っていく。

碧月は尚吾との関係について言及することは禁句なのだと、天使のような悪魔の笑顔で示してはじまった新学期。

尚吾も、碧月を絶対に怒らせないよう心に誓った。

エピローグ　縄が結んだ甘い絆

懸念していた魔女裁判も、碧月が仲裁に入ってくれたおかげで、恨めしそうな視線を向けられることは多々あったものの、これといった実害はいっさい被ることなく平和な学園生活を送ることができた。

友則も悔しさのあまり拗ねてしまい、口も利いてくれなかったが、しばらくすると諦めがついたらしく以前と同じように、気さくに話せるようになった。

ただ、この年の頃は非常に性欲が強い。

友人との会話でも、女子生徒や芸能人の身体つきなどといった、異性に関する話題が非常に多い時期でもある。

そこへ、学園屈指の美少女として認知されていた碧月と婚約しているのだから、どうしても興味がそこへ向けられてしまう。毎晩二人で夜の営みをしているのではないかと、しつこく聞いてくるのである。

もちろん、毎晩普通のセックスからアブノーマルな緊縛プレイまで、他人にはいえない碧月のあられもない痴態の数々を目の当たりにしてきた。

友則の推測は間違っていないのだが、それはとても話せるような内容ではない。

ほぼ毎日のように繰りかえされる質問に、尚吾は頑なにノーコメントを貫いていた。

まわりの男子生徒たちも、しっかりと耳をそばだててはいるものの、なにも言おうとしない尚吾に文句を言う者はいなかった。それだけ、以前の碧月の言葉が浸透しているということだった。

男としては、守られる立場が逆のような気もするが、碧月の力なしに彼らを抑えこむ自信など微塵もありはしない。

その分、夜は尚吾の剛直の虜なのだから、それでお相子だということにしておく。

そこは深く考えてはいけないのだと、本能が告げていた。

――そして季節は巡り、春を迎えて碧月は学園を卒業し、尚吾は最上級生へ進級した。これまで平穏無事な生活を送ってきたのだが、少し前から一つだけ変化が訪れていたものがあった。

「お腹、随分と大きくなりましたね」

碧月のお腹が、大きく膨らんでいた。

このなかには、二人の絆の結晶である赤ちゃんがいる。

改めて思いかえしてみれば、当然の結果だ。

碧月と関係を持ってからというもの、ほぼ毎日のように肉欲を貪り合った。しかも彼女に求められるままに、膣内射精を繰りかえした。

むしろこれで妊娠しないほうがおかしいだろう。

彼女は現在妊娠七カ月。

お腹が随分と目立つようになった。

妊娠が発覚したのは、すっかり紅葉が見頃を迎えた時期だった。

逆算すると、夏休みの間に的中していたらしい。

ほぼ一日中励んでいた日もあったくらいなのだから、納得といえば納得である。

孫ができたことに隆三郎と皐月は大喜び。

妊娠が発覚した当初から、すでに孫の名前を真剣に考えだし、思いつくだけベビー用品を準備して部屋まで用意してしまうほどの喜びぶり。

あまりにも気の早い二人には少々呆れてしまったが、碧月に負担をかけないよう、全力でサポートしてくれている。

碧月の身体の心配はもちろんだが、当面の問題はそこではなかった。

彼女が卒業するまで残り半年もない。この時期に休学するべきなのか悩んだ挙句、とりあえずお腹が隠せなくなるまでは通学することを決めた。

幸いというべきなのか、体質によるものなのか碧月はつわりの週数を過ぎても、とりわけて目立つほどお腹が大きくならなかった。

それでもやはり、赤ちゃんがいる以上ある程度の膨らみはある。そこは制服のサイズをゆったりとした大きい物に変えて誤魔化してきた。

卒業時にはそこそこの大きさにまで成長していたはずなのだが、周囲の生徒並びに教職員たちは誰も騒ぎ立てはしなかった。

もしかすると気づかれていたのかもしれないが、もうすぐ卒業する身で、なおかつ実家は世界に冠たる天王院。下手に騒いで敵にまわしたくなかったから黙っていたというのが真実なのかもしれない。

なんにせよ、無事に卒業できたことに変わりはない。そしてその時期を見計らったかのようにして、碧月のお腹は急激に成長していった。

まるで赤ちゃんが母親のために大きくなるのを我慢していたかのようだった。

日に日に大きくなるお腹。

今ではすっかり、立派な妊婦さんだった。

しかし、お腹が大きくなれば普段の生活にもなにかと不自由が生じてくる。

そのため、碧月は屋敷で安静にし、尚吾は学園に行っている以外の時間はすべて彼女のサポートに徹していた。

そして今日も――

「……ひあぁあああんっ！」

昼食を終えて、まだ太陽がほんの少し傾いた程度の昼下がり。

碧月はミシミシと軋む音とともに、悩ましい喘ぎ声を響かせた。

妊娠したことで肉厚になった陰唇から甘酸っぱい芳香を漂わせながら、くぱぁっといやらしく口を開いていきり立っている肉棒を咥えこんでいた。

「だ、大丈夫ですか……？　あんまり、無茶しないほうが……」

「んはあぁ……わ、私が満足するまで付き合ってくれるのでしょう……？」

「まあ、確かにそう言いましたけど……」

碧月の底なしの性欲を受けとめられるのは、自分しかいないという自負はあった。

しかし、それがまさか妊娠している間もつづくことになるとは思わなかった。

妊娠すると、性欲が高まる場合もあるとは聞いたことはあったが、まさか碧月がその体質だったことは想定外という他ない。

もっとも、すでに安定期に入っており、普通のセックスならば大した問題はない。

ところが、尚吾の目の前で熱い吐息をもらしている碧月は、両手を拘束され、亀甲縛りをされた状態で肉棒の感触を貪っていた。

大きく膨らんだお腹に食いこむ縄は、非常に扇情的なものではある。

妊婦の緊縛プレイなど、滅多に見られるものではないだろうが、興奮する一方で、本当に大丈夫なんだろうかという不安もつきまとう。

当然、妊娠前のようにきつく縛りあげるような真似はしていない。

手首や乳房を締めつける縄はともかく、赤ちゃんを有しているお腹には、辛うじて縄が肉を押す程度にとどめてある。

もしも本気で緊縛などしようものなら、それこそ一大事だ。

「はぁ、はぁ、んくっ……私がこんなにオチ×ポに夢中になってしまったのは、ご主人様のせいですのにぃ」

「夢中になられてるから、余計に心配なんですけど……」

尚吾のペニスを求めて、よがり狂う碧月。

一時的にプレイの最中も尚吾のことを名前で呼んでくれていたのだが、夫婦になろうとやっぱり〝ご主人様〟のほうが呼びやすいからと、結局それで定着してしまった。

「だ、大丈夫……私とご主人様の赤ちゃんですもの……このくらい、平気ですわよぉ……む、むしろお腹のなかでっ、いつか縛られるの、想像して悦んでるかもっ」

「……た、胎教、のつもりなんですか？」

そんなバカなと思いつつも、もしかすると——という考えが頭から離れない。

すでにお腹のなかの赤ちゃんが女の子であることはわかっていた。

もしもこの娘が碧月そっくりだったとしたら、彼女の言う通り本当に緊縛プレイが大好きになるかもしれない。目の前で悶える女性を見ていると、どうしても否定することができなかった。

「あぁんっ、ご主人様ぁ……もっと集中してほしいですわ……」

動きがとまっている尚吾をうながすように、碧月は腰をクネクネと動かす。

安定期に入るまでは、さすがにエッチをするわけにはいかなかったこともあってか、産婦人科の先生の許可が下りた途端に、それまでの分を取り戻すかのように激しく求めてくるようになった。

完全にスイッチが入ってしまった碧月は、そう簡単にとまってはくれない。

結局は、尚吾が折れるしかないのである。

尚吾としても、碧月の要求は非常に魅力的だし、セックスは大好きだ。

しかし、つい張りきりすぎてしまうことがあるため、こう日に日に大きくなっていくお腹を見ると、さすがに不安を感じてしまう。

「動いてくださいご主人様ぁ……もしかして、私とのセックスはいやなんですの？」

「ま、まさかっ！　僕は碧月のことがなにより大切だよ！　セックスも大好きです！」

そんな言い方は反則だ。

碧月に悲しそうな顔をされては、尚吾に抗う術はない。

「でしたら、もっと突いてくださいっ……！　もっと奥まで、ご主人様のオチ×ポ感じさせてくださいっ!!」

「わ、わかりましたっ……これから碧月をしっかりと気持ちよくしてあげます。でも、もしお腹になにか違和感を感じたら言ってくださいねっ」

最低限の注意をうながすと、尚吾は覚悟を決めて下腹部に力をこめていく。

いくら相手が求めているからといっても、妊娠した女性にいきなり激しく突きこむような真似はしない。最初はゆっくりと、膣内をほぐしていく。

「はうぅんっ……やっと、動いてくれましたわぁ……ご、ご主人様のオチ×ポがぁ、オマ×コ、擦ってますぅ……！」

「うぐっ、んうぅ……!?」

腰を動かしはじめて早々、早くも蕩けた膣肉がギュウギュウと肉棒を締めつけて鋭い快感を送りこんでくる。そしてじっくりと慣らすまでもなく、媚肉はトロトロにふやけて肉棒を歓迎していた。

勢いを緩めているだけでは、余計に焦らしてしまう結果になりかねない。

尚吾は今さらながら碧月の性への貪欲さに舌を巻きながら、腰の動きを速めてぽってりと肉厚になった膣内を貫いていく。

「はぁあんっ……いいぃ、オチ×ポっ、あぁん……オチ×ポぉ、そこっ、擦られるのがっ……き、気持ちいいですわぁ、あぁんんっ!!」

大きなお腹を揺すりながら、ヌチャヌチャと膣内を往復する肉棒の感触に悶える。

尚吾は亀頭の先端に子宮の圧迫感を覚えながら、膣襞を雁首で引っ掻いたり、肉茎で擦りつけていく。碧月は恍惚の淫声を張りあげて、頭を振りながら自らも腰を動かして尚吾の動きに合わせてくる。

執拗に腰をくねらせ、捻りも加えて肉棒を根元からしごく。

「おおぉ……っ、んっ、ちょっと……動きすぎじゃないですか？」

「そ、そんなことっ、言われましてもぉ……んはあぁぁっ、気持ちいいんですのぉっ……オマ×コ、妊娠オマ×コぉ……気持ちよくてっ、はあああぁんっ!!」

強烈な官能に肉棒が震え、うねる膣肉を抉り、碧月は全身を震わせて悦楽に悶えた。

締まる膣壁を亀頭で擦りあげながら、子宮口まで肉棒を押しこまれる衝撃に、嬌声がひときわ甲高くなる。

入り口こそ特にきつく締めつけてくるものの、膣内は充分すぎるほどに柔らかくほぐれきっており、滴る淫液の量もすさまじかった。

母体を心配しながらも、心地よすぎる媚肉の快感に理性が揺らぎ、張りつめた肉棒で胎内を摩擦していく。

「んひぃ、すごいぃ！　あぁぁ、オチ×ポ擦れてっ、んはぁああっ……奥までほじられてっ、オマ×コ悦んでますわっ！　あはぁあっ、あんっ、オチ×ポっ、オチ×ポぉ……いひぃんっ、もっと、突いてくださいぃ!!」

膣奥に亀頭が触れると、碧月は堪らずに喉を引きつらせてよがり声をあげる。

もうしばらくすれば母親になろうという女性が、激しく身悶えながら乱れるその姿に興奮を煽られる。

「そ、そんなに締めつけられたらっ、あまり保ちませんよ……っ!?」

肉欲に染まり、淫らな表情を浮かべている碧月に、そんな言葉は届かない。

尚吾は昂揚する滾りに突き動かされるように抽送に力を加えていき、結合部がぶつかる衝撃で弾む大きな乳房を見つめる。

ほんのりと肌が紅潮し、汗が滲んでいた。

柔肉は突きこみに合わせて淫らに波打ち、大きく揺れる。

頂にそびえる乳首はぷっくりと充血し、膨らみきっていた。

まるで尚吾を誘っているように卑猥に揺れ踊る乳房。

あお向けになっているというのに、ほとんど形が崩れていない。張りがあり、艶のある見事な膨らみを、尚吾は目を皿にして凝視していた。

妊娠によって、衝撃的だったそのボリュームは暴力的なまでに成長していたものの、碧月の乳房の美麗さはいっさい損なわれることはなかった。

ゴクリと喉を鳴らしたときには、尚吾はすでに熱く火照った乳房を強く握っていた。以前にも増して豊かになった乳房をわしづかみにして、指を開閉させる。

「はぁああっ！　んっ、あぁあっ……おっぱい、おっぱいモミモミされてぇ……ひあぁんっ、あんっ、あっ、ジンジンしますわぁ！」

グニグニと、指が埋没して乳房が卑猥にひしゃげると、碧月は嬉しそうに嬌声をあげて喉を震わせた。

ただでさえ、たわわに実っていた肉房は、さらに大きくなってもその乳肌の感触は変わらなかった。まるで手のひらに吸いついてくるような、搗きたての餅にような柔らかな感触で、少し指先に力をこめるだけでも心地よい弾力が返ってくる。

「この大きさで、この形と張り……本当に反則的なおっぱいですねっ」

「ひっ、ひぁあぁっ！　そ、そんなに揉んじゃ……くひっ、ひぃいんっ、そんなふうに揉まれたらぁ……おっぱい、感じすぎちゃいますぅ！　んはぁああっ!!」

胎内から湧きあがる強烈な快感に喘ぐ碧月を煽るように、尚吾はたっぷりと弾ける感触を堪能しつつ、揉みしだいていく。

手のひらから零れ落ちそうなほどの乳肉の感触に、尚吾はつい力をこめて魅惑の果実をこねまわしていた。

指で押し潰したり、わざと弾ませたり、乳房同士を擦り合わせるように愛撫しつづけると、碧月は全身をよじって溢れてくる快楽に悶える。

「おっぱいとオマ×コ、どっちが気持ちいいですか？」

存分に揉みしだかれる乳房に喘ぐ碧月に、尚吾も夢中になりすぎて若干疎かになりがちだった抽送に力を入れて締めつけてくる膣内を貫く。

「んはぁああっ、オチ×ポまでっ、そんなに激しくぅ……！　ひゃあっ、き、気持ちよすぎてぇ……あはぁああんあっ!!」

まとわりつく膣襞を掻きむしり、力強い抽送で快感を刻みつけていく。

乳房を刺激されたことで、さらにぬかるんだ蜜壺に肉棒を押し入れて、さらに卑猥に波打って揺れる乳肉を根元から絞りあげるようにして握る。

一定のリズムで繰りかえされるピストン運動と、荒々しい乳房への愛撫。碧月はのたうちながら官能的な声を張りあげる。

情欲に任せて喘ぎ、肉感あふれる肢体を弾ませる。

快感に翻弄される最愛の女性の痴態に、尚吾の高揚感もとどまることを知らなかった。大きなお腹を気にしつつも、緊縛した縄が支えているためなのか、揺れの幅が少ない気がした。

（もう少し、強くしても大丈夫だよね……）

荒い息を吐きながら、尚吾は開閉を繰りかえす膣口の花弁ごと膣内に押しこむような勢いで、しなる肉棒を抽送する。

「んくぅううっ、ああっ、あひぃいいい！　んっ、ご、ご主人さまぁ……ち、乳首もっ、乳首も弄ってくださいっ……先っぽ、ジンジンして切ないですわぁ！」

さらなる快楽を欲して、碧月は自ら乳肉だけではなく、乳首への愛撫をねだってきた。プリンのようにフルフルと揺れる仄かに朱に染まった乳房の頂上には、すっかり充血しきった乳首がその存在を主張するように突き勃っていた。

早く弄ってほしいと、尚吾に訴えかけているようにも見えた。

「本当に、欲張りなんですから……」

乳房を揉みしだかれるだけでは飽き足らず、乳首への愛撫を要求する碧月に呆れたように呟きながらも、尚吾の表情は満面の笑顔だった。

彼女に言われるまでもなく、そろそろ嬲る気満々だったのだ。

ただし、指の腹でクリクリと優しく転がすようなことでは碧月は満足してくれないだろう。尚吾は豊満すぎる乳肉を揉みしだく手を離すと、左右の桜色の突起を親指と人差し指で摘み、そのまま引っ張りあげた。

「ひぃぃんっ!?　い、いいぃ……ち、乳首引っ張られたらぁ……あぁ、で、電気が走ってっ、おっぱいにビリビリって、電気が走ってますぅ！　きゃふぅううんっ!!」

途端に碧月が華奢な身体をビクビクッと震わせて、過敏に反応した。

碧月は声を上擦らせて悶え、全身を戦慄かせながら膣肉を締めつける。

淫液でぬめりきった膣襞が肉棒に絡みつき、精液を急かすようにしごき立ててくる。

「うぐぅ……乳首を刺激したら、もっときつくなりましたよっ」

眉間に皺を寄せながらも、勢いを緩めることなく腰を振る尚吾。

そして乳首を摘む指も加減しようとはせず、そのまま突起を指で擦りつけて、ほどよい硬さの感触を楽しみつづける。コリコリした乳頭をこね、乳輪に浮かんでいるかすかな粒々までも引き伸ばそうとする。

すっかり発情してしまった碧月は、けたたましいほどに声を張りあげる。

「んひいいっ！　いんぅううぅっ!!　ひはっ、んぅ……き、気持ちいいっ、気持ちいいですわぁ……お、おっぱいが痺れてっ、ひゃうっ、んんぅ……わ、私っ、私感じすぎてぇ！　ふあぁ、ああんっ……おかしくなってしまいますわぁあぁっ!!」

「どんどんおかしくなってくださいっ……もっと乱れて、エッチな姿でよがり狂ってくださいっ！」

碧月のこんな姿を目の当たりにして、もはや尚吾も冷静でなどいられない。

理性が蕩け、自分の鼓動が聞こえるほど激しく脈動していた。

膣内を突きあげる肉棒だけで碧月の淫らな反応を感じ取るのではなく、視覚的にもたっぷりと楽しみながら、乳房と蜜壺への責めをつづけていく。

「んぃいいいっ！　ち、乳首っ、ビリビリしてぇ……おっぱいすごいですわぁ！　あはぁああっ、す、すごいっ、おっぱいが熱いですのっ⁉　んうぅ、お、おっぱいがっ、おっぱいがぁああっ‼」

腰を大きくくねらせながら、切羽つまった声で叫び、艶かしく乱れる碧月。

「おっと……そろそろですねっ」

予兆に気づき、尚吾は捻りあげていた乳首を離すと、口を大きく開けて顔を乳房に押しつけた。

舌を絡めて乳首に吸いつくと、碧月は白い喉をビクッと反らせて、淫声を迸らせた。

「ひはっ、ひぁあああんっ‼」

敏感な乳首を、今度は口に含んで弄ぶ。

唇で乳頭を甘噛みして、先端を舌先で舐めまわす。

唾液にまみれ、水音が立つほど大胆な動きで乳首を執拗に責め立てる。

ザラつく舌が乳首を弄るたびに、碧月の身体がビクンッと跳ねあがって、尚吾の顔に弾力ある乳房の感触が押しつけられる。

そして尚吾は、唇を窄めて硬く震えた乳首にしゃぶりつき、肉房が持ちあがるほど強烈に吸引する。

「ふやぁあああっ！　あんっ、んんぅ……す、好きぃ、これっ……ご主人様に、おっぱいチュウチュウされるのっ、大好きですわぁ！　ひうぁあっ、そ、そんなに吸われたらっ、出ちゃうっ、出ちゃいますぅう!!」

大きな嬌声をあげる碧月が悦楽に全身を揺すり立てると、乳肉が扇情的に波うつ。

張りつめた乳首を堪能しながら、乳首を舌で強く擦った。

もうしばらくすると臨月になる碧月の乳房は、すでに母乳が出るようになっていた。

しかし、まだそれを飲んでくれる赤ちゃんはお腹のなか。

母乳で張りつめる乳房は、定期的に搾乳しなければならなかった。

最初のうちはただ搾っているだけだったのだが、乳房から溢れでて滴る白濁した液体を見ているうちに、尚吾は勿体ないと言って飲みはじめた。

今では、必ず尚吾が乳首を啜って母乳を飲み下すのが日課となっていた。

「んちゅっ……いいですよ、いつでもミルク噴いてくださいね……あむっ、んっ、ちゅるるっ、んちゅ、んちゅぅ……」

チュパチュパと、卑猥な音をたてて吸いつく。

充血した乳首を乳輪ごと吸いあげて、母乳の噴射をうながすように先端部分も丹念に舐めほじる。

「あっ、はあぁ、んふぅ……ご、ご主人様っ、ご主人様ぁあっ！　わ、私っ、お乳出ちゃう、出ちゃいますっ、み、ミルク噴いてしまいますわぁああっ!!」

「じゅるるっ……僕に、美味しいミルク飲ませてくださいっ」

そう言って、尚吾は母乳を搾りだそうとひときわ強く乳首を吸引する。

すると、碧月の背筋がビクンッと大きく跳ねあがった。

「きゃふぁあああああぁああっ!!」

絶叫が轟いた瞬間、碧月の乳首から白濁の乳汁——母乳が噴きだした。

押しつけた口のなかへ、次々と母乳が注ぎこまれていく。

口内に甘い香りと味わいがひろがっていき、尚吾は音をたてて飲み干していく。

幾度となく肢体を震わせて、官能に喘ぎながらビュッ、ビュッと大量のミルクを放出する。追いつかないほど勢いよく湧きでてくる母乳に酔いしれながら、尚吾はひたすら乳房に吸いついたまま離れない。

「んふぅうっ……!?」

激しく身悶える碧月の膣内が狂おしいほどに収縮を繰りかえし、肉棒を力いっぱいに締めつけてきた。思わず顔を顰めるものの、尚吾は意識を母乳に集中させる。

「んんうぅぅ……! お、おっぱい、イッちゃって……ミルク噴きながらっ、私、おっぱいでっ、ふぁぁ……ミルクを精液みたいに、射精してしまってっ……おっぱい射精、おっぱい射精しながらっ……イッて、しまいましたわぁ、ご主人様あんっ!」

絶頂感に打ち震える碧月の乳首を吸って、とことん母乳を啜りあげる。

アクメの最中に強く吸引されて、碧月は甲高い叫び声をあげながら激しく身悶える。

派手に噴きだした母乳が、徐々に弱まっていく。それに合わせて、碧月はうっとりと呆けた顔で絶頂の余韻に浸り、強張った身体もゆっくりとほぐれていく。

かなりの量を飲んだものの、母乳の噴き出し口は左右の乳房にあり、尚吾が口で塞げるのは片方だけ。もう片方から盛大に噴きだしたミルクは、ベッドだけでなく床まで濡らし、部屋のなかを甘い香りで充満させていた。

「今日も美味しいミルクをごちそうさまでした」

「わ、私も……ご主人様に、おっぱい飲んでいただけて……とても気持ちよかったですわぁ……はぁ、はぁあんっ、私のほうこそ、ありがとうございますぅ」

熱い吐息をもらして肩で息をしながら、碧月は恍惚とした表情ではにかむ。

「ふふっ……でも、おっぱい吸われるたびにそんなに感じて大丈夫ですか？　そのうちこの子に吸われるようになるんですよ」

からかうように呟いて、尚吾は大きく膨らんでいるお腹を撫でる。

「んっ、はあぁ……あ、赤ちゃんは、ご主人様みたいにエッチな吸い方はしませんもの……大丈夫ですわよ……たぶん」

「微妙に説得力に欠けますね……。まあ、それはもうしばらくしたらわかりますよね。

とりあえずは、それよりも僕がまだ満足できていませんからね」

尚吾は碧月から体を離すと、埋没させたまま動きがとまっていた腰を構えなおして手で太腿をしっかりとつかむ。

碧月は母乳を噴出して絶頂を迎えたが、尚吾の肉棒はまだ燻ったままだった。

最初に感じていた不安などすっかり忘れてしまったように、激しく突きあげる。

「ひゃはぁああっ⁉　ああっ、ご、ご主人しゃまっ……わ、私っ、ま、まだっ……きゃうぅんっ、だ、らめっ、らめぇぇえ‼」

絶頂の余韻が燻って敏感になっている膣内を、尚吾は深く結合したまま再び律動させる。鋭い刺激に、碧月は裏返った黄色い嬌声を艶かしく張りあげた。

過敏になっているせいもあって、膣肉は強烈に肉棒を締めつけ、淫液をしとどに溢れさせる。激しい官能に目を白黒させながらも、淫らな身体は反射的に腰を振った。

汗と母乳を吸収して色濃く変色した縄がミシミシと軋み、白濁にまみれた乳房を派手に揺らしながら、碧月は甲高い嬌声を迸らせる。

「しゅ、しゅごいっ、しゅごいですわぁああっ‼　オチ×ポがっ、あぁあああんっ……お、オマ×コ、オマ×コにぃ……グリグリってぇ、ねじこまれてましゅううぅ‼　す、素敵ぃ、んうぅうっ、ご主人しゃま、ごしゅひんしゃまぁあああっ‼」

快感に理性が吹き飛び、淫蕩に意識がふやけながらも、碧月は腰の動きを同調させてくる。負けず劣らず興奮している尚吾も、何度も繰りかえし熱く蕩けた膣内を往復して子宮口を揺さぶる。

口を大きく開けて舌を突きだして涎を滴らせる碧月。

瞬く間に悦楽に破顔し、猛る肉棒を求めてきた。

茹《ゆ》だるような興奮に体を熱くして、尚吾は雁首で濃密な淫液を膣内から掻きだす。

「碧月っ、碧月っ……！」

ひたすら名前を連呼しながら、腰を振り乱す。

もっと碧月を感じさせたくて、もっと尚吾自身が彼女を感じたくて堪らない。

さらに腰使いを激しくして、グチャグチャと粘着音をたてて膣内を掻きまわした。

「しょ、しょこっ、しょこぉっ……あぉおおおっ！　お、奥にっ、当たってりゅうぅ……オヒ×ポがぁ、赤ちゃんの部屋に当たってぇええ……っ！　あひゃぁあんっ、んくぅ……き、聞かれちゃってりゅう、ご主人しゃまとセックスしてる音ぉ……赤ちゃんにぃ、しっかりと聞かれちゃってましゅ……ひうぅっ、は、はじゅかしいのにぃ、と、とっても感じちゃうのぉおおおお!!」

獣じみた叫び声をあげながら、どんどん昂っていく碧月。

怒濤の勢いで押し寄せる快楽の波に呑みこまれ、蕩けながら肉欲の極みへと昇りつめていく。どんどん声をつまらせ、淫らに狂う。

ヒクヒクと痙攣しながら窄まる蜜壺の感触に、尚吾の射精感も暴発寸前だった。

「だ、出しますよっ……碧月の膣内にっ！」

「く、くらはいっ……ご主人しゃまのザーメンっ、碧月の子宮にぃ……オマ×コにっ、今度はごしゅひんしゃまのミルクぅ、いっぱい飲まへてくらはいぃいい!!」

碧月が口がまわらないほど激しく乱れているのを目の当たりにして、尚吾にも堪えようのない射精衝動がこみあげてきた。

とにかく淫らに射精をねだる碧月に、本能の赴くまま、射精に向けて猛然と腰を振り立てつづけた。

「み、碧月ぃ……！」

「早くっ、早くぅ……ご主人しゃまのザーメンミルク、らしてぇ！　ひぐぅううんっ、あ、赤ちゃんもっ、赤ちゃんもミルク欲しがってましゅかりゃあ……っ!!」

貪欲に求める碧月の美肉が緊縮して、肉棒をめいっぱい搾りこむ。

「ぬぉおおっ!!」

締めつけられる膣内に、力強く押しこんで熱い迸りを勢いよく解き放った。

「あぐぅううんっ!!　き、きらっ、入ってきらぁああっ！　ひゃはぁああ……ご、ご主人しゃまのザーメンミルクしゅごしゅぎますぅううんっ!!　あぁぁ、んおっ、イグ、イッてりゅうううっ!!　わ、わらくひっ、こんなっ……んひぃいいいっ!!」

蕩けた膣内に、尚吾はありったけの精液を注ぎ入れた。

激しくうねる膣肉に締めつけられ、尿道に残った残滓までひり出される。

白濁液に胎内を侵食される感触に、碧月は背中をのけ反らせて艶のある絶叫を張りあげた。迸る嬌声に合わせて痙攣を繰りかえす媚肉が、官能に狂い踊る。

四肢をビクンッ、ビクンッと跳ねあげ、碧月は淫らな膣内に溢れる精液の感触に浸りながらオルガスムスの愉悦を味わう。

「あはぁ……んっ、はぁ、ふぁ、あぁぁ……お、オマ×コのなかぁ、ご主人様の……いっぱいでぇ……あふぅぅんっ、こんなに、出されたらぁ、んふっ、また妊娠してしまいますぅ……はぁ、はぁ、双子に、なってしまいますわぁ……んっ」

大量に吐きだされた精液の感触に陶酔し、絶頂の余韻にたゆたいながら、碧月は自分のお腹を見つめてうっとりと呟いた。

「はぁ、はぁ、はぁ……す、すいません、張りきりすぎました……」

余韻が収まって、次第に冷静さを取り戻していくと、自分の迂闊さに頭を抱えたくなる。はじめる前はあれだけ躊躇していたにもかかわらず、終わってみれば結局いつもと変わらない光景がひろがっていた。

「あぁんっ、きっと赤ちゃんもザーメンの味を覚えてしまったかも……」

「さ、さすがにそれはないですって……」

身体の構造上、それはありえないとわかっていても、碧月の膣口から溢れでる大量の精液を見て、少し自信がなくなってくる。

「うふふっ……大きくなったら、ママと一緒に縛ってもらいましょうね」

「な、なにを言いだすんですかっ!?」

「だって、私の娘なんですもの。ご主人様に縛られるのが大好きに決まってますわ。親子三人で、円満な家庭を築けますわ」

(縄だけに絆を結んで——って、なにを考えているんだ僕はっ!?)

ほんの一瞬でも、それもいいかもなどと思ってしまった自分が恐ろしい。

「さあ、子供の教育には最初が肝心ですわ。次はもっと濃いのを出してくださいね」

「だから胎教は——って、まだするんですかっ!?」

碧月は淫蕩に緩んだ表情を浮かべながら、脚をひろげた。

はやくも新たな淫蜜が滲みだしていた。そして、肉棒も再び漲りだしていた。

それを目の当たりにして、おとなしく引きさがってくれるような碧月ではない。

そして、そんな彼女を可愛いと思ってしまう自分がいた。だからこそ、抜けだせないのである。

結局、こうして倒錯の宴は果てしなくつづいていった。

縛《しば》って愛《あい》してお嬢様《じょうさま》！

著者／山口 陽（やまぐち・あきら）
挿絵／YUKIRIN（ユキリン）

発行所／株式会社フランス書院
〒102-0072　東京都千代田区飯田橋 3- 3 -1
電話（営業）03-5226-5744
　　（編集）03-5226-5741
URL http://www.bishojobunko.jp

印刷／誠宏印刷
製本／宮田製本

ISBN978-4-8296-5942-7 C0193
©Akira Yamaguchi, YUKIRIN, Printed in Japan.
本書の無断複写・複製・転載を禁じます。
落丁・乱丁本は当社にてお取り替えいたします。
定価・発行日はカバーに表示してあります。

美少女文庫
FRANCE SHOIN

◆◇◆ 好評発売中！◆◇◆